AF382793

Le relatif prime sur l'Absolu

Clément Baroin

FSC
www.fsc.org
MIXTE
Papier issu
de sources
responsables
Paper from
responsible sources
FSC® C105338

Tome II

Epixus

© 2026 Clément Baroin

Édition : BoD · Books on Demand, 31 avenue Saint-Rémy,

57600 Forbach, bod@bod.fr

Impression : Libri Plureos GmbH, Friedensallee 273,

22763 Hambourg (Allemagne)

Impression à la demande

ISBN : 978-2-3225-4136-2

Dépôt légal : juin 2024

Illustration de couverture : Monstermind Studios

Carte de la galaxie Enban

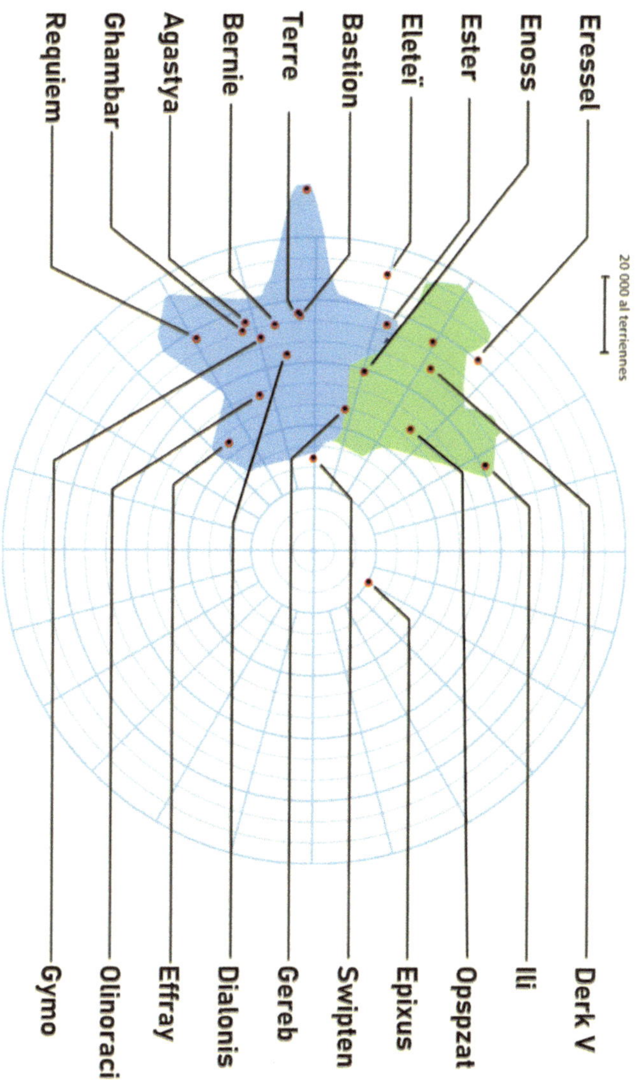

Personnages

Prénom	Nom	Espèce	Fonction
Alak'anolap'onagat	-	rylott	Astrophysicien
Alanie	*Nevlin*	humain	Astrophysicienne Directrice technique du GLA
Arkanther	*Bhernam*	dialonis	Général de division Responsable de la défense terrestre du GLA et d'Agastya
Dek	*Hi*	elt	Administrateur d'Agastya
Dru	*Ginovna*	dialonis	Capitaine de vaisseau de la flotte dialonis
Elloy	*Martel*	humain	Ancien informaticien du GLA
Eumaï	*Bolbiam*	enossien	Seigneuresse de guerre suprême Cheffe de l'armada de l'alliance des mondes
Galbana	*Wuxi*	dialonis	Fédérateur de Dialonis
Glek	*Helldenton*	ilith	Seigneur de guerre Responsable de la première flotte de l'alliance des mondes
Halhazakh	*Kwhalka*	swas	Ancien chef de la ligue anti-Dialonis Agent de Taroc Diarond
Ilmer	*Avinogester*	estero	Lieutenant de vaisseau de la flotte dialonis Second de Dru Ginovna
Janoll	*Do*	eressor	Vice-servant principal de l'institution des détenteurs de la Vérité
Karlas	*Banneoff*	estero	Gérant du GLA
Khahakar	*Trahkra*	swas	Associé principal du MALANA
Lilio	*Fress-el*	dialonis	Vice-amirale de la flotte dialonis
Nerbia	*Lamier*	dialonis	Fondateur du MALANA
Nexos	*Adun*	dialonis	Directeur du pôle des biotechnologies du GLA
Nohiro	*Modekaï*	allhzatz	Servant principal de l'institution des détenteurs de la Vérité
Olben	*Bee*	robot	Majordome de Taroc Diarond
Oléga	*Rashimii*	humain	Caporale l'armée dialonis
Ostrange	*Ketenis*	dialonis	Fondatrice du MALANA
Taroc	*Diarond*	humain	Propriétaire d'un empire financier
Zoonooque	*Ollu*	enossien	Cheffe de la ligue anti-Dialonis

Résumé du tome I

Une activité cellulaire anormale est détectée dans le corps du défunt amiral Athopol avant son inhumation. Après des recherches préliminaires de nature biologique puis physique, un phénomène cosmologique inédit est mis au jour dans l'orbite de la planète Agastya, lieu d'implantation du plus grand complexe scientifique publique de la fédération de Dialonis, le GLA. Des évènements imprévisibles surviennent dans une zone rapidement délimitée dans l'espace, et les responsables sont probablement des particules détectées uniquement dans ce volume : les particules Bionos. Les rapports d'état sont interceptés par la première ligue révolutionnaire « anti-Dialonis » qui divulgue la nouvelle à toute la galaxie. L'Empire enossien, nation galactique concurrente de Dialonis, dépêche donc un premier explorateur sur place pour enquêter, mais celui-ci, pris dans cette zone « Bionos » est détruit. Prenant la catastrophe pour une agression délibérée de la fédération de Dialonis, Enoss envoie une flottille militaire dans l'orbite d'Agastya. Malgré les avertissements des autorités, de nouveaux désastres causent la mort de centaines de militaires enossiens, lors de l'évènement bientôt nommé l'hécatombe d'Agastya.

Pour tenter de comprendre la nature et l'origine du phénomène, la docteure Alanie Nevlin, directrice scientifique du GLA, est autorisée à mener une expédition vers Epixus, le monde d'origine du peuple epixis, une civilisation refusant tout contact avec les autres espèces technologiques de la galaxie. Les epixis, s'ils existent bien, pourraient posséder le niveau de connaissance nécessaire pour apporter des éclaircissements. La frégate *KesLa* commandée par la capitaine de vaisseau Dru Ginovna embarque donc vers le centre de la galaxie. Les explorateurs comptent sur l'attrait de leur échantillon de particules Bionos pour ouvrir un dialogue.

En parallèle, plusieurs groupes s'intéressent au phénomène :

Le MALANA, ou mouvement Laminis, une association civile créée par le couple d'Ostrange Ketenis et Nerbia Lamier suite à la disparition de leur fils lors de l'hécatombe d'Agastya, tente une action populaire pour détruire ce nuage stellaire Bionos et mettre fin au danger. Ils sont rejoints par un groupe swas indépendant mené par Khahakar Trahkra qui leur apporte un soutien militaire conséquent.

L'Institution des détenteurs de la Vérité, un culte spirituel dirigé par Nohiro Modekaï, pour qui ce phénomène cosmique est une manifestation de leur divinité, intervient dans le système d'Agastya pour négocier le retrait des troupes dialonis et enossiennes. Le chef du culte n'est pas pris au sérieux, et prend en otage l'amirale dialonis Lilio Fress-el responsable de la flotte sur place.

Plusieurs années avant ces évènements, Elloy Martel, ancien directeur du pôle informatique du GLA, s'était vu refuser une grande promotion à la faveur d'Alanie Nevlin. Il avait donc démissionné, empli de rancœur, et devint simple informaticien. L'hécatombe d'Agastya lui donna une occasion de soulager un mal-être n'ayant cessé de s'amplifier avec le temps. Pour destituer Alanie Nevlin, il s'introduit dans le GLA pour trouver des preuves de la culpabilité de Dialonis dans la création des particules Bionos, en implantant un système pirate qui lui donnerait l'accès en temps réel à toutes les données circulant dans les systèmes du complexe. Après son infiltration, il ne trouve rien, et décide donc de créer des fausses preuves qu'il étale dans la presse. Il faut peu de temps pour qu'il soit arrêté, jugé de manière expéditive, et envoyé en prison sur Dialonis.

L'entrepreneur Taroc Diarond, à la recherche de toujours plus de profits, fait transférer Elloy dans une prison terrienne sous-marine et lui apporte son concours pour faciliter son évasion. Il compte ainsi bénéficier des informations de sécurité du GLA que possède l'informaticien en échange de cette aide afin de s'accaparer un échantillon des particules Bionos. Elloy parvient à sortir hors des couloirs de la prison mais se retrouve perdu dans le fond océanique sans oxygène.

Sur Agastya, le MALANA déstabilise la grille de confinement de toute la zone Bionos mise en place par l'armée de Dialonis pour tenter de détruire les particules léthales qu'elle protégeait. Cette agression met le feu aux poudres et une escarmouche éclate entre Dialonis, les détenteurs de la Vérité, et le MALANA. L'association civile n'a en fait aucun moyen de détruire ces particules inédites, et doit battre en retraite.

Une flottille de la première ligue dirigée par Zoonooque Ollu, a suivi le *KesLa* aux abords d'Epixus et menace son équipage. En temps normal, les satellites de défense epixis auraient renvoyé ces intrus dans l'espace Kamichi mais une nouvelle arme de la ligue testée sur le *KesLa* juste avant son entrée dans l'espace Kamichi, a provoqué une émission de radiations inconnues pour la technologie epixis, ce qui a rendu ce canon orbital inopérant.

Après une intervention réussie sur le satellite défectueux, seul espoir de l'équipage du *KesLa*, la flottille de la ligue est éjectée dans l'espace Kamichi, et un message provenant de la surface indique à l'équipage de la fédération des coordonnées d'atterrissage.

Chapitre XVI

Il est temps de mériter sa liberté.

Terre, 11ème 5 613.

Elloy venait de réaliser qu'il se sentait bien. Une douceur bienvenue l'enveloppait. Il prit conscience de la chaleur réconfortante dans laquelle il était plongé. La douleur dans les muscles de ses jambes lorsqu'il les étirait était en fait appréciable. Mais il percevait un bruit qui l'entraînait doucement hors de la sérénité du sommeil. C'était une sorte de bruit blanc, des sons parasites faits de souffles indéterminés sur tout le spectre des fréquences sonores, au volume variable, comme des vagues avançant vers une côte de rochers. Ses yeux s'ouvrirent difficilement et sa tête tourna vers l'origine du son. Il vit des vagues qui avançaient sur une côte de rochers.

Petit à petit, Elloy découvrit son environnement. Il était sur un lit moelleux, dans une chambre lumineuse adaptée aux humains. Sur sa gauche, une immense fenêtre donnait une vue magnifique sur un littoral agité. Le ciel ensoleillé présentait une vision de bonheur pour Elloy. La dernière fois qu'il l'avait vu, c'était en plein milieu de l'Océan Pacifique. Il remarqua des vêtements de nuit en soie rose qui n'étaient pas les siens. Un flot de honte émergea ; on avait dû le déshabiller. Un nouveau bruit, sur la droite cette fois, détourna son attention de la beauté extérieure. Le temps de se retourner, la porte était déjà ouverte, et un individu familier se tenait impeccablement droit dans l'encadrement. Son apparence trahissait sa nature artificielle, malgré des finitions absolument fabuleuses. Son visage de jeune homme fixait sur Elloy des yeux noirs aux iris jaunes unies. Il portait un habit gris et bordeaux ajusté à sa taille gracile.

– Bonjour sheev Martel. Vous êtes enfin remis.

– Olen Bee, c'est ça ?

– Olben, sheev.

C'était seulement maintenant qu'Elloy comprit vraiment où il se trouvait. Malgré tout, Olben le lui explicita.

– Vous êtes dans la demeure de mon employeur, sheev Taroc Diarond, sur Terre. Je vous y ai amené hier, dans la nuit.

Les souvenirs revinrent à la chaîne dans l'esprit de l'informaticien. Il s'était échappé de la prison sous-marine d'Aclesia-Monty. Juste après, il était dans l'eau froide du Pacifique, sans secours. Il avait tout misé sur une aide de Taroc Diarond mais elle n'était pas venue. En tout cas, pas avant qu'il ne se soit évanoui par manque de dioxygène.

– Vous m'avez sauvé !

– Correct, sheev Martel. Un peu tard, je l'avoue. À ce titre, je vous présente mes plus formidables excuses.

– J'étais sûr d'avoir mal compris votre message, parce que vous ne veniez pas…

– Je comprends. Il se trouve que vous aviez bien saisi les intentions de sheev Diarond. Suite à notre entretien sur Dialonis, nous avons fait des recherches plus approfondies sur vous et, grâce à ce que vous nous avez communiqué sur votre infiltration dans le complexe d'Agastya, nous avons établi une idée de plan que nous vous estimions capable de mettre en œuvre, grâce à vos compétences et votre intelligence. Sheev Diarond avait estimé que vous pourriez trouver un moyen de sortir de la prison en piratant les systèmes de sécurité, si vous aviez en votre possession un téléverseur ondulaire. Le 10ème dôn paraissait satisfaisant pour sheev Diarond.

– C'était très juste pour développer un programme comme ça…

– Mon employeur a fait confiance à vos capacités. Il a décidé d'un compromis entre le temps nécessaire pour votre organisation et votre évasion rapide. Voyez-vous, il est pressé de faire affaire avec vous.

– C'est flatteur. Mais si la date et l'heure étaient les bonnes, pourquoi vous n'étiez pas là ? J'ai cru que j'allais mourir !

– Encore une fois, je vous prie d'excuser notre triste erreur. Nous avions prévu que vous sortiriez par la trappe la plus proche de votre cellule. C'était une des parties les plus aléatoires du plan. Nous ne savions pas où vous travailliez. Il y avait plusieurs endroits d'où vous pouviez lancer le programme. Il y avait aussi la possibilité pour que vous l'ayez chargé en avance et donc que vous partiriez d'un autre endroit pour rejoindre un sas.

Elloy comprenait la difficulté. Rien que son secteur de détention était très étendu et possédait plusieurs sas.

— Je n'ai pu finir de vérifier le code que le jour même. J'ai dû le charger le soir même. Pour moi c'était de toute façon la seule option. Si je l'avais chargé en avance, la veille par exemple, j'aurais pris le risque qu'il soit découvert et mis en quarantaine.

Il était plus logique de se diriger vers la trappe la plus proche du local, donc du réfectoire.

— Je vois. C'était une des possibilités, en effet. C'est pour cela que je patrouillais dans mon submersible en guettant votre sortie. Mais les senseurs ne couvrent qu'un angle réduit dans les conditions abyssales. Quand vous êtes sorti, j'étais à l'opposé du complexe. Je vous ai repéré en revenant. Je suis sorti vous récupérer et je vous ai mis à l'abri dans mon véhicule.

— Vous êtes sorti directement dans l'eau vous aussi ? Vous aviez une tenue ?

— Il se trouve que ma conception me permet de résister à des conditions relativement extrêmes de pression et de température. J'ai pu vous rejoindre sans protection supplémentaire.

— Impressionnant. Et la prison ne vous a pas détecté ?

— Nous possédons des technologies anti-repérage avancées.

— Évidement. Et ensuite ?

— Il a fallu une procédure de réanimation lourde pour vous maintenir en vie. Je suis ravi que vous ayez enfin récupéré.

— Et… C'est vous qui m'avez mis dans ces vêtements ?

— Pour votre confort, sheev Martel.

Le fait de savoir que c'était un robot qui l'avait vu nu estompa à peine son sentiment de gêne.

– Je vous remercie sincèrement de m'avoir sauvé. Et de m'avoir libéré.

Elloy réalisa sa chance. La perspective de mourir noyé débloqua en lui une volonté profonde d'expérimenter la vie elle-même d'une nouvelle manière. La sensation qui montait était indescriptible. C'était peut-être le genre de manifestation du bonheur qu'il recherchait lorsqu'il se plongeait dans le travail en espérant une certaine reconnaissance de ses pairs. Une récompense offerte par la vie. Le stade qu'il avait essayé d'atteindre en œuvrant avec conviction pour être directeur du plus grand complexe scientifique de la fédération de Dialonis. Alors qu'il lui fallait simplement réaliser la chance de posséder ce qu'il avait déjà.

– Je vous en prie sheev Martel. Si cela vous convient, je vais vous montrer l'espace sanitaire pour que vous puissiez vous préparer, puis je reviendrai pour vous présenter à mon employeur, en personne cette fois. Sheev Diarond a très hâte de vous voir.

*
* *

Taroc a quatorze années terrestres. Olben essaye de lui apprendre les implications économiques de la maîtrise des lois de probabilités.

– Merde à la fin ! Il sort d'où le trois ?

– C'est notre variable de départ, sheev Diarond.

– Fait chier, je comprends RIEN ! J'en ai marre là. T'es trop nul sérieux.

Taroc se lève et fait un tour de sa chambre. Sa lampe eut le malheur de se trouver dans son champ de vision. Taroc l'attrape et la jette par terre.

– TAROC ! hurle la voix de son père Edmand depuis l'étage inférieur. TU TRAVAILLES !

– Mais je travaille, là ! C'est bon !

Olben se lève à son tour et se place entre Taroc et la porte de sa chambre. Il savait que le père viendrait en personne après une telle réponse de son fils. Les pas lourds qui s'approchent confirment son pressentiment. La porte s'ouvre à la volée.

— T'as dit quoi ? lançe Edmand, le visage rouge.

— Mais rien, c'est bon...

— Tu parles comme ça ? Je t'ai entendu dire « merde » ! Je t'ai élevé mieux que ça !

— Pardon, mais j'ai essayé, je comprends rien ! Les probabilités. Ça change tout le temps de formule. C'est pas de ma faute ! Olben...

— Olben maîtrise dix mille fois plus de notions que toi ! Je vais peut-être lui confier mes marchés finalement ? Hein ? Apparemment un robot vaut mieux que toi !

— Mais non...

— Et qu'est-ce que t'as fait ? T'as cassé la lampe ? Petit con, va ! Reprends le boulot !

— Mais pourquoi ?

— Pourquoi ?

Le souffle d'Edmand se fait plus imposant.

— Bah sérieusement, on s'en fout de ça. Les probabilités, là. À quoi ça sert ? On a des programmes qui peuvent gérer ça. Des gens pour gérer les sociétés. On donne juste les ordres, nous. On a juste à vérifier que tout va bien.

— Mais j'ai fait un gosse stupide, c'est pas vrai ! Tu peux pas prendre des décisions sans les comprendre. Il faut avoir le recul suffisant pour pas se planter. Et tu crois vraiment que tu peux compter sur les autres ? Tu ne peux avoir confiance qu'en toi même. Les autres sont soit stupides, soit ils voudront te manipuler. Tu dois prendre les choses en main toi-même. Alors oui, les maths sont importantes pour comprendre le marché. Retourne avec Olben, et tu mangeras que si tu comprends ton sujet avant ce soir.

La porte claque.

Terre, 11ème 5 613.

– *Lors du 4ème dôn 5 613, un ensemble de dix vaisseaux spatiaux de l'armée swas, appartenant prétendument à une association civile dialonis, le MALANA, ou mouvement Laminis, est intervenu aux abords de la zone Bionos, en orbite autour d'Agastya. Les navires ont fait feu plusieurs fois sur les défenses spatiales mises en place par l'armée fédérale, ouvrant ainsi des brèches dans le champ de confinement des particules Bionos, encore aujourd'hui considérées comme mortelles.*

L'annonce fit sortir Taroc de ses rêveries. Il sursauta sur son siège en levant les mains vers sa tête, et, dans l'élan, gifla un verre qui finit par se briser par terre.

– Quoi ! Olben ! OLBEN !

Il avait besoin d'un coupable, mais n'avait pas les responsables swas sous la main. Il appela donc son majordome. L'androïde, confiant, apparut alors par la porte ouverte, accompagné d'Elloy Martel fraîchement lavé.

– Sheev ?

– Des swas ont percé le confinement autour des particules ! Et j'avais personne sur place pour en profiter ! C'était l'occasion de récupérer enfin ces particules !

Olben essaya de calmer son employeur grâce à la simple logique.

– Sheev, vous étiez ici pour une raison bien précise : accueillir sheev Martel. De plus, nous ne disposons pas encore du moyen de recueillir ces particules Bionos. Elles traversent toute matière. À ce jour, seul le GLA a mis au point un moyen de les contenir. Et de toute façon, il était impossible que vous puissiez faufiler un astronef à travers les canons et les vaisseaux fédéraux sans qu'il ne soit détruit. Inutile de vous en vouloir, donc. Vous n'avez perdu aucune occasion.

Taroc entendit l'explication mais ne parvint pas à se contrôler. Il abattit son poing sur sa table en cristal, et celle-ci éclata en plusieurs morceaux. La main de Taroc ne résista pas et le sang commençait à s'écouler de la plaie. L'humain aux cheveux bleus et aux cicatrices esthétiques au visage et sur les bras, éprouva une douleur intense. Ce n'était pourtant pas la première fois, mais il n'apprenait jamais à repousser ses instincts. C'était seulement à ce moment qu'il remarqua Elloy. Il assembla tout son courage pour contenir ses larmes.

– Oh, Olben, mais tu amènes notre invité ! Pardonnez-moi, bienvenu, sheev Martel ! Je vous en prie, avancez !

L'autre humain, bien plus chétif que Taroc qui montrait une taille impressionnante et une belle forme physique mal dissimulée par son long manteau blanc, fut impressionné par cette première vision du célèbre homme d'affaire. Sa voix forte et surtout l'accès de rage dont venait d'être témoin Elloy, terminait de définir son charisme terrifiant. L'idée qu'il regretterait peut-être son évasion effleura l'ancien prisonnier. Il balbutia quelques mots qui peinaient à constituer une phrase acceptable :

– Bonjour…, oui, merci pour le…, le…

– Entrez ! Venez vous assoir.

Un robot débarqua en roulant pour apporter de quoi soigner la main du maître des lieux. Pendant qu'il s'affairait autour de Taroc, celui-ci se laissa tomber dans un canapé en toile de mognèse[1] beige. Elloy fit de même, dans une attitude plus timide. Il n'osait pas laisser très longtemps le regard fixé sur les yeux azurés intenses de Taroc. Il fit mine de s'intéresser à l'agencement de la pièce. Être entouré de tant de luxe le mettait mal à l'aise. L'hôte, lui, affichait un léger sourire satisfait pendant au moins vingt secondes. Puis, l'invité incapable de tenir plus longtemps dans ce silence gênant, tenta une nouvelle formulation de sa première phrase. Il prit une inspiration mais fut coupé par Taroc :

– Un verre ?

---

[1] Espèce aquatique rare originaire de Dialonis. Les mognèses absorbent l'eau et les nutriments grâce à des toiles membraneuses très douces au toucher. Le tissu qu'on en tire est vendu cher sur le marché parallèle en skarrheta. Les mognèses sont donc en voie de disparition.

– Oh… Pourquoi pas, finit par dire Elloy en expirant tout son air. Qu'est-ce que vous proposez ?

Taroc lança un petit rire condescendant.

– J'ai tout ce que vous voulez, bien sûr.

L'informaticien se sentit un peu bête. Il repensa alors à un célèbre vin terrien réputé, dont il avait entendu parler sur Agastya, et qu'il comptait déguster si l'occasion se présentait.

– Du Dolmen… Dolmen Rolrich ? Rolich ? hasarda-t-il en essayant de se rappeler du nom.

Taroc claqua des doigts de sa main valide, sans lâcher Elloy du regard. Un robot posté dans la pièce s'éclipsa.

– J'espère que vous appréciez le temps. On est sur une île du Pacifique, dans l'hémisphère nord : Nieert.

– Oui, c'est très agréable. Ça fait plaisir qu'il fasse beau ici le premier jour de ma liberté.

– S'il avait fait moche, je vous aurais fait amener dans mon autre demeure dans l'hémisphère sud.

– Ah, oui, évidement.

Le robot revint avec deux verres remplis de deux liquides limpides qu'il tendit à Elloy et Taroc. La boisson rouge-violacée était pour le premier, la boisson orange était pour le deuxième.

– Un petit quelque chose pour vous détendre ?

Pour accompagner les paroles de son maître, le robot ouvrit un compartiment fiché dans son avant-bras, laissant voir divers cachets, sachets d'herbes et de poudres de différents aspects. Elloy eu un frisson et refusa.

– Merci, le vin me suffit. Excellent d'ailleurs.

L'androïde referma la trappe de son bras et s'éloigna avec grâce. Comme Taroc retourna dans son mutisme, Elloy essaya pour la troisième fois d'énoncer la première phrase qu'il voulait dire.

– Merci encore pour votre aide à Aclesia-Monty. Je ne pense pas que j'aurais supporté de finir ma vie là-bas.

– Vous vous seriez habitué, lança Taroc en reniflant. Mais je vous comprends. Il n'y a pas de quoi.

— D'ailleurs, vous pouvez m'expliquer comment vous avez fait pour me faire passer un téléverseur et une carte d'accès au local technique ?

— Ah. Les gens font facilement affaire avec moi. Les pilotes, les gardiens, les détenus. Vous vous rappelez de Mindis ?

— Mindis ?

— La serveuse, au réfectoire.

— Bien sûr !

— Elle me devait bien des choses. Et un des pilotes de submersible qui fait les transferts également. Voyez-vous, quand vous m'avez dit que vous aviez utilisé un téléverseur pour infiltrer le GLA, je me suis dit que vous sauriez quoi en faire pour sortir de la prison. Je me suis renseigné sur vous. Vous avez une belle carrière et des compétences impressionnantes. Clairement, vous aviez assez d'esprit pour préparer un magnifique plan. Je vous ai juste donné les outils pour le faire. Le mérite vous revient.

— Si vous le dites.

Elloy se sentit bien mieux. Il recevait enfin une reconnaissance généreuse pour ses talents. Il profita au mieux de cet instant et l'accompagna d'une nouvelle gorgée de Dolmen Rorlich.

— Je m'engage même à vous protéger, à vous héberger et vous faire disparaître aux yeux de la fédération. Vous ne serez même plus un fugitif.

L'ancien prisonnier fut sincèrement reconnaissant.

— J'apprécie. Vraiment.

— Mais…Vous savez, on avait un petit arrangement. J'ai honoré ma part.

— Évidement, je me souviens. Vous voulez un accès aux données du GLA en temps réel pour *récupérer* un échantillon des particules Bionos.

Il faillit dire *voler*, mais préféra un mot moins accusateur. Être redevable à un homme comme Taroc, et l'aider à acquérir encore plus de pouvoir remettait en question toutes les convictions d'Elloy, mais il devait bien admettre que l'alternative était moins réjouissante.

– Voilà. Dites-moi précisément comment faire.

– Tout se fait via mon poste personnel, dans mon appartement d'Agastya. Je n'ai plus la clé de chez moi.

– Ça ne sera pas un problème. J'enverrai mes employés. C'est eux que je chargerai d'infiltrer le GLA. Ils pourront entrer sans problème.

– Mais je dois être sur place pour me connecter à mes serveurs. Il y a une reconnaissance biométrique, et je…

Une idée germa dans l'esprit de l'ex-prisonnier. Peut-être qu'il pourrait empêcher Taroc d'avoir ce qu'il voulait. Peut-être qu'il pourrait empêcher d'autres crises de se produire à long terme. Peut-être que cela fera de lui un héros. Ou peut-être qu'il en mourrait.

– D'accord, le coupa Taroc. Bon je pense que je vais vous les présenter.

L'homme d'affaire leva un doigt qu'il abaissa dans la foulée et Olben sortit de la pièce.

– Ils sont très compétents, eux aussi, pourtant ils n'ont pas encore réussi à apporter un échantillon par eux-mêmes. Le GLA est bien trop sécurisé, soi-disant. Maintenant encore plus que lorsque vous y êtes allé. Avec vos données, je suis sûr que cela sera enfin réalisable.

– J'espère, mentit l'informaticien.

Olben revint, suivi par un swas et un ilith.

Un ilith était toujours une créature incroyable à regarder pour un être humain. Pour avancer, son corps changeait constamment de conformation, donnant l'impression de glisser ou rouler par terre. Ils ne portaient ni vêtement, ni équipement particulier lorsqu'ils étaient à la surface de n'importe quel monde. Même un bref séjour dans le vide cosmique leur était supportable. En effet, les individus de cette espèce supportaient une énorme gamme de conditions physico-chimiques. Ils pouvaient évoluer dans des atmosphères de pressions, de températures et de compositions très diverses, même si celles-ci étaient éloignées de celles que l'on pouvait mesurer sur leur planète d'origine, Ili.

Les swas avaient une allure un peu moins étrange. Halhazakh se déplaçait avec aisance sur ses tentacules, comme s'il était le maître des lieux. L'impressionnant fusil qu'il portait derrière lui dépassait de son dos et lui donnait une allure redoutable. Bien que ce peuple n'eût que peu de variabilité physiologique d'une personne à l'autre, Elloy ne put s'empêcher de trouver Halhazakh particulièrement imposant.

– Ah ! Ils sont là.

Taroc se leva en espérant inconsciemment faire bonne impression, mais les deux mercenaires savaient très bien que ce n'était que pour faire bonne figure devant Elloy. Ce dernier se leva par pure politesse.

– Bonjour, ravi de vous rencontrer, entonna-il en saluant de la tête.

Halhazakh claqua son bec pour lui rendre son salut, avec une légère indifférence qu'Elloy ne sut percevoir. L'écran traducteur de Diln affichait le mot « Salutations ».

– Voilà la petite troupe au complet, reprit Taroc. Installez-vous le temps qu'on définisse précisément la marche à suivre.

Tous s'exécutèrent.

– Bien. Voici Elloy Martel. Il a réussi à intégrer au réseau du GLA un programme pirate qui récupère et transmet à ses serveurs privés toutes les données qui circulent dans le système informatique du complexe. Il va partager avec nous son accès, pour que vous puissiez enfin réussir à entrer dans le laboratoire et emporter au moins un échantillon des particules du nuage Bionos. Jusque-là, tout est clair ?

Elloy, ne sachant pas comment demander la parole, leva timidement la main.

– Oui… Juste une question. Par curiosité, pourquoi est-ce que vous tenez à obtenir ces particules ?

Taroc avait tellement l'habitude de répondre avec démagogie qu'il formula une réponse instantanée.

– Je suis marchant de technologie, sheev Martel. Quand j'ai appris l'existence de cette substance, et de ce qu'elle était capable de faire, par exemple avec la réactivation des cellules de l'amiral Athopol, j'ai immédiatement été intéressé ! Vous imaginez ? Si mes équipes parviennent à reproduire ses propriétés ? On pourrait faire un pas énorme dans les recherches scientifiques. On atteindrait rapidement un progrès technologique inédit. Les soins, l'énergie…

— Elles m'ont l'air d'être surtout très instables. Et ils n'ont jamais rapporté de nouveau cas comme Athopol.

— Mais c'est arrivé au moins une fois. Si on arrive à les exploiter et stabiliser leurs effets… Ça demandera du travail, évidement. Mais je ne peux rien faire sans un échantillon. Et la fédération empêche le peuple d'approcher ce phénomène. Il n'appartient à personne ! N'importe qui a le droit de faire des recherches dessus. À moins qu'en effet, ça soit bien une création de leurs scientifiques, comme ce que vous avez soutenu.

Elloy acquiesça silencieusement, puis regarda Halhazakh. Celui-ci lui rendit son regard, même si l'informaticien ne put y déceler une quelconque signification.

— Bon, donc je reprends. Vous irez tous les quatre, avec Olben, sur Agastya. Vous ferez entrer sheev Martel chez lui. Il vous donnera accès aux données du GLA depuis son poste. Vous pourrez finaliser votre plan à partir de là. Mais avec ce qu'il sait déjà sur le complexe, vous pouvez élaborer des stratégies pendant le trajet. D'ici, il faudra treize dôn[2] pour arriver. Olben restera dans le *Ownall* pour vous récupérer après la mission, mais je ne veux pas qu'il soit avec vous.

— Il n'a toujours pas reçu l'intégration de son bouclier personnel, c'est ça ? formula Halhazakh.

— Effectivement. Marks m'a dit qu'il était encore en phase de test. Il est hors de question qu'il prenne le moindre risque. Vous ne pourrez compter que sur vos propres capacités de combat, si l'on en vient là. Tout est clair ?

Le ton de Taroc se fit plus autoritaire. Elloy en avait vu assez pour cerner le personnage. Ses premières impressions, dès sa rencontre virtuelle dans la prison de Dialonis, étaient maintenant confirmées. Il prit alors une décision :

---

[2] Dix-sept jours terrestres.

– Tout est clair. J'aimerais juste vous proposer de participer à l'infiltration.

Un silence d'étonnement se fit. Taroc regardait Elloy sans savoir comment réagir. Il n'avait pas anticipé cette demande. Halhazakh répondit, et Elloy lut sur son écran :

– C'est vraiment pas une bonne idée. Il vaut mieux nous laisser bosser. Vous avez réussi le vol-dôn dernier, mais maintenant c'est l'armée qui protège le centre. L'infiltration nécessite des compétences militaires. Pourquoi vous voulez revenir d'ailleurs ?

– Je sais, et justement, c'est plus sécurisé, et je pense que je peux vous aider à régler des imprévus. Mais je dois être sur place, avec vous.

– Vous savez, Elloy… intervint Taroc avant de marquer une pause. Je peux vous appeler Elloy ? J'aime beaucoup le zèle chez mes associés. Je ne regrette pas de vous avoir sorti de prison. Je ne vois aucun problème à vous laisser aider Halhazakh et Diln sur place. Tant que vous écoutez leurs directives. Ils ont en effet plus d'expérience dans ce genre de situation.

– Sheev Diarond… protesta calmement le swas.

– Sheev Kwhalka. Vous ferez comme je le souhaite. Mon ami Elloy m'a convaincu. Vous apprendrez à vous connaître en treize dôn.

Il se releva et poursuivit :

– Olben, faites préparer le *Ownall*. Vous retournez dès que possible sur Agastya. Et que quelqu'un nettoie ces débris de table !

*

* *

Système Gocélian, 23ème 5 613 (dix-sept jours plus tard).

Ils étaient enfin arrivés dans le système devenu le plus célèbre de la galaxie. Dans le jet *Ownall* pourtant luxueux, Elloy avait l'impression d'être retourné en prison. C'était même pire, car l'espace de vie était paradoxalement plus réduit qu'à Aclesia-Monty. Il avait néanmoins une chambre privée, et il fallait avouer qu'après une vingtaine de jours à partager une petite cellule, ce fait était plus qu'appréciable. Les dix-sept jours de voyage permirent à Elloy de mieux connaître Halhazakh et Diln. Il finit même par percevoir un semblant de personnalité se dégager d'Olben. C'était d'ailleurs le personnage avec qui il était le plus à l'aise. Diln ne parlait pas, en accord avec sa nature biologique ilith. Et lui comme Halhazakh étaient des gens qu'il n'avait pas l'habitude de côtoyer. Ils étaient maintenant mercenaires pour Taroc Diarond, mais avant cela, ils avaient travaillé pour la ligue anti-Dialonis. Halhazakh avait même été l'ancien dirigeant de la cellule militante. C'étaient des activistes dans l'âme, des soldats engagés avec une expérience de terrain impressionnante, mais des personnes dangereuses avant tout. Une partie d'Elloy se sentait donc rassurée de les avoir avec lui, mais une autre était constamment effrayée. Fréquenter de tels individus lui rappelait là encore la vie en centre pénitencier, où l'on ne savait jamais vraiment quelle menace pouvait se manifester.

– Emergence dans l'espace-temps standard dans un eso-dôn[3]…

La voix monotone mais pleine de douceur d'Olben Bee contrastait avec la réaction soudaine de Diln qui patientait dans la cabine de pilotage dans une posture de flaque de pétrole. Il regagna instantanément une forme plus robuste en entendant l'annonce d'Olben.

– Soixante ka-dôn[4]…

Halhazakh et Elloy, qui avaient entendu la voix de l'androïde par les haut-parleurs du vaisseau, entrèrent dans la cabine.

– Trente ka-dôn.

---

[3] Environ quatorze virgule quatre secondes.

[4] Un eso-dôn est découpé en quatre-vingt-dix ka-dôn, qui valent chacun zéro virgule seize seconde.

Puis, le fameux courant indescriptible caractéristique du passage entre l'espace standard et l'espace Kamichi parcourut le corps des trois êtres biologiques présents dans le *Ownall*. Diln était le plus sensible à ce phénomène, et Elloy remarqua les légères vibrations de son épiderme. Dans le même temps, les étoiles apparurent. L'informaticien reconnut immédiatement la célèbre constellation du Nimod. Puis, il discerna un minuscule croissant brillant par la baie d'observation. C'était sa planète. Il était enfin de retour dans son monde. L'humain se laissa gagner par l'émotion, mais les cliquetis de la voix du swas empêchèrent Elloy de rêver plus longtemps.

– Bon, on va directement à Gyster sur Gaemed[5].

– Vous êtes sûrs qu'on ne va pas être repérés ?

– Non. La technologie de Diarond est fiable. On sera ni repéré visuellement, ni par les détecteurs d'émissions énergétiques. Diln, les paquetages sont prêts ?

On entendit alors un « oui » synthétique dans le cockpit.

– Parfait.

Le *Ownall* allait à une vitesse subluminique phénoménale. Agastya se rapprochait de minute en minute. Elloy put bientôt distinguer le grand accélérateur spatial qui formait un anneau artificiel autour de l'astre brun, et surtout le nuage de vaisseaux en stationnement autour de l'immense sphère de confinement qui protégeait la zone Bionos. D'ici, la situation avait l'air calme. L'humain devinait maintenant les nuances mauves et cyan de l'herkonène, le minerai présent en abondance dans la croûte agastyenne.

– Mode furtif enclenché, énonça Olben sur un ton automatique.

– Montre-nous où on peut se poser, Elloy, ordonna Halhazakh. Tu nous as dit qu'il y avait un terrain vide en dehors de la ville, près de chez toi ?

– Oui, c'est… au sud, je crois.

---

[5] Continent d'Agastya sur lequel se situent le GLA et l'appartement d'Elloy.

Un des écrans devant le poste de copilote vaquant montrait une carte des lieux. L'objectif, à savoir l'immeuble d'Elloy, était préprogrammé et était mis en évidence par un point vert. L'agastyen désigna le fameux champ d'un doigt circonspect.

– Là.

Olben mit alors le cap vers l'endroit. Une fois arrivé à un peu plus de cent kilomètres de la surface, Olben ralentit l'allure pour réduire les émissions sonores, qui n'étaient pas atténuées par le dispositif anti-détection du *Ownall*. Il se posa en douceur en bordure du champ bordant la ville de Gyster. Sur Gaemed, c'était le matin de la 368ème journée de l'année agastyenne 236.

– Bon, tout le monde est prêt ? Olben, tu restes ici, comme convenu ?

Halhazakh s'imposait clairement comme le chef de l'équipe. C'était logique, considérant sa carrière.

– Bien sûr Halhazakh.

– Très bien. On va passer la nuit chez Elloy pour préparer le plan. On devrait être prêt demain.

– À demain, répondit posément le robot.

– On y va.

Le trio débarqua sur le sol couvert de mousse niel[6], et se dirigea vers l'immeuble gris qui se dressait plus loin. Elloy redoutait d'être reconnu par des voisins, mais à cette heure-ci, l'environnement était désert. Ils pénétrèrent dans le bâtiment, puis prirent l'ascenseur jusqu'à l'étage de l'appartement d'Elloy.

– Vous n'allez pas faire d'effraction ?

– Non, le système est indétectable.

Halhazakh sortit d'une poche thoracique un pass de sécurité polyvalent qu'il glissa dans la fente prévue à cet effet, puis la porte s'ouvrit.

– Habile, souffla l'informaticien.

Il retrouva avec un bonheur manifeste son lieu d'habitation, qu'il n'avait pas revu depuis plus de soixante jours. Un malaise

---

[6] Organisme simple qui prolifère sur Agastya, formant un tapis brun sur le sol.

le gagna lorsqu'il constata le résultat des fouilles effectuées par les équipes d'enquête. Des objets étaient à terre, parfois cassés, et des traces de pas avaient sali le sol. Dans la cuisine, une odeur pestilentielle remua ses narines ; des fruits avaient méchamment pourri. Le propriétaire des lieux posa son sac et commença à faire du rangement, avant d'être sèchement réprimandé par Halhazakh :

— Pas le temps de faire le ménage !

— Hein ? Non mais c'est…

— La priorité est l'accès aux données. Tu peux nous ouvrir la connexion ?

— Ah, oui pardon.

Pas le choix, il devrait réprimer son envie de nettoyer et travailler dans cet environnement perturbateur. Il invita les deux mercenaires de Taroc à venir dans le salon où était disposé tout son matériel informatique. Il alluma ses machines, et en quelques manipulations, arriva sur l'interface de ses serveurs privés.

— Voilà. Tout est automatiquement classé par mot-clé. C'est en langue humaine, donc je rechercherai ce que vous voulez pour que ça aille plus vite.

— Merci. Commence par nous trouver la localisation des échantillons.

Elloy tapa sur quelques touches et les informations apparurent.

— Là. Il y a deux-cent soixante-seize capsules de particules dans la chambre 13 de la zone de stockage, sous le volcan Shayen. C'est ce bâtiment-là.

— Il va sûrement être très bien protégé. Essaye de voir si des particules sont à l'étude autre part.

— Oui, bonne idée. Hum, aucun test sur les échantillons pour le moment. Il est encore trop tôt. Ah, par contre, il y en a cinq-cent quatre-vingt-seize dans l'accélérateur spatial… Elles sont éparpillées dans tout l'anneau.

— Ça sera encore plus compliqué d'aller là, avec toute la flotte en orbite.

– Sinon, dans l'accélérateur sous-terrain du GLA. Il y a un petit local ici, compléta l'informaticien par un signe du doigt en direction de son écran.

– Ça c'est intéressant. Montre-nous le plan général du complexe.

On voyait maintenant chaque bâtiment du Grand Laboratoire d'Agastya avec l'indication des distances.

– Est-ce qu'on peut afficher les positions des militaires postés en renfort et les effectifs ?

– Je vais essayer de voir ça…

Après quelques manipulations, le plan afficha des marques correspondant aux informations demandées. Diln fit l'usage de son traducteur :

– Ils sont aussi nombreux que prévu.

– Oui, mais regardez là, positiva Halhazakh en avançant une extrémité de tentacule vers le plan, l'accélérateur sous-terrain sort du périmètre du complexe. Il y a une entrée ici, hors de l'enceinte de surface. Moins d'effectifs.

– Bien vu, ajouta Diln. On a plus de chance par là. Et il suffira de longer l'accélérateur pour rejoindre le local.

– Très bien. Alors maintenant on va s'occuper des détails.

Le trio continua de travailler activement pour organiser précisément l'infiltration. Ils recherchèrent et enregistrèrent sur leurs appareils d'espionnage les données biométriques de sécurité, les horaires des postes de garde, les distances à parcourir, et même la dimension et la masse précises des capsules Bionos. Ils établirent un programme minuté de l'opération, choisirent le trajet à effectuer, et essayèrent d'anticiper d'éventuels imprévus. C'était sur ce point qu'Elloy justifia une nouvelle fois l'intérêt de sa présence. En fin de journée, Halhazakh estima qu'ils étaient parés.

– Bon, on va pouvoir se reposer quelques ill-dôn. On devra être prêt à cinquante-quatre ill-dôn.

– Je vais vous préparer un lit, proposa Elloy en s'éclipsant dans sa chambre.

– Je n'ai pas besoin de repos, signala Diln.

– Ce fauteuil suffira, compléta Halhzakh. Merci Elloy.

Et tous s'installèrent pour passer la première partie de la nuit à leur aise. L'humain fut presque ému de retrouver le confort de son propre lit.

*
* *

C'était le lendemain sur Agastya, mais toujours la même journée du 23ème d'après le calendrier Dialonis, que le trio se mit en action. La nuit était encore profonde lorsqu'ils sortirent de l'appartement d'Elloy.

– Bonjour Olben, commença l'humain en entrant dans l'habitacle du *Ownall*.

– Bonjour sheev Martel, sheev Kwhalka, sheev Itakis, répondit l'androïde avec son habituelle joie artificielle, à la même place que la veille. Comment était votre nuit ?

– Courte mais agréable, répondit Elloy.

– Longue et chiante, contredit Diln par l'intermédiaire de la voix synthétique de son traducteur.

Les iliths ne dormaient pas, et vivaient donc mal la solitude des nuits lorsqu'ils étaient les seuls représentants de leur espèce.

– On y va, annonça simplement Halhazakh après avoir lancé un regard amusé à son camarade.

Olben démarra rapidement et le véhicule s'éleva du sol. Malgré leur formidable puissance, les machineries du vaisseau ne semblèrent pas perturber le silence caractéristique de la nuit. Cela était nécessaire pour ne pas compromettre la mission. Le plus discret aurait été de rejoindre la zone du GLA à pied, mais la troupe avait anticipé le besoin d'une solution de fuite rapide. Il fallait donc approcher le véhicule au plus près du complexe. Le swas profita du cours trajet pour briefer une dernière fois l'humain qui n'était pas homme d'action.

– Bon, Elloy, dernière chance. Sûr de vouloir participer ?

– Oui, absolument.

– Bon, d'accord. Alors je répète : pas d'initiative. Tu fais tout ce que je te dis, quand je le dis, et avec le moins de bruit possible. Tu as retenu les signes ?

– Normalement, oui, hésita l'informaticien.

Si Halhazakh avait été humain, il aurait aisément décelé le manque de confiance dans la voix. Pourtant, la studiosité d'Elloy lui avait permis de retenir tout ce que le mercenaire lui avait enseigné : des signes de tentacule spécifiques pour ordonner l'arrêt, le déplacement ou encore pour avertir de la présence de quelqu'un dans une pièce.

– Tu as revérifié ton matériel ?

– Oui, j'ai pris tout ce qui pourrait être utile.

– J'espère qu'on en n'aura pas besoin. Olben, enchaîna-t-il en se tournant vers le majordome mécanique, je veux que tu sois prêt à t'envoler en soixante ka-dôn[7]. Tiens, voilà notre plan minuté. On reste en contact sur la fréquence sécurisée.

Il déposa au côté d'Olben un feuillet numérique présentant la liste des étapes du plan.

– Bien, sheev Kwhalka.

Le *Ownall* se posa à cinq cent trente mètres du point d'accès à l'accélérateur de particules souterrain externe au GLA, derrière une butte longitudinale. Le trio sortit et s'étala sur le sol, en haut de la butte. Ils étaient à cinq virgule trois kilomètres au nord-ouest de l'enceinte du complexe scientifique. La seule marque de la présence de l'accélérateur était ce petit bâtiment sans étage, isolé. Un soldat estero était adossé au mur extérieur, et l'on pouvait aussi distinguer son collègue humain à travers la vitre de la loge d'accueil. Halhazakh désactiva la fonction de synthèse audio de son traducteur. Seul le texte visible sur les écrans du swas et de l'ilith permettrait à Elloy de les comprendre. Les deux mercenaires, eux, connaissaient la langue standard humaine. Le chef du commando parla avec la voix la plus basse possible, et l'informaticien lut :

---

[7] Dix secondes.

– Pour l'instant, les infos sont bonnes. On a bien un estero et un humain en poste à cette heure-là, comme prévu.

Le corps de Diln forma un appendice qui dégaina une arme de poing. Halhazakh fit de même avec son fusil long *Danak Katal* 12D/I-Tau 32. Il visa, et tira sur l'estero avec sa fonction de dispenseur photonique. C'était une arme swas, usant donc d'énergie lumineuse. Un rayon focalisé atteignit les yeux pédonculés du soldat qui s'écroula sur ses quatre membres de façon absurde, inconscient. Les deux mercenaires éclatèrent d'un rire complice. Elloy reconnut les caquètements typiques d'un ricanement swas et la perte de vigueur du corps de Diln. Puis le responsable de l'équipe remarqua la détresse dans le regard d'Elloy.

– Il n'est pas mort. Le rayon paralyse le cerveau de certaines espèces. Allez Diln, on bouge. Elloy, tu restes ici comme convenu. Tu pourras venir à mon signal.

L'intéressé acquiesça. Les espions se mirent en mouvement. Halhazakh se plaqua contre le mur du bâtiment en arrivant par le côté impossible à surveiller depuis la fenêtre. Diln glissa sous la vitre et ouvrit la porte grâce au pass de l'estero. À l'intérieur, on entendit le deuxième garde s'agiter. Il sortit de sa loge et se retrouva nez à nez avec un swas menaçant. Celui-ci le paralysa en enroulant trois tentacules autour de ses bras, de ses jambes et maintenant sa bouche fermée. Diln finit le travail en plaçant son neutraliseur électrique sur le cou du soldat. Halhazakh lâcha doucement sa proie, entra dans la loge d'accueil et pointa une lampe sur la vitre pour signaler à Elloy de les rejoindre. L'informaticien débarqua dans le bâtiment.

– Tout va bien ?

Halhazakh le regarda de travers.

– C'était la partie facile. On est habitué à plus corsé.

Diln s'avança vers les portes de l'ascenseur et les ouvrit en utilisant cette fois la carte de sécurité du soldat humain.

– Tous dans la boîte, apparut sur son écran de traducteur.

Le trio entra et les portes se refermèrent sur eux. L'ascenseur entama sa descente. Une note douce attira leur attention. Un res-com mural s'activa et une voix humaine en sortit :

– *Soldat Vasset ? Qu'est-ce qui se passe ?*

Personne ne fit un bruit. Halhazakh regarda intensément Elloy, et même si cela ne se voyait pas, Diln, qui percevait son environnement grâce à la photosensibilité de toutes les cellules de son corps, fit de même. Elloy sentit la pression l'étouffer. Ce dernier orienta ses paumes vers le plafond en signe d'incompréhension. L'ilith fit afficher sur son écran :

– C'est sûrement un sécuritaire du complexe qui a relevé l'activation non prévue de l'ascenseur par le soldat humain. Tu dois te faire passer pour lui. Réponds.

Elloy secoua vigoureusement la tête, et s'évertua à expliquer par des gestes variés que sa voix n'était pas la même que le soldat inconscient, et que le sécuritaire pourrait s'en rendre compte. Dans l'esprit du swas et de l'ilith, cela n'était pas pertinent. Ces membres d'espèces non humaines ne distinguaient pas les différents timbres des voix – au mieux les différents accents de la langue.

– *Allô ? Elmun Vasset ?* reprit la voix.

Elloy était à deux doigts de supplier à genoux, toujours sans un bruit. Halhazakh s'impatienta, et décida de l'agripper par la nuque et de plaquer sa tête contre le res-com. L'informaticien parvint à maîtriser sa douleur et répondit :

– Rien, tout va bien, pourquoi ?

– *T'es dans l'ascenseur extérieur de l'accélérateur ! Pourquoi tu quittes ton poste ?*

Elloy envoya le regard le plus suppliant qu'il put. Halhazakh affirma sa prise et écrasa la joue d'Elloy contre le mur plus fermement.

– Je vais juste aux toilettes.

– *Mais t'en as là-haut, non ?*

– Elles sont sales. En plus je m'ennuie, je voulais faire un tour en bas. Qu'est-ce que ça peut faire ?

Après un cours silence où les trois infiltrés retinrent leur respiration, la voix reprit.

– *Qui t'es, salopard ?*

Le cœur d'Elloy explosa. Halhazakh désactiva le res-com mural et agrippa son fusil, avant d'enclencher la fonction à courte portée du I-Tau 32. Diln se mit également en position de combat.

— Je suis désolé, fit Elloy, je vous disais qu'il ne reconnaîtrait pas la voix !

— On savait qu'il y avait un risque d'imprévu, avança le swas. Reste derrière moi.

— On change rien au plan, formula silencieusement Diln. On avait prévu de passer par les conduits énergétiques le long de l'accélérateur.

— Oui, mais ils vont nous chercher dans le coin. On va pas pouvoir neutraliser tout le monde.

Elloy réfléchit à toute vitesse dans l'espoir de compenser son erreur, et trouva une idée qu'il lâcha dans l'instant :

— On peut faire une diversion ! Leur faire croire qu'on veut aller dans le bunker du volcan par exemple.

Les deux mercenaires parurent intéressés mais prudents.

— Comment on pourrait faire ça ?

— Si je me branche à un terminal, je pense pouvoir exploiter les codes de sécurités qu'on a emportés pour ouvrir les portes de la zone de stockage, à distance. Ils croiront qu'on prévoit d'y aller.

— Pas mal ! Le gros des troupes devrait être attiré là-bas, oui. Mais on sera attendu dans l'accélérateur quand même. Attention, on arrive. Diln, tu les dégommes. Elloy, par terre, contre le mur.

L'humain se laissa tomber dans le coin de l'ascenseur, plein d'appréhension. Diln s'étala au maximum contre le sol pour préparer son assaut. L'ascenseur stoppa sa chute et les portes coulissèrent. Quatre militaires fédéraux les attendaient en position de tir. Trois dialons et un humain. Diln bondit depuis le sol en étirant son corps pour percuter la bouche du dialon le plus proche. Dans l'élan, il renversa le soldat qui finit sa trajectoire deux mètres plus loin, les quatre membres en l'air. Sous le coup de la surprise, personne ne fit feu, excepté Halhazakh qui envoya à son tour un sécuritaire par terre. Le corps de l'ilith changea de nouveau de configuration et se propulsa latéralement vers le soldat humain. Celui-ci se brisa le dos en heurtant le mur du couloir. Le dernier dialon avait hésité trop longtemps avant de définir une cible. Il fut assommé par le canon du fusil d'Halhazakh. Les swas n'étaient pas réputés pour leur force physique, mais les dialons possédaient une zone sensible entre leur œil et la base de leur trompe dorsale, que l'espion ne manqua pas d'exploiter. Durant tout le combat, Elloy avait enfoui sa tête dans ses bras. Halhazakh lui tendit un tentacule pour l'aider à se relever.

– Il y a un terminal de sécurité là-bas. À ton tour.

Un autre de ses membres désigna un boitier mural. L'informaticien reprit ses esprits et rejoignit l'endroit désigné. Diln et Halhazakh se placèrent en position de protection autour de lui tandis qu'il déballait de son sac le matériel dont il aurait besoin.

– Alors, s'impatienta Halhazakh après quinze secondes, t'en es où ?

– Mais attendez, je viens de me brancher.

– Plus vite.

Elloy ne prit même pas la peine de lire la traduction sur l'écran du swas. Il pianotait à une vitesse impressionnante sur le minuscule clavier de la borne. Il avait relié au port de connexion un des appareils sur lequel l'équipe avait enregistré toutes les données biométriques du personnel. Grâce au code pirate qu'il avait rapidement développé la veille, le réseau ne considéra pas ces informations comme de simples données brutes, mais comme provenant directement du corps du chef de sécurité du bunker. Il put ensuite choisir la requête qu'il désirait : ouvrir les accès à la zone de stockage, situé sous le volcan Shayen, à plus de dix kilomètres de là.

– C'est bon, les voies sont ouvertes, annonça fièrement Elloy.

– Super ! Claqua le bec d'Halhazakh. Mais attention, ils vont pas tous déserter l'accélérateur. Ils vont quand même trouver ça suspect que notre objectif soit si loin de notre point d'entrée.

– Par sécurité ils devraient quand même se concentrer sur le bunker, ajouta Diln.

– En plus, je rappelle qu'il y a des navettes ultrarapides qui font le tour de l'accélérateur. Ils penseront sûrement qu'on les utilisera.

– Oui. Donc on va continuer le long de l'accélérateur en courant tant que la voie est libre. On finira le chemin dans les conduits, comme prévu. Allez !

Les infiltrés parcoururent plus de trois kilomètres en fonçant sur la passerelle déserte qui longeait l'énorme tube circulaire de l'accélérateur. Il leur restait encore deux kilomètres à parcourir. Elloy n'en pouvait déjà plus. Il redoutait cette partie physique du plan. Heureusement, l'adrénaline lui donnait assez de tonus pour ne pas s'écrouler de fatigue. De plus, son évasion d'Aclésia-Monty avait forgé chez lui un mental plus robuste et l'avait aidé à mieux gérer son stress. Il était mieux préparé à l'action désormais. D'ailleurs, le plan qu'il comptait suivre pour faire échouer la mission ne quittait pas son esprit et Elloy restait bien décidé à le mener à bien. En tout cas, essayer, car il était de plus en plus convaincu qu'il ne s'en sortirait pas.

– C'est là, afficha l'écran d'Halhazakh.

Le swas avait doucement tapé sur la porte du local pour les avertir. Elloy se reconcentra.

Ils entrèrent dans la zone technique, encore une fois grâce aux données piratées par l'informaticien. Depuis la petite pièce, on pouvait se glisser par une trappe circulaire pour accéder à l'espace de maintenance. Il s'agissait d'un conduit où passaient tous les câbles et systèmes de l'infrastructure, et qui longeait l'accélérateur de particules sous-terrain sur tout son périmètre. Il était conçu pour optimiser l'espace. Par conséquent, il était prévu pour être emprunté par des techniciens de petite taille, comme des rylotts. Diln, était le plus à l'aise des trois. Son corps malléable progressait sans gêne entre les obstacles. En revanche, Halhazakh avait du mal à avancer. La tête en avant, il poussait sur ses tentacules à l'arrière du corps pour se trainer dans le passage. Avec son corps chétif pour un humain, Elloy s'en sortait légèrement mieux que lui au début, mais l'épuisement se faisait sentir, et l'endurance d'Halhazakh permit au chef du groupe de regagner du terrain. Ils avaient encore près d'un kilomètre à parcourir jusqu'à la salle de stockage. Elloy releva la tête et vit devant lui l'épiderme de Diln qui avait pris une teinte rouge irisée. Il savait que c'était le signe d'un agacement mêlé de nervosité. Il pouvait lire sur son écran :

— Ils auront bientôt réussi à contourner notre programme. Ils vont vite s'apercevoir qu'on ne va pas au bunker.

— *Trrrrkakakgrrralkk tak tak kaktrrrrrikka kraaaa*[8].

— Arrête de blâmer Elloy. Il s'en sort bien pour un humain civil.

Les deux trainards redoublèrent d'effort. Au bout d'un temps interminable, ils parvinrent enfin à la sortie prévue. Celle-ci surplombait un petit local semblable à celui par lequel ils étaient entrés. Diln se laissa tomber avec sa grâce gélatineuse dans la petite pièce qui, d'après leur plan, était juxtaposée à l'entrepôt. Il patienta plusieurs minutes en préparant son arsenal de combat, jusqu'à ce qu'Elloy fasse voir sa tête par la trappe. Il essaya de se dégager pour sortir, passa les jambes, puis se suspendit à travers l'ouverture en tenant le rebord par les deux mains. L'ouverture était à un peu plus de deux mètres du sol.

— C'est haut. C'est trop haut ! geignit-il.

— Fais bien attention à ne pas faire de bruit en tombant, ordonna simplement Diln sans tenir compte des craintes de l'humain.

Elloy était trop occupé à évaluer la distance entre ses pieds et le sol pour remarquer que l'ilith s'adressait à lui. L'irruption soudaine de la tête d'Halhazakh au-dessus de la sienne fut assez effrayante pour qu'il lâche prise. Le son des bottes sur la grille métallique aurait pu réveiller un goxlek. Les tentacules du swas s'agitèrent de colère mais il se maîtrisa assez pour

---

[8] De là où il était, Elloy ne pouvait lire le texte sur l'écran d'Halhazakh, mais il devinait qu'il s'agissait de vulgarités.

conserver le silence. Toutefois, le mal était fait. La porte du local s'ouvrit, et deux soldates galons énervées tombèrent sur les deux intrus. Diln, qui était prêt à l'action, tira sur l'une d'elles. Mais la deuxième eut tout le loisir de répliquer. Son arme à projectiles fit feu et blessa l'ilith. La soldate s'avança et visa ensuite Elloy. Halhazakh, encore dans le conduit, se dépêcha d'en sortir. Bien qu'il ait éprouvé des difficultés à s'y hisser, il fut cette fois assez habile pour tomber sur le sol avec autant d'élégance que son partenaire ilith, grâce à la structure musculaire exceptionnellement complexe des swas. Avec des milliards de fibres indépendantes, les tentacules pouvaient se plier, s'étirer, se compresser et même s'aplatir. Cela lui permit d'amortir le choc sans difficulté. La surprise de la galon lui fit lever son arme sur le swas, mais elle réagit trop tard. Le mercenaire lui avait asséné un coup sur le fameux point faible des dialons entre l'œil et la trompe. Elle s'écroula inconsciente.

– Diln ! Ça va ?

Halhazakh venait de se retourner pour s'enquérir du sort de son partenaire. Sa posture avait perdu sa vigueur, mais il énonça tout de même grâce à son traducteur :

– Ça ira. C'est qu'un projectile.

Les iliths formaient une espèce extraordinaire. Parmi toutes celles recensées dans Enban, il n'y avait qu'elle qui cumulait autant de caractéristiques si singulières. Tout leur corps était fait de cellules indifférenciées. Ainsi, une blessure par balle provoquait des dégâts très ciblés, rapidement soignés par régénération grâce à un métabolisme efficace. Ils craignaient davantage les armes à énergie qui répandaient le mal dans une plus large zone des tissus.

Diln expulsa la bille par son point d'entrée, et regagna une posture plus vigoureuse. Halhazakh passa brièvement la tête par l'entrée du local.

– Deux dialons sur la droite. Une estero, deux humains et deux dialons sur la gauche.

– Rendez-vous ! fit une voix en langue dialonis. Lâchez vos armes dans le couloir, et lancez-les-nous.

Halhazakh dévisagea Elloy durant quelques secondes, avant de déclarer :

– Heureusement que t'as fait une diversion.

L'informaticien leva les sourcils pour signifier son accord mais aussi sa crainte. Halhazakh décida de répondre avec malice aux militaires :

– Ah non, ça n'est pas possible. On risque de les abîmer. Vous savez combien ça coûte ces machins ?

– N'essayez pas de gagner du temps !

L'espion s'adressa de nouveau à Elloy, sur un ton plus sérieux.

– Et heureusement que tu es venu avec nous, finalement. On va avoir besoin de couverture.

Il lui tendit une arme swas que les humains pouvaient utiliser sans soucis. C'était une sorte de canon courbe qui produisait des émissions de photons focalisés à haute fréquence.

– Non mais c'est pas à ça que je pensais quand je disais que je pourrais être utile !

– Il est déjà réglé. Tu as juste à tirer avec ce bouton. Occupe juste les deux dialons de droite. Ne tire pas à gauche, tu risquerais de nous toucher.

– Je compte jusqu'à neuf ! Continua le soldat.

– Non, non, je peux pas ! Je peux pas faire ça ! Chuchota fortement Elloy.

– Pas le choix. Maintenant !

Halhazakh et Diln bondirent hors de la pièce en tirant dans tous les sens, et se mirent à couvert dans les recoins du couloir. Elloy se sentit gagné par leur courage, et tendit un bras timide hors du local technique. Les deux dialons sur sa droite déchargèrent d'un coup toute leur habilité martiale dans sa direction, faisant brûler les murs et l'encadrement de la porte, ce qui calma instantanément sa bravoure. Ayant confirmé la présence d'un ilith, ils avaient choisi des armes à énergie plus adaptées. Le pauvre informaticien se remit à l'abri.

– Elloy ! cria Halhazakh. D'ici on n'est pas protégé d'eux ! Couvre-nous !

L'humain comprit, même sans lire l'écran du swas. Les deux dialons qu'il devait occuper pouvaient facilement atteindre les deux mercenaires. Il se motiva de nouveau, et cette fois, il fit feu. Les soldats de droite stoppèrent leurs tirs et se cachèrent.

– Ça marche ! S'extasia Elloy.

– Oui, génial, eh bien n'arrête pas !

Diln put enfin sauter hors de son couvert pour s'avancer vers les cinq soldats de l'autre côté du couloir, tandis qu'Halhazakh déchaîna vers eux la puissance de son fusil I-Tau 32 au-dessus de lui. Les rayons de particules Tau hypercondensées provoquaient des éclairs jaunes à la trajectoire vibrante, et faisaient des ravages sur les cibles. Leur impact noircissait les murs et le sol. Lorsque les militaires se protégèrent, le swas avança à son tour. Il ne réagit pas aux exclamations tantôt excitées, tantôt apeurées de l'humain de leur groupe, derrière eux. Il visa avec soin juste au-dessus d'une console derrière laquelle un des dialons se cachait. Lorsque celui-ci fit émerger son œil pour guetter l'ennemi, un tir précis le traversa et lui ôta la vie. Déconcentrés, les quatre autres soldats ne virent pas l'ilith foncer sur eux. Les particularités de cette race la rendaient très efficace au corps-à-corps, avec un entraînement adapté. L'attention d'Elloy fut attirée par les sons de lutte derrière lui. C'était la première fois qu'il voyait un tel spectacle. Diln bondissait de tous les côtés, formant à loisir des appendices pour frapper ou pour se propulser. Il parvenait même à prendre appui sur le haut des murs. Il arrêta sa dance en s'enroulant autour d'un humain pour l'étouffer. Halhazakh avait profité de cette démonstration pour rejoindre son coéquipier. Il tua l'humain et le dialon restants dans son élan. Il restait donc l'estero, prête à la bataille. Diln acheva l'humain qu'il tenait en lui brisant la colonne vertébrale, puis le lâcha pour se concentrer sur l'adversaire le plus puissant.

– Ils avancent ! Hurla alors Elloy. Halhazakh !

– Continue de tirer ! répliqua le swas.

C'est la soldate qui prit l'initiative. Son arme envoyait des décharges de plasma, bien plus dangereuses pour Diln. Elle tira sur lui, laissant Halhazakh libre pour riposter. Son arme à laser toucha sa cible, mais une estero était une créature résistante. Le colosse ne faiblit pas sa cadence mais changea de cible. C'était maintenant à Diln d'agir. Il s'avança et tenta de la frapper. La soldate essaya de l'agripper, mais le corps malléable de l'ilith pouvait sans problème glisser entre ses gros doigts. Il y avait peu de zones sensibles dans le corps d'un estero. Tout ce que pouvait faire Diln, c'était essayer de l'immobiliser. Il avait du mal à maintenir au moins deux de ses membres ensembles, tant le corps de la soldate était imposant. Malgré tout, il occupait suffisamment la militaire pour qu'Halhazakh puisse la neutraliser. Le swas avança le canon de son fusil entre les plaques buccales de l'estero, et fit feu. Elle arrêta de se débattre avec l'ilith et s'écroula par terre.

– Lâchez vos armes !

C'était les dialons de l'autre côté du couloir. L'un d'eux tenait fermement les deux bras d'Elloy dans son dos, et l'autre pointait une arme sur sa tempe.

– Daskh… siffla Halhazakh.

– Je suis désolé, fit l'humain.

Les deux mercenaires filèrent derrière la console où se protégeaient leurs précédents adversaires. Fatigués, ils ne pouvaient pas enchaîner tout de suite une autre phase d'action.

– Vous pouvez nous laisser encore… Deux eso-dôn[9] ? questionna Halhazakh par l'intermédiaire de la synthèse vocale de son traducteur.

– Arrondissez plutôt à mille[10], renchérit Diln par la même méthode.

Les deux amis échangèrent un petit rire.

– Trois, deux…

---

[9] Environs trente secondes.
[10] Quatre heures.

Le swas se releva en maintenant quatre tentacules en l'air, sans arme. Il contourna lentement la console et retourna dans le couloir.

– D'accord, je me rends. Ne tirez pas.

– L'ilith aussi ! cracha la deuxième soldate galon.

– Désolé, il n'est pas encore présentable.

Un trait d'énergie percuta la trompe du soldat tenant l'arme qui menaçait Elloy. C'était Diln qui avait lui aussi contourné la console pour trouver un angle de tir. Halhazakh était suffisamment proche de l'autre militaire pour engager le combat. Elloy fut libéré. Il plongea par terre pour ramasser l'arme prêtée par Halhazakh. Il se retourna et tira dans les tissus mous du dessous du corps du dialon.

– Ça m'a frôlé ! S'énerva le swas.

– C'était vraiment bien exécuté Elloy, approuva Diln. N'écoute pas ce râleur.

– Merci, déclara simplement l'informaticien, en état de choc.

Il fourra l'arme dans une poche sans avoir l'air d'y faire attention et étudia la victime ; le soldat fédéral respirait encore, mais avec difficulté. Le petit informaticien se rassura, mais c'était la première fois qu'il blessait quelqu'un volontairement, avec une arme à feu. Tout devint flou autour de lui. Il ne faisait plus attention aux paroles du swas. Ses rétines conservaient l'image de lui tirant sur son adversaire.

– On y est ! fit la voix synthétique du traducteur d'Halhazakh.

Elloy retrouva difficilement ses esprits. Ils étaient dans la salle de taille modeste qui servait à entreposer du matériel pour le fonctionnement de l'accélérateur souterrain du GLA. Diln et Halhazakh ouvrirent tous les compartiments muraux, dont certains étaient réfrigérés. Ils cherchaient les capsules d'échantillons Bionos.

– Oh ! Je crois que c'est ça ! Ça ressemble au schéma.

Diln était en face d'une étagère portant quatre cylindres transparents, dont les bases comportaient les systèmes permettant d'alimenter le champ de neutrinos, le courant électrique et la température nécessaire au maintien des particules dans le bocal. L'ensemble mesurait Soixante-neuf centimètres de haut sur trente-cinq de diamètre. À la vue de ces précieux échantillons, Elloy redevint complètement lucide, et retrouva la raison pour laquelle il avait insisté pour participer à l'opération.

– Je le prends dans mon sac. J'ai plus de place que vous.

Il joignit l'acte à la parole en saisissant l'objet. Celui-ci était lourd, mais pas seulement d'un point de vue matériel. Elloy sentait le poids de l'enjeu qu'il représentait. Il le plaça dans son sac et remit le tout sur le dos.

– Si on peut en prendre plus d'un, ça sera encore mieux, proposa Diln.

– Oui, approuva halhazakh, mais il faudrait que j'enlève du matériel de mon sac. Mais on aura besoin de nos armes et peut-être de ce matériel pour sortir.

– Je peux peut-être me débarrasser de mes munitions de désintégrateur…

– C'est risqué. L'alerte est donnée, on va sûrement devoir se confronter à un gros effectif.

– On en prend un chacun à la main.

– Ils vont voir qu'on a pris les particules !

– Ils se doutent déjà de la raison de notre présence de toute façon.

– Et puis, intervint Elloy, porter une capsule va vous empêcher de tirer, non ?

– J'ai sept membres mon bonhomme, je peux m'en sortir, argumenta le swas.

– Et moi, j'ai…

Il fut interrompu par des bruits dans le couloir. D'autres soldats arrivaient.

– Oh non, se plaignit l'humain.

– Pas le temps. Elloy, on te fait confiance. Un c'est déjà bien. On sort ! À la navette !

Leur objectif était les transports rapides qui circulaient autour de l'accélérateur pour rejoindre leur point d'entrée, mais ils devraient se confronter à l'escouade qui courait vers eux. Halhazakh et Diln prirent de l'avance sur Elloy.

C'était le moment. L'informaticien voyait ses coéquipiers s'éloigner devant lui. Il serrait son pistolet dans la main, prêt à agir. Puis, les soldats déboulèrent au détour d'une coursive devant eux et firent feu dans la foulée. Les mercenaires se jetèrent à couvert, songeant à faire marche arrière. Cette option n'était pas non plus possible ; trois sécuritaires venaient de sortir d'une porte latérale et les séparèrent d'Elloy qui trainait cinq mètres derrière.

– Ils nous prennent en tenaille ! hurla le swas par-dessus le bruit des tirs.

Étonnamment, cela facilita le plan d'Elloy. Depuis le départ, il comptait faire faux bon à Halhazakh et Diln pour s'approprier l'échantillon volé. Il avait escompté trouver le moyen de neutraliser les mercenaires pour ne pas qu'un homme comme Taroc Diarond mette la main sur ces particules. La création et l'usage de ces entités destructrices par une autorité publique était une catastrophe, mais leur contrôle par une personnalité à la tête d'un empire économique privé risquait d'apporter encore plus de malheurs. Elloy n'était pas spécialement intéressé par la politique, mais selon lui, c'était là que résidait la source de la plupart des dysfonctionnements de la galaxie : la recherche du profit sans réflexion sur les conséquences imposées aux populations. Une substance possédant des propriétés au potentiel si dévastateur entrainerait sans aucun doute de nouveaux désastres. De plus, il ne voulait pas non plus retourner en prison. Ainsi, il avait décidé d'emporter un échantillon de ces particules et de faire échouer le plan de l'homme d'affaire, trahissant son accord avec lui.

Avec les deux groupes de soldat devant lui, il avait une option de retraite. Il tira au hasard pour prévenir d'éventuelles attaques en reculant de quelques pas pour accéder à un ascenseur de service. Il brancha son appareil contenant les données de sécurité du laboratoire pour ouvrir les portes. Il parvint à passer à l'intérieur, toujours en faisant feu de son arme de poing, ce qui avait empêché les trois soldats de lui nuire. Il était maintenant seul. Le cœur battant assez fort pour être audible, il entreprit son ascension. Sa mémorisation du plan ne lui fit pas défaut. Au-dessus de lui, à la surface, un astronef réservé aux aller-retours entre le GLA et l'accélérateur spatial l'attendait. C'était le seul moyen qu'il avait trouvé pour s'éloigner seul de la zone. Après ça, c'était le noir complet. Aucune idée de ce qu'il ferait. Il souhaitait simplement disparaître. Il avait déjà commencé à réfléchir à une liste d'alliés possibles. Elle n'était pas très convaincante.

Ceci dit, un nom commençait à lui revenir régulièrement à l'esprit.

Non, c'était absurde… Pourquoi l'aiderait-elle ?

L'ascension était plus longue que la descente. Il y aurait forcément un accueil à l'arrivée. Il fallait réfléchir à un moyen de sortir du conduit sans se faire capturer, ou pire, tuer. L'informaticien se connecta au système de l'ascenseur. Ses compétences professionnelles étaient sa seule vraie arme. Il put ainsi ouvrir la trappe du plafond. Après plusieurs tentatives de saut pour l'atteindre, il chercha une nouvelle solution. Il pouvait s'élever en montant sur le récipient de particules Bionos. Oui, il serait assez robuste pour supporter sa masse. Mais alors, il ne pourrait pas le récupérer. À moins qu'il ne trouve un moyen de l'attacher à quelque-chose pour le hisser jusqu'à lui une fois sorti. Les bretelles de son sac à dos !

Plus que trois petites minutes avant que les portes de l'ascenseur ne s'ouvrent. Il posa son sac, sortit délicatement le cylindre contenant la précieuse substance invisible, et le posa sur le sol. Il fit un nœud entre la lanière de son sac et un tuyau de l'objet. Puis il se releva et attacha l'autre lanière à sa ceinture. Il monta sur l'objet, sauta, puis tira sur ses bras pour passer la trappe. Sans le poids du bocal, la traction était plus aisée. Il parvint à passer le buste par le plafond de l'ascenseur en levant avec lui l'échantillon. Il se retrouva debout, dans le conduit, au-dessus de la cabine qui filait vers la surface. Comme prévu, au bout de ce couloir vertical, une autre trappe permettait de sortir directement dans le bâtiment de contrôle du vaisseau. Il remit l'échantillon de particules dans son sac, puis, lorsque l'ascenseur atteignit le dernier étage, il put passer par l'écoutille. Les soldats qui l'attendaient derrière les portes de l'ascenseur furent décontenancés et déçus de le voir vide. Le temps qu'ils réalisent qu'Elloy étaient sorti par le haut de la cabine, l'intrus était déjà en train de parcourir les couloirs du bâtiment pour rejoindre la navette spatiale. Durant sa course, il préparait ses outils informatiques qui lui autoriseraient l'accès au véhicule. Il y était presque…

*
* *

Diln vit Elloy s'échapper, derrière les trois soldats qui venaient de leur bloquer la retraite. À ce moment-là, il ne savait pas encore que l'humain venait de trahir le groupe, et pensait qu'il s'enfuyait comme il pouvait pour mettre le cylindre à l'abri. Il se concentra sur sa situation immédiate. Lui et Halhazakh étaient en mauvaise posture, mais ils avaient un arsenal assez fourni pour s'en sortir. Le swas lança une grenade droit devant lui sur l'escouade qui bouchait leur fuite. Le flash lumineux brûla les organes visuels des militaires. Les mercenaires avaient le champ libre. Ils avancèrent le plus vite possible, en tirant sur les trois autres soldats derrière eux. Ils gagnèrent ainsi le quai de la rame, et grimpèrent à l'intérieur.

– C'est bon, je peux l'activer, se rassura Diln en se connectant aux systèmes de la navette grâce aux données piratées par Elloy.

Halhazakh s'assit, exténué.

– Enfin un peu de répit.

– Profite-en. Il faudra être prêt à affronter les troupes en haut.

– Je sais. J'espère qu'ils n'ont pas encore repéré le *Ownall*.

– Comment on fait pour récupérer Elloy ?

C'est à ce moment que le chef d'équipe réalisa son absence. Percevant sa surprise, l'ilith déclara :

– Il a été coupé de nous par le groupe de trois soldats derrière.

– Alors ça, ça m'énerve.

– On aura plus d'options quand on aura retrouvé Olben.

– Espérons. On va arriver. On leur fait le coup du Dalor doré ?

Halhazakh fit claquer son fusil fétiche, prêt au combat.

La rame ralentit puis s'arrêta. Dix soldats se déversèrent à l'intérieur. Ils voyaient parfaitement Halhazakh, immobile au milieu de la navette, quatre tentacules levés.

– Lâche ton arme ! cria l'un d'eux.

Le swas était déjà désarmé, mais les répliques conditionnées des militaires avaient la vie dure. En réalité, il s'adressait à un hologramme du mercenaire. Les vrais infiltrés étaient calés au plafond de la rame, au-dessus de la porte. Halhazakh et Diln tombèrent lourdement sur deux sécuritaires et s'enfuirent, juste avant que la porte ne se referme. Ils avaient préalablement pris le soin de placer une autre grenade à l'intérieur. C'était le moment de la remontée vers la surface, par l'ascenseur qu'ils avaient emprunté pour entrer.

– Il était très joli celui-là ! Bien joué.

– Toi aussi, tu as bien géré. Tu as vu comment l'elt avait l'air paniqué ?

– Il passera pas le grade de caporal celui-là.

– S'il passe la nuit, déjà.

Les deux coéquipiers ricanèrent en ressassant les actions de la matinée, profitant du temps de repos offert par l'ascension. Mais l'opération n'était pas terminée.

– Olben, caqueta la langue du swas après avoir retrouvé son sérieux, on remonte à la surface dans deux eso-dôn[11]. Après ça, selon l'accueil, il nous faudra peut-être un soutien aérien.

– *Sans problème Halhazakh. Je démarre.*

– Ah oui, et on a perdu Elloy. C'est lui qui a l'échantillon.

– *C'est bien déplorable. Je vais tenter de le localiser.*

---

[11] Environ trente secondes.

L'ascenseur ralentit. De nouveau, les mercenaires de Taroc se préparèrent à affronter les feux ennemis. Lorsque les portes se rouvrirent, ils eurent la surprise de ne voir personne. Après un bref regard à la fois interrogateur et rassuré, ils sortirent de la cabine, puis du bâtiment. Le *Ownall* était posé juste devant l'entrée.

– Finalement pas de problèmes, annonça Halhazakh à Olben en arrivant dans la cabine de pilotage du *Ownall*. Ils sont tous descendus pour nous arrêter dans le sous-sol visiblement. Personne en surface.

– Tant mieux. J'ai repéré Elloy dans le bâtiment d'analyse particulaire. Je peux me poser sur le toit.

– Parfait. Fonce !

Mais avant que le jet de Taroc Diarond ne prenne son envol, une activité inquiétante attira l'attention du trio. Au nord-est, sur la gauche de la verrière du cockpit, Halhazakh, Diln et Olben virent une navette assignée aux transports vers l'accélérateur spatial d'Agastya décoller depuis l'intérieur de l'enceinte du GLA, sous les tirs des batteries de défenses qui avaient été installées dans le complexe scientifique. Tous comprirent à ce moment.

– Je rêve ? Envoya silencieusement Diln.

– Non, non, non, non, non NON ! Répondit frénétiquement Halhazakh. Daskh !

– Je crois qu'Elloy Martel a trouvé un autre moyen de transport, fit posément l'androïde.

– Suis-le. VITE !

*
* *

Les mains d'Elloy tremblaient sur les manettes de commandes du vaisseau. Ce n'était pas tant dû aux vibrations des machines qu'à son état émotionnel. L'engin était à mi-chemin entre son glisseur citadin et un vaisseau interstellaire. Il avait réussi à le faire décoller grâce à ses souvenirs des leçons de pilotage spatial enseignées durant ses années d'études supérieures. Mais lors de ses entraînements, il ne se faisait pas tirer dessus. La navette était munie d'un émetteur de champ de protection primaire, projetant une sphère invisible autour de l'engin, avant tout destiné à se prémunir d'éventuels débris spatiaux qui pouvaient heurter la coque. En d'autres termes, il ne tiendrait pas dix minutes contre les projectiles à accélération magnétique qui fusaient vers lui. Son sac, contenant le récipient hermétique renfermant les particules Bionos, était posé sur le siège, derrière lui. Après chaque virage préventif pour esquiver les tirs, le fugitif jetait un œil dessus, par crainte de le voir tomber et se briser. Il n'avait pas eu le temps de le fixer aux sangles de sécurité parce qu'il avait abordé la navette sous les feux ennemis. La priorité était de s'éloigner. Le ciel matinal de Gaemed[12] était plus lumineux que la normale à cause des éclairs meurtriers. Il naviguait entre les traits sans pouvoir prévoir leur trajectoire. Seule la chance pourrait l'aider à rester entier. Il n'était plus très loin de quitter l'atmosphère d'Agastya. Mais où irait-il ensuite ?

Une pensée fugace le traversa ; s'il était en liberté, c'était grâce à Taroc Diarond. En échange, il avait promis de l'aider à récupérer un cylindre Bionos. C'était hors de question. Il ne serait pas cet homme et refusait d'être responsable des conséquences que cela pourrait avoir. Il était même préparé à risquer sa vie pour cela. De toute façon, il était probable que cette deuxième infiltration dans le GLA lui soit fatale. Au moins, il mourrait en paix avec sa conscience. Peu importait s'il rompait le marché avec Taroc.

Elloy vit alors l'écran de détection annoncer la présence d'un navire à sa poursuite. Il pensa d'abord aux vaisseaux fédéraux, puis il reçut un visuel. C'était le *Ownall*. Ses tirs joignirent ceux des défenses fixes au sol qui commençaient pourtant à faiblir. Sa défection ne fit plus de doute.

---

[12] Rappel : Continent d'Agastya sur lequel est localisé le GLGOCFDSPCAQNCBA.

– Non mais laissez-moi tranquille, ****** ** ****** ** *****[13] ! Je veux pas mourir ! Dégagez ****** de mercenaires !

La chance le quitta. Un missile traversa le champ de force protecteur et percuta la queue de l'astronef. Celui-ci fut projeté en avant en tournoyant verticalement. Le conteneur Bionos fut arraché du siège et se brisa sur le plafond du poste de pilotage. La substance cosmique libérée se répandit dans l'habitacle. Elloy s'en rendit compte en entendant simplement le son produit. Il imagina les particules comme de minuscules êtres conscients, soulagés de regagner enfin leur liberté, et courroucés de leur injuste captivité. L'informaticien sentait déjà des effets sur son corps. Il ne savait pas encore si c'était psychologique ou réel. Les secondes suivantes tranchèrent : des lignes bleues irisées parcoururent sa peau, brûlant sa chair profondément. Il ne put tenir plus longtemps les commandes. La navette n'était plus sous son contrôle. Après le passage des courbes brillantes – formant des anneaux partant du bout de ses doigts, puis remontant autour de ses mains et de ses bras – ses tissus disparaissaient. La douleur s'effaça sous la force de la surprise. Avant que ses yeux ne disparaissent à leur tour, il vit les mêmes motifs étincelants descendre le long des parois du cockpit. Puis, comme son propre corps, celles-ci s'évanouirent, laissant voir le ciel étoilé et la surface sombre de sa planète d'origine en alternance, conséquence du mouvement circulaire de la navette. L'appareil finit par être totalement annihilé.

---

[13] Des grossièretés que l'auteur n'assume pas d'écrire.

Chapitre XVII

Parole sans voix

KesLa, en approche d'Epixus, le 19ème 5 613.

Les esteros et les dialons dormaient dans la même position car il y avait quelques ressemblances morphologiques entre ces deux espèces : la forme générale du corps était un dôme rigide qui protégeait les individus, sous lequel étaient rattachés les quatre membres. L'œil des dialons était en revanche sur le haut de cette carapace, devant la trompe dorsale, alors que les deux yeux pédonculés des esteros partaient du torse, au-dessous. Et ces derniers étaient bien plus imposants, avec leurs plus de deux mètres cinquante de hauteur en moyenne. Mais en fin de compte, les individus des deux races dormaient en repliant leurs membres sous leur corps. Les lits les mieux adaptés à cette position étaient donc un coussin circulaire moelleux assez grand pour la personne. L'infirmerie 4 comprenait de tels lits. Dans deux d'entre eux, Ilmer Avinogester et Nexos Adun, un estero et un dialon, reprenaient lentement connaissance.

– Ils sont réveillés. Bien.

Ilmer cru reconnaître la voix olinoracénienne de Unloc, le médecin en chef de l'expédition. Il voyait sur sa gauche la teinte rougeâtre de la peau de Nexos, et la silhouette d'Alanie et Oléga à droite. Il n'avait pas encore remarqué le petit Alak'anolap'onagat à côté d'elles. Il fallut encore plusieurs minutes pour qu'il prenne pleinement conscience de son environnement. Un temps suffisant pour que Dru Ginovna puisse arriver sur place. La capitaine entra dans l'infirmerie.

– Ilmer !

– Capitaine, articula-t-il.

– Comment vont-ils ? S'enquit-elle auprès du médecin.

– Tout va bien. Je ne pense pas qu'il y aura de séquelles.

– Merci docteur.

Elle s'approcha de son lieutenant.

– Capitaine, répéta-t-il. Quelle est la situation ?

L'œil de Dru roula sur lui-même[14].

– Cher lieutenant, prenez le temps de vous rétablir complètement. C'est un ordre, ajouta-t-elle ironiquement.

– J'ai sûrement manqué des choses.

– Et moi, je peux demander ? questionna Nexos qui venait de prononcer ses premiers mots depuis son réveil, en bougeant doucement ses membres.

– Bienvenu parmi nous professeur, répondit Dru avec gentillesse. Est-ce qu'on peut au moins vous féliciter avant tout ?

– C'est vrai ? On a réussi à réparer le canon ?

– Exactement Nexos ! intervint Alanie. T'as clairement fait un super boulot ! La détection l'a confirmé : le canon a renvoyé deux vaisseaux de la ligue dans l'espace Kamichi, et les autres les ont suivis. C'était parfait ! Bravo à vous deux.

Elle fit un signe de tête à Ilmer.

– Parka Niebr ! lança le biologiste en essayant de se relever. Il faut que je fasse des tests.

La main olinoracénienne d'Unloc le maintint couché.

– Doucement professeur, dit le médecin.

– Remerciez docteure Nevlin et la caporale Rashimii. Elles vous ont brillamment tirés de là.

L'œil de Nexos se tourna vers Alanie.

– Tu es sortie dans l'espace pour nous ?

– Totalement. J'allais pas te laisser flotter dans ce truc. On avait encore besoin de toi si jamais le canon n'était pas soigné.

– Ah oui, c'est sûr je comprends. Alors c'était pas la peine de ramener aussi Ilmer.

Toutes les personnes présentes se mirent à rire, excepté Alak'anolap'onagat qui ne saisissait toujours pas le second degré.

---

[14] Signe d'amusement chez les dialons.

– Franchement, merci à toutes les deux, continua Nexos avec sérieux.

– Caporale, très bon travail, ajouta Ilmer.

– J'aimerais bien autoriser une petite célébration pour tous ces actes héroïques, mais il faudra remettre ça, trancha Dru. On est sauvé de la ligue mais les choses sérieuses vont commencer.

– Capitaine ? questionna l'estero, sentant que la réponse à sa première interrogation approchait enfin.

– Les epixis ont communiqué. C'est une première ! Ils ont envoyé des coordonnées, sans doute pour nous permettre d'atterrir.

– Sérieusement ? bondit Nexos sur un ton entre l'interrogation et l'exclamation.

– J'ai pris la décision d'y aller. J'ai considéré l'absence d'agression de leur canon comme un signe de bonne foi. Et de toute façon, on comptait déjà se poser, alors.

– La différence est que ce sont eux qui ont choisi ces coordonnées. Il y a peut-être un piège, lança alors Alak'anolap'onagat.

– Vrai. Mais ils auraient pu nous agresser depuis l'espace, Alak. Je ne peux pas rester plus longtemps. Je retourne à la centrale pour diriger l'approche. Rassurée de vous voir saufs, Ilmer, Nexos. Et encore bravo docteure, caporale.

Elle quitta l'infirmerie. Son second se mit debout et la suivit, sous les protestations inutiles de Unloc.

*
* *

Dans la centrale, l'air semblait en ébullition. Les appareils paraissaient faire plus de bruit qu'à l'ordinaire, le personnel avait l'air plus agité et plus nombreux, la température donnait l'impression d'être plus élevée et l'on pouvait sentir la tension et l'anxiété comme une odeur qui planait dans la salle. Chaque responsable de section vérifiait les données toutes les trente secondes, de peur de passer à côté d'un élément capital. Il ne

53

fallait rien laisser au hasard et éviter la moindre erreur. Ce que vivaient les membres d'équipage était un évènement historique : le *KesLa* allait se poser sur la planète la plus mystérieuse de la galaxie.

La capitaine de vaisseau Dru Ginovna débarqua dans la centrale, et son arrivée fut à peine remarquée dans l'effervescence ambiante. Seule Astiandre Tiffy, la première pilote, capta le son de la porte et osa décrocher son regard de l'écran pendant une fraction de seconde pour saluer sa supérieure.

– Capitaine.

Le second de Dru l'avait rattrapée et entra peu après. Ce furent cette fois dix regards qui s'orientèrent vers lui.

– Tu as plus de succès que moi, ironisa la galon.

– Mes excuses capitaine.

– Tu es sûr de pouvoir quitter l'infirmerie ?

– Hors de question que je reste là-bas. De toute façon je vais très bien.

C'était faux. Il avait encore un léger tournis. Mais il considérait que cet état ne l'empêcherait pas d'assumer ses fonctions.

– Parlez-moi, aboya Dru à toutes personnes dans la centrale, maintenant qu'elle avait leur attention.

– Approche lente vers le point fixé, répondit vigoureusement la pilote. Toujours à cent kilofrasques par ill-dôn[15], comme ordonné.

– Aucune activité en surface ou dans l'espace, continua le lieutenant Bolloc de la détection.

– Le canon orbital derrière nous ne s'est toujours pas réactivé, compléta un de ses opérateurs, le sergent Ranat'okan'alakak.

– Pas de signaux, pas de messages pour le moment, acheva l'adjudant Brom des communications.

Tous furent dans l'attente de la réaction de la capitaine. Celle-ci finit par lâcher :

---

[15] Mille quatre-cent soixante-douze kilomètre par heure.

– Mais alors pourquoi vous êtes aussi agités ? Reprenez vos postes dans le calme. Tout va bien pour le moment.

– Oui, capitaine, chanta tout le monde en cœur.

– Major, vous allez ralentir encore l'allure de 36/90[16], pour laisser le temps à deux éclaireurs de survoler la zone. Je veux des visuels.

– Tout de suite capitaine, envoya la pilote, toujours avec la même force dans la voix.

– J'ai dit de vous calmer.

– Tout de suite capitaine, dit-elle un ton plus bas.

L'ordre fut relayé aux baies de lancement des chasseurs. Les deux pilotes de chasseurs titulaires de l'équipage, les sous-caporales Deman Olnolin et Ereli Fontel, deux galons bien formées, préparèrent leur véhicule dès la réception du message. Les vaisseaux monoplaces avaient la même forme globale que le *KesLa* : un dôme élancé vers l'arrière qui surmontait un long pied formant un manche, leur donnant l'allure d'une arme à feu. Les deux chasseurs s'éjectèrent du hangar et dépassèrent le *KesLa* fonçant vers la surface d'Epixus.

– *Éclaireurs lancés capitaine, informa Deman dans sa radio.*

– Bonne chance caporale.

La vitesse des deux vaisseaux était bien plus élevée que celle de la frégate. Ils s'enfoncèrent dans les premières couches atmosphériques à peine deux minutes plus tard. Des nuages d'eau masquaient encore la surface, mais les éclaireurs les traversèrent rapidement. C'est là que les pilotes purent observer pour la première fois le sol de l'astre inconnu. Les images captées par les senseurs vidéo étaient transmises en direct à la centrale du *KesLa*. Alanie et Nexos, qui l'avaient rejointe, en furent émerveillés. Les yeux de l'humaine se remplirent de larmes et elle sentit des picotements dans ses narines. L'émotion de Nexos se traduisit par une rigidification passagère de sa trompe dorsale. Les deux scientifiques allaient

---

[16] Quarante pourcents.

poser le pied sur la planète dont rêvaient tous les astrophysiciens, les xénobiologistes et les historiens de la fédération et de l'empire enossien. Ils pourraient découvrir tout un tas de nouvelles formes de vie, de matériaux, la culture, l'histoire et la technologie d'Epixus... L'enjeu était d'une puissance formidable.

– *Aucune activité visible capitaine*, annonça la voix déçue de Deman Olnolin. *Vous recevez bien les images ?*

– Affirmatif. Qu'est-ce qu'on voit exactement ? C'est pas des bâtiments ?

– *Ça ne ressemble à aucun bâtiment que je connais, capitaine.*

– Évidement, s'interposa Nexos avec mépris, c'est une toute nouvelle planète, sous-lieutenante.

– *Caporale*, rectifia Deman.

– Oui bon d'accord, caporale…

– *Ce que je veux dire*, reprit la pilote, *c'est qu'en effet il y a des grandes structures, mais le revêtement évoque plutôt...*

Des grésillements masquèrent le reste de la phrase.

– Caporale ? s'inquiéta Dru.

– Ça a coupé capitaine, prévint l'adjudant Brom. Attendez… Voilà, ça revient.

– Caporale ? reprit Dru.

– *Oui, oui.*

– Ce sont probablement des matières organiques, attaqua de nouveau le biologiste. Vous avez déjà oublié le canon orbital ou quoi ?

L'excitation de Nexos le rendait encore plus agressif qu'à l'ordinaire.

– Doucement, professeur, calma Dru.

Deman ne se sentait pas de répliquer. Sa collègue Ereli prit le relais.

– *On voit différents types de formations de toutes tailles, mais aucune trace de rayonnements provenant d'eux.*

– C'est quand même bizarre, se dit Dru pour elle-même.

– Qu'est-ce qu'on fait, capitaine ? demanda Ilmer. Ça sent le piège.

– On doit continuer comme prévu. Caporales, restez sur place et continuez le survol de la zone en attendant notre atterrissage.

– *Bien capitaine.*

– Est-ce que je fais préparer le vaisseau au combat ? insista l'estero.

– Il n'est pas déjà prêt ? rétorqua la cheffe avec humour.

Srakhar, le diplomate de la mission, dont l'avis n'était pas requis jusque-là, affirma alors sa suggestion :

– Il ne faut pas montrer de signe d'agression. Je maintiens que c'est la meilleure approche. Espérons qu'ils soient juste prudents et qu'ils ne prévoient pas une entourloupe.

– Je pense qu'ils n'ont clairement pas peur de nous, Srakhar, avança Alanie. Avec ce qu'ils ont mis aux vaisseaux de la ligue, je ne sais pas si on peut parler de prudence.

– On a quand même permis à leurs défenses de se réactiver.

– Ils ne nous ont sûrement pas tout montré. S'ils nous laissent venir c'est qu'ils ont confiance dans leur supériorité. Ici ça doit plutôt être une forme de pudeur.

– De la pudeur ? Ils sont timides alors ? Avec la puissance de leurs canons ? Krkrkrkr.

– Non, mais ils n'ont jamais laissé personne approcher et découvrir leur monde. Ils ne se dévoilent pas.

– Oui, je te rejoins là-dessus, concéda le swas.

– Je pense aussi, ajouta Dru.

Depuis son poste de détection, Nioub Bolloc, déconcertée, annonça :

– Capitaine, on dirait que nos éclaireurs vont se poser.

– Pardon ? Elles m'entendent toujours ? Allô, caporales ? Vous deviez juste survoler…

– *Capitaine,* coupa la voix d'une des galons, *on ne commande plus nos appareils ! On est sur un vecteur d'atterrissage.*

– Ils ont aussi un système de repousseurs électromagnétiques, comme nous ? supposa Alanie.

Ereli, qui l'avait entendue, lui répondit :

– On dirait le même genre, oui, mais on ne voit rien qui puisse ressembler à un émetteur, d'ici.

– Les repousseurs agissent à courte portée normalement, confirma Dru.

Les deux chasseurs se posèrent tranquillement, chacun au milieu d'une structure circulaire étrange et molle, d'où partaient quatre immenses tapis translucides mauve pâle en forme de feuille qui se refermèrent sur eux comme un cocon.

– Ça, c'est un acte d'agression, s'emporta Ilmer en dégainant machinalement son arme. Ils ont emprisonné nos troupes !

– Calme-toi, Ilmer. Et puis range ton pistolet. Tu vas tirer sur quoi, là ?

– Tu ne peux pas rester sans réagir ! Continua l'estero.

– On ne sait pas ce qui s'est passé. On va pas tout gâcher maintenant.

Nexos intervint pour justifier la réaction de Dru :

– Pour ce qu'on sait, il s'agit peut-être juste des capacités d'une forme de vie sans lien avec la décision des epixis. Regardez cette flore[17] abondante. Pour l'instant on ne peut pas différencier les êtres vivants des bâtiments epixis, s'il y en a.

Alanie acquiesça en regardant son ami, puis Ilmer rangea son arme. Dru tenta de continuer sa communication avec ses pilotes.

– Caporales. Vous êtes toujours là ?

– Affirmatif, capitaine. On est enfermées dans une sorte de bâtiment mouvant. Vous avez dû voir de l'extérieur.

– On est bientôt là, on va essayer de vous sortir d'ici.

– Capitaine ! interpella Astiandre Tiffy. Nous sommes à bonne distance pour commencer la descente.

– Allez-y major, autorisa Dru avant de résumer la situation. Bon, soit c'est un phénomène naturel, soit c'est une façon de

---

[17] Ici, le terme utilisé par convenance évoque la biodiversité fixée au sol présente en surface, et n'appartenant pas au stade dit « technologique ». Il ne s'agit donc pas d'espèces anciennement classées dans le groupe des végétaux ayant évolué sur la planète Terre.

se prémunir d'une agression de nos chasseurs, soit c'est un acte de guerre. Peu importe. Dans tous les cas, il est plus que probable que nous ne fassions pas le poids. Autant miser sur une forme de confiance. Restez prêts. Est-ce que l'escouade Olor est parée ?

L'escouade Olor était le nom donné à l'équipe militaire de terrain embarquée dans l'expédition, sous le commandement de la caporale Oléga Rashimii. L'inspiration venait d'un mythe dialonis : Olor était le nom d'un héros recherchant la vérité sur le monde. Dans sa quête, il était parvenu à entrer dans la dimension des dieux.

« Ce n'est pas très subtile » avait dit Ilmer à Oléga lorsqu'elle avait proposé ce nom, durant le voyage. À cela, elle rétorqua « oui, mais c'est classe ». L'argument donné, le lieutenant de vaisseau avait approuvé l'appellation.

Les six pieds cylindriques du *KesLa* se posèrent avec grâce sur une étendue minérale lisse entourée d'une multitude de tiges hautes de plus de cinq mètres. Des volutes de vapeur se dissipèrent dans l'atmosphère fraîche d'Epixus. Moins de cinq minutes plus tard, la rampe d'embarquement de la frégate toucha le sol, et dix soldats de l'escouade Olor se mirent en position sur sa longueur, visant le moindre élément suspect du décor ; autant dire qu'ils ne surent où donner de la tête. Ils avançaient deux par deux en se remettant chaque fois en position, à l'abri derrière les colonnes encadrant la rampe. Les premiers membres de l'équipe posèrent le pied sur le sol de la planète, et petit à petit, ils établirent un périmètre autour de l'entrée. Oléga faisait partie des pionniers.

Les conditions environnementales d'Epixus étaient déjà connues avant l'atterrissage du *KesLa*. Depuis l'espace, l'équipe de détection avait établi que la pesanteur sur la planète valait vingt-et-un mètre par seconde au carré[18]. Cela était dû en partie à sa taille plutôt imposante pour une planète tellurique, mais cela ne pouvait pas expliquer entièrement cette valeur. L'hypothèse la plus évidente était la composition

---

[18] Soit plus de deux fois la pesanteur terrestre.

chimique de l'astre, probablement fait d'éléments plus lourds que ceux qui constituaient les noyaux des planètes des systèmes de la périphérie galactique. Cela avait du sens, car ici, près du centre d'Enban, la concentration d'étoiles et de pépinières stellaires était bien plus forte. Ainsi, la probabilité de créer des éléments lourds grâce à la fusion continue qui animait le cœur des étoiles était bien plus élevée.

Les douze espèces appartenant à la fédération de Dialonis, de l'alliance des mondes ou des nations, avaient évolué sur des mondes aux pesanteurs variées mais peu éloignées. Avec quelques ajustements technologiques et un temps d'adaptation, chacune pouvait supporter les conditions des mondes connus. Par conséquent, les habitants de la Terre se sentaient simplement deux fois plus lourds sur Epixus que sur leur planète d'origine. En revanche, les personnes ayant grandi sur Agastya, qui possédait une pesanteur de trois virgule six mètres par seconde au carré[19], devraient porter un exosquelette pour les aider à supporter leur poids. C'était le cas d'Alanie et de Nexos.

L'atmosphère avait également été analysée. Elle était riche de nombreux gaz, propres à satisfaire les constitutions des six races représentées dans l'équipage de l'expédition. La pression atmosphérique était supportable par toutes, excepté des rylotts qui devraient alors se protéger d'une combinaison spéciale. Alak'anolap'onagat n'était pas ravi. D'un autre côté, il redoutait de toute façon de poser le pied en dehors de la sécurité relative de la frégate. Il pourrait tout de même expérimenter la joie de découvrir par lui-même le nouveau monde qui s'offrait à lui, et cela contrebalançait largement les inconvénients pratiques.

– Laisse-moi passer, toi !

C'était Nexos qui repoussait le soldat Anton Mavulette, un humain grand et aux muscles gonflés, en haut de la rampe de la frégate.

– Professeur, attendez qu'on sécurise la zone.

---

[19] Soit plus de trois fois moins que la pesanteur terrestre.

– J'ai attendu soixante-douze dôn pour venir ici.

– Alors vous pouvez bien attendre dix eso-dôn[20] de plus.

– Absurde ! Laisse-moi passer !

– Sheev...

Anton plaqua une puissante main sur l'avant du corps de l'elis et le maintint fermement à distance. Cela ne freinait pas la progression du biologiste. Un dialon avançait sur quatre membres puissants. Un humain, même le plus robuste, n'avait que deux jambes fragiles.

– Tu vas...

Alanie, Srakhar, Ilmer et Dru venaient de rejoindre la rampe.

– Mavulette ! interpella Dru.

– Nexos ! fit de même Alanie.

– Capitaine, il insiste ! miaula le soldat.

– Carrément que j'insiste. Il m'empêche de sortir !

– Ça peut être *dangereux* ! Capitaine, je n'ai pas envie de le frapper.

– Arrête Anton, c'est bon, calma Oléga qui revenait vers eux. Capitaine, on a pris position autour de la rampe. Pour l'instant on n'a rien détecté.

Anton lâcha Nexos, qui dégagea son bras avec force. Puis il descendit le reste de la rampe d'un air hautain, avec des mouvements gracieux exagérés, rendus encore plus ridicules par son attirail exosquelettique.

– Professeur, avertit Dru, n'allez pas plus loin que l'escouade, quand même.

– C'est bon ! lança-t-il en s'éloignant, dépassant d'un pas le soldat le plus avancé de la troupe.

Il était à la lisière de la forêt de hautes tiges qui entourait le vaisseau. Elles avaient une épaisseur à leur base de dix centimètres environ, et paraissaient formée de plusieurs couches fines superposées, dont la transparence laissait deviner un axe rigide au cœur de la structure. Elles offraient une coloration bleutée tirant sur le parme. À intervalles

---

[20] Dix minutes.

réguliers, une onde lumineuse discrète balayait cet axe du sol vers la cime. Nexos était fasciné, et n'entendait pas les requêtes suppliantes des soldats lui intimant de battre en retraite.

Depuis le haut de la rampe, Alanie demanda à la capitaine de vaisseau d'un simple regard de rejoindre son confrère. Dru approuva sa requête silencieuse.

– Et si tu peux le convaincre de s'éloigner de la bordure...

Lorsqu'elle posa le pied à terre, ses yeux s'humidifièrent de nouveau, cette fois plus fortement que lorsqu'elle observait les détails de la surface depuis l'espace. Elle y était enfin. Elle commença par contempler le sol, couvert de motifs répétés à l'identique, comme une texture graphique dupliquée à l'infini. Puis elle leva les yeux au ciel et aperçut une des trois sources de lumière et d'énergie de la planète ; le système stellaire était ternaire, et les trois étoiles qui le composaient avaient été tristement nommées Sepixus-a, Sepixus-b et Sepixus-c par la communauté scientifique de la fédération de Dialonis. Alanie voyait la géante bleue Sepixus-a, qui masquait de son éclat les deux autres : la naine jaune Sepixus-b et la naine rouge Sepixus-c. La distance à ces astres et la composition de l'atmosphère étaient telles que la température extérieure ambiante avoisinait deux degrés Celcius.

– Appel pour les caporales Deman Olnolin et Ereli Fontel. C'est la capitaine Ginovna. Répondez caporales.

La galon n'obtint qu'un silence peu rassurant. Ilmer avança vers elle en baissant les yeux.

– Ils ont brouillé leurs communications et tu penses encore qu'ils sont pacifiques ?

– Elles connaissaient les risques.

– Ça, c'est facile à dire. Elles ne pouvaient pas s'attendre à être capturées depuis leur survol de la surface en chasseur.

– T'as un reproche à me faire, *lieutenant* ?

– Non, je dis juste qu'il faut rester très prudent.

– Merci, je le suis. Caporale Olnolin ? Fontel ? Répondez...

Elle continua d'essayer de joindre ses subalternes en s'éloignant de l'estero.

– Capitaine ! héla une voix anonyme pressée par la stupéfaction.

Du mouvement parmi les tiges parme stoppa l'agitation de l'escouade. Cela fit enfin reculer Nexos, qui trouva un abri satisfaisant derrière Anton Mavulette, le soldat qui avait tenté de le maintenir sur la rampe. Plusieurs tiges s'écartèrent, et une vingtaine de créatures sortirent de la forêt.

*
* *

Le temps se figea. Personne n'osa bouger. C'était un mélange entre une fascination maladive et une terreur viscérale. Presque tout le monde, dans les deux nations d'Enban, se souvenait du moment tardif où il rencontrait pour la première fois un représentant d'un peuple étranger, comme un dialon rencontrant un allhzatz. C'était presque comme découvrir dans un parc zoologique un animal que l'on n'avait jusqu'alors observé qu'en vidéo. La différence avec cette situation fut que personne n'eut jamais le moindre indice sur l'apparence du peuple epixis. Cela rendait la rencontre bien plus impressionnante.

Sans avoir besoin d'y réfléchir ou d'en discuter entre eux, tous les membres de l'expédition surent qu'ils contemplaient des individus de la légendaire civilisation epixis. Leur corps n'était pas si exotique qu'un mystère aussi grand aurait pu le laisser supposer : ils étaient en moyenne hauts d'un peu plus de deux mètres, organisés selon une symétrique bilatérale, et avançaient en faisant onduler une queue épaisse sur le sol. Celle-ci partait de ce que l'on pouvait caractériser comme un buste couvert d'une matière rigide. Deux bras souples terminés par quatre doigts identiques partaient également de ce petit torse, ainsi qu'une tête boursouflée portant un œil noir unique à sa base. Ce simple fait put rassurer quelque peu les dialons en présence, car ils s'inquiétaient souvent des créatures possédant plusieurs globes oculaires. Leur front haut bosselé était cerné par deux alignements verticaux de quatre creux réguliers. Les deux tentacules greffés à l'arrière du crâne s'agitaient gracieusement d'un mouvement constant. Leur extrémité plus large présentait un globe ovale transparent qui traversait les deux faces de l'organe. Un troisième tentacule, plus long, semblable aux bras et terminé par un entonnoir cerclé de poils fins, partait du dos. Leur épiderme offrait peu de variation individuelle, et était d'un blanc opalin maculé de petites taches élégantes plus sombres sur la queue, les bras et les tentacules[21]. Pour terminer, tous étaient vêtus d'habits plus ou moins élaborés, taillés dans diverses membranes visiblement organiques, incolores et translucides.

Les militaires reculaient doucement en accompagnant le mouvement approchant des êtres blancs. Intérieurement, tous étaient en pleine panique. Certains appelèrent leur capitaine d'une voix tremblante, comme des enfants croyant apercevoir un monstre.

— Ils n'ont pas l'air d'avoir peur de nous… souffla doucement Anal'Nokak'Gonal, une soldate rylott à un coéquipier.

Nexos perçut son chuchotement.

— Comment vous pouvez déterminer la manifestation de la peur chez une espèce inconnue ?

Anal'Nokak'Gonal perdit son intérêt pour les epixis pendant une seconde. Elle ravala sa réponse quand Srakhar Krahwahk, le diplomate, s'immisça entre eux et intima silencieusement à l'escouade de baisser les armes, soutenu par un regard appuyé vers Oléga. Mais la militaire ne pouvait pas céder.

Alors que Srakhar se préparait à énoncer ses salutations pacifiques aux autochtones, il fut interrompu par une nouvelle surprise. Les pilotes, Deman Olnolin et Ereli Fontel, sortirent à leur tour d'entre les hautes tiges, accompagnées d'autres epixis.

— Caporales ! Laissa échapper Dru en se précipitant à la rencontre de ses soldates, tranchant l'immobilité ambiante. Elles purent se rejoindre sans que les epixis ne réagissent.

---

[21] Voir visuel en annexe. Figure 12 - epixis

– Tout va bien ?

– Oui, répondit Ereli, nettement bouleversée. Ils sont arrivés dans la structure qui a retenu nos vaisseaux, et… Je sais pas…

– Oui, essaya de compléter Deman, comment dire… C'est comme si…

– Il va falloir être plus précise que ça, invita Dru en forçant la bienveillance par-dessus l'impatience.

– C'est comme si on savait qu'ils nous invitaient à les suivre.

– Mais ils n'ont prononcé aucun mot ! renchérit Ereli.

– Voilà. Conclut Deman.

Dru releva l'œil vers les epixis, songeuse. Et, comme pour illustrer les propos des pilotes, elle ressentit quelque chose qu'elle aurait pu décrire de l'exacte même manière. Mais il y avait quelque chose de plus. Elle savait que les intentions des individus silencieux n'étaient pas hostiles. Pour le moment. Et pas seulement d'après leur attitude. Elle prit une décision.

– Baissez les armes. Lieutenant Avinogester, Srakhar, Alanie… Nexos (Elle venait de saisir le regard insistant du biologiste), suivez-moi s'il vous plaît. Caporale Rashimii, restez avec l'escouade pour garder le vaisseau. Contact tous les ill-dôn[22].

– J'appelle Alak'anolap'onagat ? Questionna Alanie. Je suis sûr qu'il ne voudrait pas louper ça, et à tous les coups, il est juste dans la salle de débarquement, prêt, mais il hésite à descendre.

– Vas-y, accorda Dru.

– Alak'anolap'onagat, il faut que tu viennes. Descends vite. Tu vas louper la rencontre avec les epixis.

Après quelques secondes, les paroles du rylott sortirent du res-com.

– *Vous êtes sûre, pas de danger ?*

– Absolument aucun, mentit Alanie qui n'en avait aucune certitude.

---

[22] Un peu plus de vingt minutes.

– *J'arrive.*

Entretemps, Ilmer avait rejoint Dru.

– Je suis désolé pour tout à l'heure. Je ne voulais pas te faire de reproche, mais… Trop de tension.

– Je sais bien Ilmer, t'inquiète pas. Moi aussi j'avais peur, et je suis contente qu'on les ait retrouvées.

La terreur avait progressivement laissé place à une simple anxiété chez la plupart des membres de la mission. Alak'anolap'onagat était enfin là et se plaça derrière Ilmer. Les epixis avaient patienté sans bouger durant tout ce temps. Certains avaient seulement écartés les tiges pour tracer un passage à travers la petite forêt.

– On y va, déclara Dru.

*
* *

Les six membres de l'équipe se mirent en marche et suivirent le chemin formé par les autochtones en passant devant eux. La traversée ne faisait qu'une trentaine de mètres. Une fois ressortis, ils débouchèrent sur un espace ouvert, offrant une vue dégagée sur l'environnement. Celui-ci était unique et riche de détails qui façonnaient pourtant un ensemble artistique presque cohérent.

Par endroits, l'on voyait des formations minérales allongées vers le ciel, de formes irrégulières, souvent évasées vers le haut, creusées de petites cavités régulièrement espacées sur le pourtour.

Sur le sol étaient fixées différentes formes de vie, basés sur des troncs souples, des petites tiges ramifiées ou des bouquets de formations sphériques dont les enveloppes n'étaient pas sans rappeler la texture de l'épiderme des epixis. Des branches laissaient pendre des feuillets pointus, des voiles translucides unis ou striés voletant au gré des vents légers de la planète, diverses excroissances aux formes inédites, évasées, courtes et larges ou alors qui serpentaient sur le sol.

On pouvait admirer des globes lumineux sur des tripodes mobiles mais lents, des lianes enroulées autour de leurs pieds, des organes semblables à des yeux à facettes. Des créatures globuleuses ou poilues évoluaient également dans l'air. Sur les rochers et toutes les structures visibles s'étiraient des sortes de réseaux fibreux, comme des toiles accrochées partout où elles pouvaient.

Un autre type de créatures sortant du sol pouvait être décrit par un chapeau en cône aplati, sur lequel se dressaient des poils disposés sur trois cercles concentriques. L'ensemble était porté là encore par une tige épaisse d'où partait un tentacule terminé par un entonnoir poilu sur ses bords.

Le décor offrait une richesse de couleurs, de formes, d'odeurs et de textures, mais sa beauté découlait surtout de son caractère atypique. Les implications étaient plus profondes que de simples nouvelles lignes dans un catalogue de recensement du vivant. C'était un nouvel air qui caressait les peaux des visiteurs, une nouvelle lumière qui réchauffait leurs membres, un nouveau sol que foulaient leurs pieds.

Nexos s'arrêtait à chaque pas pour observer toute nouvelle créature se présentant à son œil, avant d'être pressé par Ilmer. Le combat contre sa frustration était l'un des plus éprouvant de sa carrière.

Le chemin se poursuivit jusqu'à l'édifice que l'équipe eût identifié depuis l'espace comme un énorme bâtiment. C'était une construction – mais rien n'était moins sûr – extraordinaire. À l'image du canon orbital immense qui avait protégé le *KesLa* des attaques de la flotte de la ligue anti-Dialonis, elle semblait être faite de matière organique pseudo-vivante. Sa forme globale était trop complexe pour être décrite facilement[23]. La base avait un diamètre d'environ quatre-cents mètres, et sa hauteur dépassait largement les six-cent trente mètres. Le toit se terminait par une large cheminée béante d'où partaient plusieurs larges antennes dressées vers le ciel. Il était impressionnant de voir une architecture faite de conduits

---

[23] Habile procédé d'écriture.

semblables à des vaisseaux sanguins, des tissus épidermiques de types variés, et des formations rigides évoquant les matériaux squelettiques parcourir l'ensemble. Les tissus mous palpitaient, ce qui induisait chez les étrangers une fascination mêlée de dégoût, surtout lorsqu'il fallut pénétrer dans le lieu. Mais il n'y avait rien de réellement viscéral. Les surfaces étaient lisses, propres et lumineuses. Par exemple, l'entrée n'était pas qu'une simple fente gluante entre deux pans de peau qu'il fallait traverser, mais une ligne verticale qui s'ouvrait en un cercle parfait à l'approche des visiteurs. La lumière provenait de trous parfaitement alignés sur le haut des murs, et non pas d'organes placés aléatoirement sur les parois. Le sol n'était pas mou et humide comme l'intérieur d'un être vivant, mais plat et solide. Les vaisseaux palpitants suivaient un chemin parfaitement géométrique. Nexos avait déjà compris que l'architecture epixis reposait sur l'utilisation de matières organiques synthétiques et s'inspirait des systèmes de fonctionnement biologique sans pour autant constituer ce que l'on qualifiait de vie. Tout était choisi et disposé méticuleusement. On sentait que les bâtiments n'étaient pas des formes de vie s'étant développés seules, mais fabriqués. Il était impressionnant de constater une maîtrise aussi parfaite de la richesse qu'offrait l'infinie complexité de la biochimie.

Le groupe parcourait un couloir large en suivant une poignée d'epixis, sous le regard de nombreux autres membres de l'espèce immobiles. Toujours mu par une impulsion mentale mystérieuse, le groupe fut accueilli dans une salle adjacente au couloir. Il avait dû monter une petite pente pour rejoindre l'entrée. Dru et Ilmer restèrent maîtres de leurs émotions et étaient prêts à l'action au besoin. Alak'anolap'onagat se cachait toujours derrière l'estero, mais n'en était pas moins curieux de son environnement. Srakhar restait humble, ce qui tranchait avec l'attitude exalté qu'on lui connaissait. Alanie contenait son émerveillement, mais Nexos n'y parvenait pas. À chaque fois que le sol changeait de nature, on le retrouvait plaqué dessus pour l'observer.

– Relève-toi, enfin ! siffla la physicienne en tirant sur un des membres de son ami. Tu auras tout le temps que tu veux, mais pas tout de suite.

– Ça, t'en sais rien ! Mais regarde, les stries par terre ! Je suis sûr que c'est un polysaccharide !

– Génial Nexos, mais là, tu vois, c'est pas le moment !

Le sol était en effet tapissé de minuscules aspérités pointues qui lui donnait une texture rêche dans un sens mais douce dans l'autre. Comme dans le couloir, il n'y avait pas de jonction entre lui et les murs. Un cercle d'excroissances duveteuses était disposé autour d'un étrange piédestal qui portait une sphère cristalline. Instinctivement, on les associa à des sièges. Sur les murs, des vitraux aux brisures aléatoires et contenant des quelques impuretés – Une autre manifestation de la nature organique du matériau – décoraient la pièce. Ces vitres émettaient une lumière vive qui inondait l'endroit d'une lueur verte. Des arcs comparables à des poutres étaient visibles entre le plafond et les murs, offrant la dernière touche artistique à l'architecture.

C'était douze epixis qui étaient présents avec les six membres du groupe étranger dans la pièce lorsque l'entrée se referma sans un bruit. Poussés par un instinct bienveillant, Alanie, Dru, Nexos et Srakhar s'installèrent sur les sièges, mais Alak'anolap'onagat et Ilmer n'avaient pas bougé.

– Ilmer, assieds-toi là, ordonna amicalement Dru.

L'estero s'exécuta sans chercher à comprendre, et le rylott l'imita, de même que les douze hôtes silencieux. De l'extérieur, un calme étrange régnait dans l'assemblé. Pourtant, les premiers échanges avaient déjà commencé.

*
* *

Alanie voyait assez clairement le nom de l'epixis qui la fixait du regard, mais elle ne pouvait pas le formuler dans sa langue. Elle ressentait juste une émotion qu'elle avait associé à cet individu particulier et comprit aussi sa fonction. Il était chercheur de réponses aux questions de l'univers. Comme elle. Un physicien. Un physicien epixis ! Son esprit essayait de convertir toutes ces sensations en mots qu'elle pourrait utiliser oralement. C'était compliqué car arbitraire. Sa conscience lui souffla « Nuum ». La saveur qui flottait dans son esprit se modifia à chaque fois qu'un autre de ses congénères se présentait. Rapidement, elle avait identifié chacun d'entre eux. Maintenant, c'était clair. Les epixis communiquaient entre eux autrement que par un langage oral.

Des télépathes. Cette capacité mythique avait donc une réalité scientifique. C'était incroyable. Mais elle ne pouvait pas se permettre d'y réfléchir plus longuement. Il ne fallait pas perdre un bout de ce qui allait être « dit » ici. Aucune question n'eut besoin d'être posée. Celui qu'Alanie désigna comme « Aam », probablement un dirigeant politique, questionna les explorateurs pour sonder si ses « paroles » étaient captées. L'humaine sentait les fibres télépathiques s'infiltrer dans son cerveau et les exploita instinctivement pour fournir une réponse. Oui, elle comprenait. Elle ne se préoccupait plus de ses camarades. Elle avait été happée dans une réalité nouvelle, un champ de perception alternatif qui l'avait propulsée dans un état second, semblable à ceux que l'on pouvait expérimenter grâce à diverses substances hallucinogènes. Mais sa conscience restait intacte. Seul un voile discret recouvrait partiellement sa vision, ajoutant à ses sens une dimension supplémentaire, qui convertissait en concepts imagés les propos des êtres aphones.

Puis, *Aam* commença à exposer mentalement le point de vue des epixis sur cette rencontre, en commençant par ce qui s'était passé dans l'espace, avec l'approche du *KesLa*, puis de la flotte de la ligue anti-fédération. C'était formidable. Sans mot, la physicienne percevait ce que l'epixis avait la volonté de communiquer. Elle vit le *KesLa*, Epixus, noyé dans une teinte reposante, suivi d'une vague notion de longue durée, puis de répétition, mêlé à la représentation du canon spatial. La partie consciente de son cerveau le reformula automatiquement ainsi :

« L'arrivée de notre frégate avait été détectée bien en amont de son émergence dans l'espace standard et n'avait pas inquiété les epixis. Leur protocole était établi et avait déjà été appliqué par le passé. Il stipulait un renvoi pacifique des navires indésirables grâce à leurs systèmes orbitaux ».

Le discours se poursuivit. La teinte dans laquelle baignaient les images vira au gris. Alanie saisit la valeur vingt-sept, l'idée de dysfonctionnement après que l'image du canon soit repassée pressément, l'inquiétude. « Vingt-sept intrus sont apparus, les rayonnements du *KesLa* ont endommagé le fonctionnement du canon spatial. Les epixis ont été déstabilisés ».

Alanie connaissait déjà ces évènements, mais il était agréable de partager le point de vue des habitants. La suite lui apprit enfin des choses plus poussées. Les epixis pouvaient largement défendre leur planète contre la flotte des révolutionnaires, mais le mal qui s'était répandu dans leur satellite les inquiéta. Le *KesLa* semblait pouvoir neutraliser leur technologie. Leur nature réservée et cette expérience de crainte inédite les incitait à se préserver et ne pas montrer leurs propres vaisseaux. Ils avaient bien cerné qu'un conflit animait la frégate et la flotte rebelle. Leur réaction aurait été bien plus conséquente si la trentaine de vaisseaux agressifs les avait directement menacés. Mais cette décision n'eut plus lieu d'être car ils avaient perçu l'intervention des explorateurs dans le canon malade. À ce moment-là, leur système fut de nouveau opérationnel. L'application de leur protocole standard fut enfin réalisable.

Alanie savourait la résolution de l'énigme. Mais il y avait plus. Lors de l'arrivée des engins étrangers à leur système, les epixis avaient, comme dans chaque situation similaire qu'ils avaient connue, captés les diverses données diffusées à leur encontre. Et la première révélation tant espérée fut annoncée : les epixis comprenaient la plupart de ces communications. Ils avaient compris l'évènement qui avait poussé le *KesLa* à venir les trouver : le nuage Bionos. Au départ, la forte volonté d'indépendance de leur peuple dominait la simple curiosité scientifique qu'apportait la petite frégate. Mais par la suite, il fut évident que l'avarie du canon n'était pas volontaire. La réparation de Nexos Adun contraignit les epixis à reconnaître la bonne volonté des explorateurs. Leur technologie n'était plus menacée, leur appréhension pouvait se disperser. Ainsi, leur curiosité et leur reconnaissance avaient battu leur orgueil et ils acceptèrent d'accueillir le *KesLa* sur leur monde.

C'était la deuxième révélation. Les epixis souhaitaient en savoir plus sur les particules Bionos.

*
* *

L'état second s'estompa peu à peu. Alanie retrouva complètement ses esprits. La session avait été intense. Elle se surprit de la présence de ses coéquipiers à côté d'elle : Dru se levait et demanda la permission de se retirer. Alanie constata qu'elle, Nexos et Srakhar paraissaient sortir comme elle d'une éprouvante méditation. Elle avait une hâte profonde d'obtenir leur ressenti. Mais l'ambiance n'était pas à la discussion. C'était une situation comparable à celle qui suivait le visionnage d'un film captivant, qui nécessitait de prendre un moment avant de pouvoir échanger à son propos. Ici, l'effet était même décuplé. Elle entendit la voix lointaine d'Ilmer demander :

– Tu vas bien, Alak'anolap'onagat ?

Mais l'humaine avait encore des étoiles devant les yeux et des bourdonnements dans le cerveau.

Les epixis les laissèrent regagner leur vaisseau, dans un silence toujours aussi singulier. Les étrangers les imitaient, incapables de savoir par où commencer la moindre discussion. Ilmer ne put tenir plus longtemps.

– Dru, tu m'expliques ce qui vient de se passer ? Pourquoi on s'en va déjà ? On ne va pas essayer de communiquer avec eux ?

La galon fut arrachée de sa torpeur et plongea dans une soudaine stupéfaction. Elle s'arrêta de marcher et se tourna vers l'estero. Alanie, Nexos et Srakhar firent de même.

– Tu... Comment ça ?

Ilmer fut déstabilisé. Devait-il répéter ses questions séparément ? Plus lentement ? De l'exacte même manière ? Il opta pour une reformulation.

– On vient de rencontrer des représentant de la race la plus mystérieuse de la galaxie, qui devait nous aider à comprendre ce qui se passe sur Agastya. On vient de passer trois ill-dôn[24] avec eux. Il s'est passé des trucs bizarres, personne n'a parlé, et maintenant, quoi ? On retourne au *KesLa* ? On rentre à Gocélian ?

– Seulement trois ill-dôn ? réalisa Dru. Mais, tu n'as rien entendu ? Qu'est-ce que tu as fait, pendant tout ce temps ?

– Eh bien... commença-t-il, honteux. Capitaine, je suis désolé mais... Voilà, j'ai eu comme des visions étranges. Je vous voyais encore plus étourdis que moi. À part Alak'anolap'onagat qui a tremblé pendant toute la session.

Tous se tournèrent maintenant vers le rylott, et Dru essaya de le rassurer :

– Tout va bien, ils ne sont pas malveillants. Il n'y a pas de raison d'avoir peur.

– Je n'avais pas peur, assura le physicien. J'avais mal.

– Mal ?

– Oui, mal. Une douleur.

– D'accord, j'ai compris, mais quel type de douleur ?

– Eh bien, au corlêt[25]. Je ne peux pas la décrire, je n'ai jamais ressenti ça. C'était un bourdonnement continu, mais variable. Un phénomène très étrange. Rassurez-vous, ça s'est estompé avec le temps, et maintenant tout va bien.

– Cette histoire est de plus en plus mystérieuse, déclara Dru en se remettant en marche.

---

[24] Un peu plus d'une heure.

[25] Rappel : le corlêt est la partie haute du corps rylott.

– Pas tant que ça, avança Nexos. J'ai déjà une hypothèse, je vous en fait part dans le vaisseau.

Le groupe arriva devant la frégate, qui les attendait sagement, accompagnée par l'escouade Olor au complet. Oléga, voyant ses supérieurs arriver, se précipita à leur rencontre en s'écriant :

– Capitaine ! Lieutenant ! Ua ! Au rapport.

– C'est pas à moi de vous faire un rapport, caporale, trancha Ilmer d'un ton infantilisant.

– Pardon, lieutenant. Mais est-ce que tout va bien ?

Par compassion, Alanie s'empressa de répondre à la militaire :

– Oui, tout va bien Oléga. On a rencontré les epixis, on leur a parlé, c'était incroyable. Je pense qu'on va faire un débriefing et j'espère que vous êtes conviée.

Elle avait énoncé cette dernière phrase en posant un regard évocateur sur Dru. La capitaine approuva.

– Bien sûr, caporale. Laissez votre escouade en place et rejoignez-nous dans un ill-dôn[26] en salle de réunion 1.

– Bien capitaine. Mouss, vous avez le commandement.

Leil Mouss était le sous-caporal de l'escouade Olor, un estero. Il se mit au garde-à-vous et s'éloigna. Dru s'adressa à Alak'anolap'onagat.

– J'aimerais que vous alliez voir le docteur Unloc avant le debrief.

– Puis-je demander pourquoi ?

– Je veux être sûre que vous soyez en bonne santé, docteur.

– Irrru[27], Merci de votre sollicitude. C'est très aimable.

Il entra innocemment dans le *Kesla*, sans réaliser que la demande de la militaire était motivée par le mal que lui-même avait décrit plus tôt.

Vingt minutes plus tard, le debriefing était prêt à démarrer dans la salle de réunion 1. Dru Ginovna dirigeait la séance, accompagnée par les autres participants de la rencontre avec

---

[26] Environ vingt minutes.
[27] Son évoquant une satisfaction chez les rylotts. Intraduisible.

les epixis. Oléga, Tejio, le chef artilleur, et Majaona, l'historien-archéologue de l'expédition, complétaient les effectifs.

– Bon, initia Dru. Docteur Alak'anolap'onagat, qu'a dit le docteur Unloc ? Pardon, je précise : à propos de votre état de santé, se reprit-elle de crainte que le rylott ne répète absolument tout son dialogue avec le médecin de bord.

– Il a dit qu'il ne voyait pas de dysfonctionnement avec mon corps, d'après les tests préliminaires.

– Parfait. Vous nous communiquerez le moindre symptôme, d'accord ?

– Si vous le désirez.

– Très bien, alors on peut commencer. Je crois que la mission nécessite déjà un premier bilan. Il semble que les impressions divergent, alors je propose que chacun expose son ressenti à tour de rôle. Ça vous convient ?
Tout le monde acquiesça à sa façon.

– Alors on écoute le lieutenant de vaisseau Avinogester.

L'estero se leva et commença à faire vibrer ses fentes buccales.

– Non, t'es pas obligé de te mettre debout à chaque fois que tu vas prendre la parole. Tu le sais bien.

Ilmer se rassit en s'excusant puis commença.

– Déjà, pour ceux qui n'étaient pas là, autant préciser le début. On a été conduit dans l'énorme bâtiment qu'on voyait depuis le ciel. Là, on a pris place dans une salle. Il y avait… dix ou douze epixis, je crois ? Personne ne parlait, à part la capitaine qui nous a demandé de nous assoir. Et là, tout le monde s'est figé. Enfin, juste la capitaine Ginovna, la docteure Alanie, le professeur Adun et sheev Srakhar Krahwahk. Je voyais Alak'anolap'onagat se ratatiner sur son siège en tremblotant légèrement. Et de mon côté, j'ai expérimenté des sensations étonnantes.

Il en venait à la partie qu'il assumait difficilement en tant que membre des forces armées dialonis. Les hallucinations n'étaient pas bien vues.

– Continue, Ilmer. Ne t'inquiète pas, je crois qu'on a tous subi des évènements similaires.

– Bon. J'ai vu comme des taches colorées, par-dessus mon environnement. Des figures très complexes. Je ne pourrais pas les décrire. Et encore moins les couleurs. Ce n'était pas les couleurs habituelles[28]. C'était comme des nouvelles couleurs. Voilà, je ne sais pas comment mieux le dire. J'attends l'avis des scientifiques.

Il avait entrecoupé cette dernière partie de beaucoup d'hésitations. Ce n'était plus un manque d'assurance, mais une réelle difficulté à définir son expérience. Une petite pause s'installa avant que Dru ne reprenne.

– C'est très étrange. Je n'ai pas vécu exactement ça. Ça y ressemblait mais c'est allé beaucoup plus loin. Enfin, je préfère entendre d'abord ce qu'il s'est passé pour Alak'anolap'onagat.

– Tout le monde s'est assis, commença l'intéressé, et puis j'ai eu mal au corlêt.

Nouvelle pause. Le rylott attendait la réaction des membres de la réunion.

– Ah, vous voulez dire que… C'est tout ? Questionna Nexos.

– Oui, j'ai eu mal, mais légèrement. Et comme j'ai dit plus tôt, ça allait de mieux en mieux, et maintenant tout va bien.

– Vous n'avez pas eu de visions ou autre chose de ce type ? Le lieutenant Avinogester a dit qu'il vous avait vu rabougri et tremblant un peu.

– Non pas de vision. Juste un bourdonnement étonnant. J'avais l'impression d'avoir obtenu un nouvel organe, qui m'offrait un nouveau sens. C'est sûrement une réaction physiologique à ça qui m'a mis dans cet état.

---

[28] À ce stade-là, il est bon d'insister auprès des lecteurs qu'en temps normal, chaque espèce, voire chaque individu, n'expérimente pas la vision de la même manière. Il a été prouvé que les swas, par exemple, ont une perception très étendue du spectre électromagnétique, et peuvent voir des micro-ondes jusqu'aux rayons X. Mais plus généralement, il est impossible de comparer la vision des couleurs qu'expérimente chaque espèce, puisque celles-ci ne sont que le résultat de l'interprétation du système nerveux.

– Merci pour ces précisions, reprit Dru. Finalement, il y avait un peu plus à dire.

– Passionnant, murmura Nexos. Son organisme s'est adapté en…

– Srakhar ? Interrogea la capitaine.

– À vos ordres, krkrkrkr ! lança le swas avec son enthousiasme habituel. Alors… Eh bien moi, je n'ai pas eu de nouvelle couleur, dommage, ni de vibration bizarre, par chance. Non, par contre, j'entendais des mots clairement dans ma tête. Après qu'on se soit assis, un epixis nous a parlé.

– *Aam*, souffla Alanie pour elle-même, surprenant par la même occasion toute l'assemblée. Pardon, reprit-elle, plus fortement, continue Srakhar.

– Oui, donc, il nous a parlé, mais on n'entendait rien. On est d'accord ?

Tous approuvèrent la déclaration.

– Mais c'était tout de même assez évident dans ma tête qu'il s'adressait à nous. Par contre, tout n'était pas très clair, ou formulé parfaitement. C'était plutôt des notions élémentaires juxtaposées. Je pouvais en déduire le sens global des phrases. Enfin, dans les grandes lignes.

– C'est ça ! s'écria Nexos avec joie !

Il fut dévisagé par tous, ce qui calma ses ardeurs.

– Excusez-moi, mais je me retrouve enfin dans ce témoignage-là.

– C'est vrai, confirma Dru. Moi aussi.

– Vous avez entendu leur voix, mais dans votre tête ? demanda Alanie visiblement déconcertée.

– Non, non pas du tout. Il n'y avait pas de voix. Ce n'était pas si clair. En fait, finit par réaliser Dru, c'était assez proche de mes propres pensées. Et toi, Alanie ?

– Pour moi c'était encore autre chose, mais l'idée générale à l'air assez proche. C'était plus des images et des représentations abstraites, ou des impressions. Des notions immatérielles. Je comprenais les concepts. J'en déduisait le sens.

– Intéressant, laissa de nouveau glisser Nexos entre ses tentacules buccaux.

– Bon, si je résume, tout le monde n'a pas vécu exactement la même chose. Ilmer et Alak'anolap'onagat n'ont pas pu « entendre » (elle avait donné ce mot à défaut d'en trouver un autre) les epixis, alors qu'Alanie, Nexos, Srakhar et moi, si. Une explication ?

– Bien sûr ! clama Nexos. Cette espèce dialogue par voie psychique. C'est loin d'être impossible d'après les recherches faites à ce sujet. Il faudrait des organes particuliers qui produiraient des ondes électromagnétiques complexes. Mais c'est un mode de communication qui nécessite un métabolisme… inédit ! Hui[29] ! Probablement à base de complexes photosensitifs…

– Professeur, merci d'abréger.

– Pardon, vous demandiez une explication.

– Concernant ce qu'on vient de vivre.

– Oui, eh bien je pense que leurs deux tentacules crâniens sont leur organe de communication. Entre eux, ils peuvent probablement se comprendre parfaitement. Mais forcément, avec d'autres espèces, ça ne peut pas donner le même résultat. Je trouve ça déjà incroyable que certains d'entre nous aient capté leurs propos et les aient même décodés !

– Pourquoi ?

– Comme j'ai essayé de vous expliquer, un tel système de communication requiert des spécifications biologiques uniques. Nous représentons des espèces qui ont évolué autour du langage oral. D'ailleurs, je suis curieux de voir comment des iliths auraient réagi, puisqu'ils communiquent par composés chimiques volatiles. Bref, il n'y a aucune raison que nos corps puissent capter les signaux des epixis. Mon hypothèse est que nos chimies cérébrales sont plus ou moins éloignées de la leur. Les effets sont variables selon les dialons, les humains, les esteros, les swas et les rylotts. On est tous plus ou moins sensibles au champ électromagnétique, mais ce n'est

---

[29] Onomatopée dialonis évoquant l'émerveillement ou l'admiration.

pas pour ça qu'on le perçoit de la même manière. C'est vraiment incroyable que trois races sur cinq aient pu les comprendre !

– Si vous le dites, se contenta de dire Dru.

Alanie décida de formuler son propre bilan de tout ça :

– En conséquence, on va bien pouvoir collaborer avec eux. L'obstacle de la communication faisait partie de nos craintes.

– Pardon, s'immisça Alak'anolap'onagat, je me permets d'intervenir. Donc alors, s'ils vous ont parlé, qu'ont-ils dit ?

En effet, il fallait bien aborder le cœur du sujet. Alanie se proposa d'exposer ce qu'elle avait compris de l'intervention du chef epixis. À chaque phrase, elle s'arrêtait pour constater la confirmation de ses propos par les autres membres ayant également saisi les paroles des êtres silencieux. Elle répéta donc comment les epixis étaient passés d'une volonté de se préserver des étrangers à leur accueil. Elle conclut ainsi :

– Finalement, leur curiosité scientifique a pris le dessus sur leur volonté d'indépendance. Déjà, on a soigné leur technologie, ce qui leur a permis de se protéger de la ligue, et ensuite, ce qu'on apporte semble clairement les intéresser. L'essentiel, c'est qu'ils sont d'accord pour divulguer toutes les connaissances qui pourraient nous aider à comprendre la nature des particules Bionos, en échange de l'autorisation de les étudier. Ce qui parait logique, puisqu'ils ne savent pas s'ils connaissent ce phénomène sans l'avoir analysé. On peut espérer rentrer avec des informations qui nous permettrons de régler les conflits sur Agastya.

– D'ailleurs, est-ce qu'on a une idée de comment notre expédition pourrait améliorer la situation ? questionna Ilmer.

– On en a parlé pendant le voyage, répondit Alanie. Peut-être que si on comprend les lois qui définissent les effets des particules Bionos, on pourra les contrer pour protéger les citoyens. Ou alors, on pourrait trouver un moyen d'annihiler les effets de leurs rayonnements. Sinon, on rassemblera peut-être des preuves que la fédération n'est pas responsable de leur existence. Enoss en doutait toujours quand on est parti. Ça devrait calmer tout le monde. Tout ça dépendra vraiment de ce qu'on arrive à tirer de nos recherches ici.

— Et qu'est-ce que tu proposes comme marche à suivre ? demanda Dru.

— Déjà, proposa la physicienne après un longue inspiration, il faudra retourner dans le bâtiment, rediscuter avec les epixis. Notamment avec *Nuum*.

Elle lut la même surprise sur les physionomies des participants.

— Excusez-moi. J'ai choisi des noms aux epixis par rapport à mes ressentis mentaux, pendant la séance. Nuum, c'est comme ça que j'appelle leur physicien, qui était présent. Je pense qu'il faudra lui apporter une capsule Bionos pour qu'il fasse ses premiers diagnostics. Et après, je propose de tous les inviter à bord, parce que tous mes outils sont ici. Enfin, si tu l'acceptes, Dru.

— On verra ça une fois qu'on aura appris à les connaître un peu plus.

— Quand même, je suis pas très enthousiaste à l'idée de leur fournir un échantillon, déclara Ilmer.

— On est là pour ça, argumenta Alanie, on ne va pas reculer maintenant.

— Qui sait ce qu'ils peuvent faire à nos esprits avec leur capacité télépathique ? Regardez l'état d'Alak'anolap'onagat pendant la réunion !

— Je vais bien, déclara simplement l'intéressé.

— Comment on peut être sûr de leurs intentions pacifiques ? continua l'estero.

— Pour l'instant on ne sait pas, convint Srakhar. Je vais retourner les voir dès demain, pour en apprendre le maximum. Mais il faut garder à l'esprit que, comme l'a dit la capitaine Ginovna, il va sûrement falloir prendre un risque. De toute façon, il y a déjà une crise avérée dans notre nation. Il y a eu des morts. Et ça ne pourra que s'aggraver si rien n'est tenté.

— Je suis d'accord, fit Dru en s'adressant à Ilmer. On a eu les autorisations de Wuxi. On prend toutes les précautions qu'on pourra. Si on sent un vrai risque, on ne les laissera pas entrer et on repartira.

– Et ils pourront nous détruire sans problème à tout moment…

– J'ose espérer que tu connaissais les risques en venant.

– Bien sûr, mais est-ce que les civils en sont conscients ?

La remarque avait fait son effet. Chacun plongea dans ses pensées.

– On fera tout pour vous protéger, tenta de rassurer Dru. Pour l'instant, on n'a aucune raison de penser à une entourloupe des epixis. On va continuer comme convenu.
Les autres acquiescèrent. Puis, Oléga, silencieuse jusqu'alors, osa demander :

– Doit-on prévenir Dialonis ou Agastya de notre prise de contact ?

Alak'anolap'onagat se chargea de lui répondre.

– Nous sommes à deux-cent-vingt mille vol-dôn-lumière d'Agastya et à cent-quatre-vingt-dix mille vol-dôn[30] de Dialonis. Le message mettrait en moyenne deux-cent mille vol-dôn à leur parvenir, parce qu'il n'y a pas de station relais entre ici et la frontière de la fédération. En plus, vu la distance, le signal se serait éparpillé dans l'espace avant d'arriver.

– Ah oui, évidement.

– Non, fit Alanie, on est complètement isolé. Mais tout va bien pour le moment. On ne pensait pas forcément arriver jusque-là, au départ. Se poser sur Epixus déjà, et même pouvoir communiquer plus ou moins avec les epixis. Et même, susciter leur intérêt.

– De la positivité ! Parfait. Merci Alanie.

L'humaine sourit à Srakhar en signe de reconnaissance.

– Bon, termina Dru, la séance est levée. On va prendre un peu de repos. Soyez prêt demain à… Non, on va juste attendre la nuit sur cette planète, et on préparera la deuxième entrevue. Merci à tout le monde.

---

[30] Plus de soixante-treize mille années-lumière d'Agastya et soixante-deux mille années-lumière de Dialonis.

Chapitre XVIII

Démonstration de foi

Orbite haute de Bernie, le 30ème 5 613.

Le *Ownall* approchait de la roue spatiale en orbite autour de Bernie. Il avait fallu sept dôn[31] pour faire le trajet depuis Agastya. Après la fuite d'Elloy Martel et la destruction de la navette qu'il avait emprunté, Olben Bee, Halhazakh Kwhalka et Diln Itakis, bredouilles, n'eurent d'autres choix que revenir faire leur rapport à leur employeur. Le swas et l'ilith appréhendaient déjà les remontrances de Taroc Diarond. L'homme ne supporterait probablement pas un nouvel échec de ses mercenaires.

– Nous arrivons, annonça inutilement Olben alors que le vaisseau entrait dans le hangar de la station.

Halhazakh lança un regard insistant à son ami en vérifiant son fusil pour la trentième fois du voyage. Dès leur sortie du véhicule, les trois agents de Taroc entendirent la voix automatique de la station s'adresser à eux dans le langage swas :

– *Bienvenue. Votre présence est souhaitée sur la baie d'observation 4. Merci de vous y présenter sans délai.*

– Il a vraiment une étoile à son nom[32], cracha Halhazakh en réponse. On a passé sept dôn dans une boîte, et il exige qu'on soit à ses pieds dès le premier eso-dôn.

– Sheev Diarond est une personne exigeante, justifia l'androïde.

---

[31] Neuf jours terrestres.

[32] Expression swas signifiant *être égoïste, manquer d'empathie, être effronté*. Les swas étant très dépendants de l'énergie stellaire, « avoir une étoile à son nom » exprime le fait de jouir de tout sans songer aux besoins des autres.

Le financier était assis dans un large fauteuil rouge sang, dans son long manteau blanc épais, un rapport syndical dans les mains. Il venait de lire huit fois le même paragraphe, car l'attente bouillonnante de ses espions empêchait son esprit de comprendre ce que les pages de papier polymélique racontaient. Chaque minute depuis l'annonce de l'arrivée du *Ownall*, il jetait des regards frénétiques sur l'entrée de la pièce. C'est seulement lorsqu'il entendit les portes s'ouvrir qu'il fit mine d'être entièrement plongé dans son travail.

Halhazakh, Diln et Olben pénétrèrent dans un bel espace éclairé, au fond duquel s'étirait une baie vitrée offrant une vue sur le satellite de Taroc : Bernie. Deux robots de service patientaient aux côtés de l'humain.

– Sheev Diarond, commença Halhazakh avec désinvolture. Désolé, on n'a pas les particules.

Taroc ferma son livre avec force, puis le posa délicatement sur la petite table ronde à son côté. Il se leva avec légèreté.

– Et, on peut savoir pourquoi ?

Il serrait les dents en énonçant cette phrase. On sentait qu'il mettait toutes ses ressources en jeu pour contenir sa rage.

– Vous voulez la version abrégée ou détaillée ? interrogea la voix synthétique du traducteur de Diln.

– Vous avez un eso-dôn[33], lâcha l'humain sans articuler.

– Elloy s'est fait sauter après avoir volé une capsule.

Durant un court instant, la fureur de Taroc s'évapora, le temps qu'il réalise l'information.

– Quoi ?

– La version longue, donc, enchaîna le swas.

La colère de Taroc revint à la hâte.

– Laissez Diln l'expliquer. Je préfère encore l'horrible voix artificielle du traducteur que les bruits insupportables d'un swas.

Halhazakh se renfrogna. Le racisme décomplexé de l'humain avait fait éclater son seuil de tolérance. L'ilith forma un appendice qui agrippa délicatement un des tentacules de son

---

[33] Seulement une vingtaine de secondes.

ami pour marquer son soutien. Puis, il détailla la mission à Taroc.

— On a réussi à trouver un cylindre bionos, mais la sécurité nous a pressé. Elloy l'a pris dans son sac. On a été séparé par des sécuritaires. Il est parti de son côté et nous, on a retrouvé le *Ownall*. Elloy s'est enfui avec une navette du GLA. On a essayé de l'arrêter, mais les batteries de défense ont détruit son vaisseau.

— Il est mort ? s'horrifia Taroc.

Halhazakh osa imposer à son employeur sa langue si désagréable :

— Ça vous chagrine ? Les humains éprouvent quand même de l'attachement pour leurs pairs alors ?

L'homme d'affaire tendit ses muscles développés par l'entraînement en s'approchant de lui.

— Changez de ton avec moi, sheev Kwhalka. Ce n'est pas parce que vous êtes un ancien terroriste que j'ai peur de vous.

Après avoir soutenu son regard pendant dix longues secondes, assez donc pour installer un certain inconfort, l'humain se détourna de lui et s'engagea dans un discours tout en s'écartant du groupe.

— Comment ça a pu se passer. Vous êtes sûrs d'être les meilleurs ? Confier un bien si précieux à un petit informaticien de province ? Je peux pas y croire. Et ce petit fumier qui a osé me trahir ! Si la fédération ne l'avait pas abattu, je l'aurais fait moi-même. Tous des incapables ! Des traitres.

Il se retourna vivement vers Halhazakh et Diln.

— Pourquoi je dépense autant pour vous avoir à mon service ? Hein ? Vous avez besoin d'autres motivations, c'est ça ?

Il empoigna le col de la combinaison du swas, et celui-ci se dégagea en dégainant son arme.

— Je commence à en avoir assez de votre manque de considération, sheev Diarond. Je décide de mettre fin à notre contrat.

Passé la surprise, Taroc laissa l'humour s'insinuer dans la scène.

– Ah ah ah ! Vous croyez que vous pourrez trouver une meilleure offre ?

– J'en ai rien à foutre de votre argent. J'ai d'autres valeurs.

– Arrêtez de me faire rire. Votre passé montre que non. Vous étiez à la tête de la ligue anti-Dialonis. Votre seul but était de destituer Wuxi, et même démanteler toute la fédération, ou alors prendre le contrôle de tout son territoire. Ça aurait fait s'effondrer mon empire commercial, et malgré ça, je vous ai proposé un emploi. Vous aimez le pouvoir et l'argent. Arrêtez de le nier.

– Vous ne connaissez rien de mes anciennes motivations. Mes idéaux n'ont pas changé. Je trouve toujours que la politique dialonis est une abomination. Mais je faisais pas ça pour le pouvoir. Parfois on a juste besoin de changer de vie. Je vous l'accorde, ça a du bon d'être à la tête d'une organisation. Au moins on ne se retrouve pas dirigé par un salopard dans votre genre.

– Olben ! cria Taroc en faisant volte-face.

Le robot sauta sur Diln et l'empoigna. Halhazakh réagit instantanément et tira sur Taroc. Le tir énergétique l'atteignit à la scapula. Le swas pensa furtivement « l'ordure a forcément son vêtement en tissus dissipateur d'énergie » mais n'eut pas le temps d'insister. Son coéquipier, Diln, était en lutte avec Olben. L'ilith essayait de se faufiler entre les membres du majordome comme il en avait fait démonstration sur Agastya contre les soldats dialonis, mais cette fois, quelque chose l'en empêchait. Halhazakh mit en joue le robot :

– Dégage de là, Diln !

Son partenaire ne pouvait pas : l'androïde le maîtrisait avec un système électrique directement émis de son corps qui paralysait les membres de son espèce. Il ne pouvait plus se mouvoir ni se glisser entre les bras du robot pour échapper à leur étreinte. Taroc, lui, s'était mis à l'abri derrière ses deux autres robots. Les machines avaient elles aussi dégainé leur arme d'avant-bras. Taroc se releva doucement maîtrisant la douleur et fit face à Halhazakh.

– Je refuse votre démission. Vous allez vous racheter pour cette agression. J'ai une nouvelle mission à vous confier.

– Vous ne pouvez pas juste nous laisser partir ? Prenez des meilleurs collaborateurs, puisque nous échouons à chaque fois…

– ARRÊTE DE PARLER !

Le hurlement glacial de l'humain effraya le swas, dont la teinte de la peau vira au rouge brillant[34]. Taroc reprit plus calmement, mais tout aussi froidement. Il tordait étrangement ses épaules à cause de sa blessure.

– Vous allez commencer par lâcher votre arme.

– Non.

Taroc fit un signe discret de l'œil à Olben, qui intensifia le champ paralysant. Cela provoqua une douleur sur l'ilith. Son corps ratatiné tomba au sol, parcouru de spasmes. Les pointes vibrantes qui se formaient sur son épiderme le faisaient ressembler à une flaque de ferrofluide traversé par un champ magnétique.

– Vous allez lâcher votre arme, répéta l'homme aux cheveux bleus.

Halhazakh consentit et jeta nonchalamment son pistolet et son I-Tau 32 sur le sol. Il avait espéré qu'ils se déclenchent suite à l'impact, mais il n'eut pas cette chance. L'homme d'affaire, satisfait, continua.

– Ensuite, vous irez avec Olben contacter le mouvement Laminis, qui a l'air très impliquée dans la situation d'Agastya. Vous allez être l'intermédiaire qui va leur fournir une des dernières batteries à faisceau plasma développée par mes laboratoires. Je veux provoquer un combat dans le système. Quand ils auront réussi à percer une nouvelle brèche dans les défenses de la zone Bionos, le chaos vous permettra d'entrer dans l'accélérateur spatial pour emporter des capsules de particules.

– Encore une infiltration ! À deux ? C'est impossible.

---

[34] Manifestation de la peur chez les swas. La couleur est censée effrayer les prédateurs.

– J'ai confiance en vous. Vous avez bien compris que si je ne veux pas vous lâcher, c'est parce que je crois encore à votre potentiel.

– Conneries.

– Et qu'avec ce regain de motivation, fit-il en désignant le pauvre ilith au sol, vous ferez des miracles.

– Si je fais équipe avec Olben, je risque de le mettre en pièce, trouva simplement à dire Halhazakh.

– Vous essayerez. Vous le regretterez.

Halhazakh fit claquer son bec en regardant son ami. Il exprimait sa rage et sa compassion. Deux robots plus rudimentaires qu'Olben Bee arrivèrent pour se saisir de Diln. Son traducteur prononça sa dernière phrase avant d'être embarqué :

– Vas-y. Tout ira bien.

Le swas déclara alors à l'humain souriant :

– D'accord. Mais j'en aurais besoin, fit-il en tendant un tentacule vers ses armes gisant au sol.

Taroc approuva d'un signe de tête, et Halhazakh ramassa les deux objets.

– Parfait. Merci pour votre clairvoyance. Maintenant, au boulot. Et pas la peine d'expliciter ce que je suis prêt à faire pour obtenir ce que je veux.

Le swas contracta au maximum le tentacule qui était enroulé autour de son fusil. Il sortit de la pièce sans un mot, Olben lui emboita le pas.

– Olben, interpella l'humain aux cheveux bleus, attend ! Suis-moi, j'ai un cadeau pour toi.

Sans marquer le moindre signe d'étonnement, l'intéressé fit volte-face et se dirigea vers son maître.

*

* *

B-1.1-23-38130-83-0-7, 38ème 5 613 (10 jours plus tard).

La planète sur laquelle les membres du MALANA avaient décidé de se retrancher était désignée dans la nomenclature astrophysique Dialonis par « *B-1.1-23-38130-83-0-7* ». Le manque d'effectif de la flotte dialonis ne lui permit pas de dépêcher des troupes pour chercher les fuyards. Cela faisait quarante-cinq jours que l'association avait battu en retraite après sa première tentative de détruire le nuage de mort qui flottait au-dessus d'Agastya. La plupart des partisans du mouvement Laminis n'avaient pas l'habitude de passer des jours en vol. Aussi, il avait été décidé de trouver un astre pouvant servir de lieu de rassemblement, de repos et de préparation. Ostrange et Nerbia avaient choisi la planète *B-1.1-23-38130-83-0-7*, à six cent soixante-dix années-lumière du système Gocélian, ce qui représentait un peu moins d'une journée de trajet. Le groupe avait pu poursuivre ses activités et continuait à diffuser des messages de persuasion. Guidée par les émissions du MALANA, la fédération de Dialonis avait envoyé une unique corvette pour surveiller la planète. Elle ne pouvait pas rivaliser avec les forces swas. De plus, de nouveaux alliés étaient arrivés, faisant grossir leurs rangs, et par corollaire, leur puissance de combat. On comptait maintenant quelques vaisseaux humains, dialonis et même enossiens parmi eux, souvent armés, illégaux ou non. Beaucoup d'engins de construction spatiale constituaient ces nouveaux effectifs. Leurs boucliers antidébris et leurs outils comme des foreuses laser les rendaient plus redoutables au combat que les simples véhicules civils de la flotte. Au total, plus de soixante-dix nouveaux appareils s'étaient ajoutés à elle, passant le total à presque cent quarante vaisseaux.

La planète était un astre encore très sauvage, explorée pour la première fois en 4 303 par les dialons. D'un intérêt assez faible, elle avait tout de même subi une initiation de

88

terraformation. De la vie originaire de Dialonis avait été importée et aujourd'hui encore, elle continuait de coloniser l'astre avec insouciance. Quelques mines et cultures étaient éparpillées sur la zone tempérée de la surface. En tout, on lui comptait entre cent mille et deux-cent mille habitants.

La flotte du MALANA s'était posée dans un endroit désert de toute activité économique, mais dans un lieu riche en biodiversité. Le mouvement avait maintenant acquis suffisamment de poids pour que certaines entreprises d'exploitation agricoles de Gymo – située à presque six mille six cents années-lumière de là – le soutienne en lui envoyant régulièrement des denrées variées propres à satisfaire les besoins étendus de toutes les races des membres. De plus, la luminosité de la planète convenait aux swas.

Le soir du 38ème dôn, comme à leur habitude, Ostrange et Nerbia s'étaient isolés en forêt pour passer un moment calme en jouant au Kala-Ju[35]. Le feu de camp éclairait leur physionomie en nappant leur peau sombre d'un halo ambré. Lui et la lumière de la planète géante visible dans le ciel masquaient partiellement les constellations inhabituelles que l'on voyait depuis ce monde isolé.

– Hayee ! Trois de plus ! À toi.

Nerbia empocha les trois jetons qu'il venait de gagner, avala son vingt-sixième caillou, puis leva l'œil vers sa compagne. Celle-ci était visiblement perdue dans le néant de l'espace.

– Comète ?

– Pardon, c'est à moi ?

– Oui. Ça va ?

– Oui, oui. J'étais dans mes pensées.

– C'est Dooklang ?

Il n'eut même pas à réfléchir pour comprendre que leur fils hantait toujours activement son esprit. C'était aussi son cas.

---

[35] Signifie « Les neufs pièces ». Il s'agit d'un jeu très populaire dans la culture dialonis. Les jeux de ce type sont les loisirs principaux des dialons.

– Oui. Parfois tout ce qu'on est en train de construire me fait oublier ce qui a déclenché tout ça.

– J'espère que tu ne te sens pas coupable de ça. On s'est lancé dans quelque chose d'important. Mais c'est pour lui qu'on fait ça. Et il le sait très bien, même si on a parfois d'autres choses en tête. Il sait qu'on ne l'ignore pas.

Elle se rapprocha de son conjoint et enroula sa trompe autour de la sienne. Après un long silence, Nerbia reprit la parole :

– Ça fait plus d'un vol-dôn, maintenant.

– Oh mais oui ! Dit-elle en s'écartant. Je n'ai même pas fait attention. Tu me dis ça pour me faire quand même culpabiliser !

Elle avait dit cela sur le ton de l'humour. Mais au fond, cela accentua son mal-être.

– Mais non ma comète. Je n'y avais pas non plus pensé le jour même. Le 25ème… On était encore occupé à installer notre retraite.

– Un vol-dôn, déjà, soupira-t-elle. Et on n'a toujours rien accompli.

– Arrête, c'est pas vrai ! On a…

Sa phrase fut tranchée net par une silhouette qui venait d'obscurcir furtivement la planète géante du système, accompagnée d'un bruit glacial.

– Attend, reprit-il. C'est un vaisseau, ça !

– C'est un des nôtres, tu penses ?

– On va voir. Khahakar ? énonça Nerbia dans son res-com. Tu es là ?

Après une minute, le swas répondit, et le couple dialonis put entendre les traductions automatiques rapportées par la voix synthétique de l'appareil.

– *Salut les amoureux !*

– Excuse-moi de te déranger, mais on vient de voir passer un vaisseau. Enfin, on n'est pas sûrs. Tu as des informations ?

– *Non, tous les nôtres sont à terre. Vous inquiétez pas, vous êtes tranquilles, krkrkrkrkr.*

– Ça peut être un nouvel arrivant à la cause, proposa Ostrange.

– *Kak kak kak kak kak...*[36] *ça m'étonnerait. Ils contactent toujours quand ils nous rejoignent.*

– Je sais, mais qui ça peut être d'autre ?

– Sûrement des ennuis, conclut Nerbia. Dans le doute, on rentre.

– D'accord.

Ostrange rassembla leurs affaires, dont les pièces du Kala-Ju, et Nerbia éteignit le feu. Les deux dialons se dirigèrent ensuite vers le camp à travers la forêt de glassoms[37].

– Tu entends ? Il revient.

– Mince.

Le vaisseau était sur eux. Ils étaient à seulement cent-trente mètres de la plaine où étaient stationnés les engins du MALANA, mais un jet personnel luxueux s'interposa entre elle et eux en produisant un son doux, presque reposant pour un véhicule spatial. Il atterrit en provoquant un nuage de poussière qui gêna la vision du couple. Il était vrai que leur œil ne possédait pas de paupière mais étaient tout de même protégés de ce genre de désagréments grâce à la pellicule transparente qui le recouvrait. Ostrange et Nerbia hésitèrent. Fallait-il le contourner pour rejoindre leur camp, ou attendre de rencontrer les occupants en espérant qu'ils soient alliés ?

– Tu n'as pas d'arme avec toi ? Interrogea Ostrange.

– Non ? Et toi ?

Elle fit un signe négatif. Ils commencèrent à contourner le vaisseau avant que la trappe latérale ne s'ouvre.

– Ça ressemble pas à un engin de la fédération, se rassura Nerbia. On a peut-être bien gagné un nouvel allié.

– Khahakar, appela Ostrange dans son res-com, il s'est posé devant nous. Tu peux venir nous rejoindre ?

– *Je suis déjà en route*, caqueta le swas.

---

[36] Intraduisible. Son produit par de nombreux swas lorsqu'ils réfléchissent.
[37] Forme de vie fixée au sol, dont les individus sont formés d'un empilement d'organismes circulaires plats interdépendants.

– Merci.

Le vaisseau s'ouvrit, et une minute après, un swas équipé d'une combinaison de combat et d'un fusil impressionnant descendit la rampe avec désinvolture.

Les deux civils s'inquiétèrent de l'allure martiale de l'inconnu mais restèrent stoïques.

– Bonjour, lança le swas.

Le couple échangea un regard, et connecta leur res-com au traducteur du nouvel arrivant.

– Bonjour, répondit Ostrange le plus aimablement possible malgré sa méfiance.

– Vous avez l'air nerveux.

Il avança encore vers les dialons, ce qui les fit reculer quelque peu.

– Vous devez savoir ce qu'on a fait à Gocélian. La fédération doit être sur nous.

– Je ne suis pas avec la fédération, dit-il en désignant son vaisseau d'un tentacule et lui-même d'un autre. Je crois que ça se voit. Détendez-vous.

– Alors vous voulez rejoindre notre mouvement ?

– En quelque sorte…

Ce fut à ce moment que Khahakar débarqua de derrière les glassoms. Il ralentit en voyant un congénère swas.

– Bonjour, répéta l'inconnu tandis que Khahakar rejoignit ses amis lentement en détendant les tentacules qui tenaient son arme.

– Bonjour, salua-t-il à son tour respectueusement. Vous êtes ?

– Il allait justement se présenter, informa Ostrange.

– Effectivement. Je suis Halhazakh Kwhalka. Je travaille pour sheev Taroc Diarond.

La nouvelle étonna le trio. Nerbia parut alors encore plus méfiant.

– Le chef des multistellaires ? voulut-il s'assurer.

– C'est ça. Il a une proposition à vous faire. Est-ce qu'on peut en discuter dans un lieu plus frais ?

Les dialons supportaient bien la chaleur de la planète mais les swas y étaient plus sensibles. Néanmoins, c'était surtout pour plus de commodité que Halhazakh avait fait cette proposition.

– On vous accompagne au *Gaad*, invita Khahakar.

– Merci beaucoup, répondit le mercenaire. Olben ?

Un robot de forme humaine sortit à son tour du vaisseau et salua le trio du MALANA.

– Bonjour. Je suis Olben Bee. Merci de votre invitation.

– Je suis Ostrange.

– Et moi, Nerbia.

– Khahakar, termina le capitaine du *Gaad*.

Ce dernier mena le groupe en silence à travers le reste de forêt qui les séparait de la plaine. Il les fit entrer dans son croiseur, qui bordait le périmètre de l'immense camp. Il rassurait d'un signe rapide tous les membres d'équipage armés qu'ils croisèrent. Toujours sans un mot, il les invita à entrer dans une des salles de réunion.

– Installez-vous, finit-il par lâcher.

Les cinq personnes prirent place sur les sièges les plus universels du navire. Les deux swas commencèrent alors un échange oral typique des swas : les mots fusaient d'un côté et de l'autre. D'ordinaire, ce peuple ralentissait la cadence lorsqu'ils s'adressaient à d'autres espèces, car les traducteurs avaient encore parfois du mal à suivre l'enchaînement fulgurant des sonorités claquantes de leur langue. La grammaire était simple et les phrases allaient à l'essentiel. Cela entraînait des échanges très courts mais terriblement vifs. Pourtant, les swas étant très dépendants de l'énergie lumineuse, il était compliqué pour eux d'adopter une forme vivace lorsque la nuit était tombée. Voici une restitution du dialogue qui suivit.

« – Boire ? Ici beaucoup de nakahash[38]

– Oui. Merci.

– Pourquoi vous venez ?

---

[38] Boisson minéralisée nutritive pour les swas.

– Diarond proposition. Pas secret, Diarond veut Bionos.

– On veut détruire Bionos.

– Je sais. Mais vous ne pouvez pas. »

Cela avait seulement duré deux secondes mais c'en fut déjà trop pour Ostrange.

– Stop. S'il vous plaît, on ne comprend rien. Les traducteurs non plus.

– Pardon sheev Ketenis, s'excusa Halhazakh.

Elle prit conscience de sa célébrité lorsque son interlocuteur utilisa son nom complet avant qu'elle n'ait pu le dévoiler.

– Je reprends, donc. Je suis employé par Sheev Taroc Diarond. Il m'envoie pour vous faire part de sa proposition. Je disais qu'il était très intéressé par la situation d'Agastya. Il aimerait vous donner les moyens de briser le confinement mis en place par l'armée dialonis.

– Comment ? Demanda Ostrange.

– Il vous offre une des toutes dernières technologies développées dans les laboratoires d'une de ses sociétés de recherche appliquée en armement. Je ne sais plus laquelle. C'est un canon plasma de dernière génération.

– Je ne suis pas sûr qu'un tir de plasma soit plus efficace que nos lasers, précisa Khahakar.

– Votre attaque remonte à plus de trente dôn. Ils ont installé des défenses supplémentaires, maintenant. Vous ne pourrez plus détruire les émetteurs de champ de confinement aussi facilement. Et même si vous y parveniez, vous n'avez pas d'option pour détruire les particules elles-mêmes. Je me trompe ?

– C'est vrai, concéda Ostrange.

– La technologie que je vous propose n'est pas une simple expulsion de plasma concentré. C'est du plasma d'antimatière.

– Daskh ! Il a réussi à produire un plasma stable d'antimatière ! s'enthousiasma Khahakar.

– Il paraît. C'est ce qu'on m'a dit. Je ne suis pas scientifique.

– Nos techniciens pourront étudier les spécificités de la technologie.

– Mais, je ne comprends pas. Sheev Diarond veut détruire le nuage, lui aussi ? interrogea Nerbia.

Un silence se posa sur la discussion. Nerbia venait de poser une question pertinente. Quel était l'intérêt pour Taroc Diarond ? Il obtint la réponse suivante de Halhazakh :

– Là je suis censé vous répondre que mon employeur estime que le potentiel des rayonnements Bionos ne doit pas rester sous le seul contrôle de la fédération, ou même qu'il est sensible à la situation des habitants d'Agastya et des pertes subies. Comme vous, en fait. Mais ne nous mentons pas, on sait tous que c'est des conneries.

– Je dois m'opposer à ces allégations déclara soudainement Olben, faisant ainsi tressaillir les quatre personnes.

– Olben, laisse-moi négocier. Ces gens-là ne sont pas idiots. Autant jouer franc-jeu.

– Alors ? insista Nerbia.

– Alors c'est vrai que sheev Diarond aimerait que la fédération perde le contrôle de la zone. Bien sûr, c'est pour faciliter la récupération d'échantillons Bionos.

– Je m'en doutais, avança Ostrange. Nous voulons détruire ces particules. Pas permettre à des gens comme Diarond de récupérer leur pouvoir.

– Je sais bien. Mais dites-vous qu'il n'y a pas de garantie qu'il réussisse. Alors que vous, vous aurez gagné un moyen d'arriver à vos fins. Chacun continuera d'agir dans son coin selon ses convictions.

– Qu'est-ce qu'il veut en échange du canon ? Demanda Khahakar.

– Rien.

– Rien ? s'étonna Ostrange. C'est étonnant de la part d'un homme comme Diarond.

Les regards silencieux qui suivirent furent évocateurs, et Halhazakh ajouta :

– Enfin, il souhaite de la discrétion de votre part sur l'origine de la technologie. Ce qui est une requête anecdotique.

Puis il baissa légèrement la tête.

– Moi, par contre, j'y gagnerais beaucoup.

– Quoi donc ? questionna Nerbia.

– Je ne veux pas rentrer dans les détails. Je dirais juste que la vie d'un proche est en jeu. On ne se connait pas, et je sais que vous n'avez pas de raison de me faire confiance, mais je vous demande d'accepter. S'il vous plaît.

Le swas paraissait profondément bouleversé, et sa phrase véhiculait une sincérité touchante. Cela convainquit sans peine Khahakar, la fraternité étant au cœur de la culture de son peuple.

– On prend votre canon, frère.

– Attend, Khahakar. Je crois que ça mérite réflexion, s'opposa Ostrange.

Nerbia voulut rejoindre la proposition de Khahakar, mais il resta sur une réserve patiente. Ce n'était en effet pas une décision à prendre à chaud. Il remercia Halhazakh :

– Sheev, merci pour votre proposition. Est-ce que nous pouvons vous demander un temps de discussion en privé ? Nous pourrions vous recontacter au lever du jour.

– Bien sûr. Olben, on retourne au *Ownall*.

Les deux agents de Taroc Diarond se levèrent et quittèrent le *Gaad*, escortés par un soldat swas en service.

Seuls dans la pièce, le trio de tête du mouvement Laminis reprit la conversation.

– On doit prendre cette opportunité, commença Khahakar. On est à court d'option. C'est pas parce que la flotte d'Enoss ne bouge pas que des nouveaux carnages ne vont pas avoir lieu.

– Il a raison, approuva Nerbia.

– Mais à quoi servirait de détruire le nuage grâce au canon plasma, défendit Ostrange, sans garantie de succès, si c'est pour que le danger reste toujours présent dans les mains d'un milliardaire indépendant ?

– Comme il l'a dit, rien ne garantit que Diarond parvienne à s'emparer de ces particules.

– Mais quel est son intérêt de nous fournir cette arme ? et d'ailleurs, pourquoi il ne l'utilise pas lui-même ? Vous ne trouvez pas ça suspect ?

Khahakar et Nerbia s'imposèrent un silence qui trahissait la pertinence du propos.

– Il se prémunit, répondit Nerbia. Il ne veut pas s'impliquer en son nom dans un acte comme ça. Il se mettrait à dos la fédération et son empire financier. Ça peut se comprendre. Nous, on a déjà attaqué ouvertement les installations fédérales. On est déjà impliqué.

– Il se sert de nous. J'aime pas ça. Je ne veux rien devoir à une personne comme lui. La situation sera peut-être pire que maintenant.

– On n'en sait rien, justement. Il faut qu'on essaye. On n'a rien d'autre à tester. Et s'il arrive à s'approprier des échantillons, ça se saura, et la fédération sera sur lui. Et surtout, je ne vois pas comment il pourrait le faire.

Ostrange restait coite. Elle était déchirée par ses valeurs personnelles, tiraillée entre aller au bout de ses idées, et risquer d'empirer la situation. Comme s'il lisait dans son esprit, le capitaine du *Gaad* formula de nouveaux arguments :

– Un problème après l'autre. Pour l'instant, on en a qu'un : l'existence du nuage. Si on le détruit, on aura grandement amélioré la situation dans le système. Attends, si un faisceau de plasma d'*antimatière* ne les détruit pas, je ne vois pas ce qui pourrait les détruire. Alors on doit sauter sur l'occasion. Ensuite on pourra se préoccuper de ce qui adviendra.

– Je ne sais pas… hésita Ostrange.

Khahakar se leva vigoureusement, porté par ses émotions :

– Écoutez, c'est simple : je vous apprécie énormément, mais s'il faut, j'agirai sans vous. J'ai bien compris la détresse de Halhazakh. Je ne vais pas laisser un frère dans le besoin si je peux l'aider. Je sais que vous ne pouvez pas comprendre, et ça ne fait rien. Et je pense que c'est notre meilleure chance pour atteindre notre but. C'est tous les swas en danger que je veux aider. Alors si vous ne me suivez pas, peu importe. Moi, je vais accepter et retourner dans le système Gocélian, juste avec ma flotte, même si je dois quitter le MALANA. Mes swas seront avec moi de toute façon.

– Je n'aime pas ça, persista la galon. Mais je préfère quand même qu'on reste ensemble. D'accord, on accepte.

La nuit passa. La décision des fondateurs du MALANA agitèrent les pensées d'Ostrange, la maintenant éveillée sur la majorité de la nuit. Le lendemain, Khahakar, Nerbia et elle se retrouvèrent pour aller aux pieds du *Ownall* ensemble, afin d'annoncer à Halhazakh leur réponse. Ce dernier accueillit la nouvelle avec une joie invisible mais réelle.
– Parfait. Je vous remercie.
– Comment ça se passe, alors ? questionna Khahakar, pragmatique.
– Je suis venu accompagné d'un cargo-chantier. Je vais l'appeler pour qu'il se mette en orbite. Si ça vous convient, je vous demanderais d'y amener le bâtiment que vous souhaitez pour que nos ingénieurs y installent la batterie. On m'a dit qu'elle devrait être opérationnelle dans une vingtaine de dôn.
Le trio se regarda, et Nerbia déclara :
– Bon, eh bien, c'est parti.

*

* *

Espace interstellaire, 45ème 5 613 (9 jours plus tard).

La vice-amirale Lilio Fress-el était enfermée depuis cinquante-sept jours dans ce grain de poussière insignifiant, dérivant dans l'espace-temps, que l'on appelait *Humble Prophète*.
Le vaisseau de l'institution des détenteurs de la Vérité n'était pas fait pour accueillir des prisonniers. Lilio avait donc été bouclée dans une simple cabine de personnel préalablement vidée des meubles et des objets. Son esthétique avait bien moins de caractère que les salles communes du vaisseau. Le seul élément qui rendait le tout moins neutre était la couleur parme des murs. Au départ, Lilio avait imaginé pouvoir s'échapper en misant sur un oubli d'outil ou une faille

de sécurité, mais au final, il s'était avéré que les cabines d'équipages n'avaient rien à envier aux cellules pénitentiaires. Même lorsque quelqu'un venait lui apporter ses repas ou l'interroger, les membres du culte faisaient preuve de trop de prudence pour qu'elle puisse envisager une sortie en force. Elle souffrait d'un ennui assommant, et surtout d'une angoisse constante car elle craignait les actions qu'entreprendraient le culte religieux à l'encontre de sa flotte. De plus, elle savait qu'en son absence, son second, le capitaine de croiseur Torin Alternader, devrait prendre ses responsabilités. Elle avait un doute quant à sa capacité à assumer la charge d'une flotte entière pour assurer une défense à l'échelle planétaire. Sans elle pour forcer un maintien du statu quo, qui sait combien de temps les enossiens conserveraient leur patience ? Au moins, Lilio se rassurait de savoir que des plus hauts gradés que lui étaient en poste dans la flotte humaine. Il fallait reconnaître que sa capture représentait un coup habile de la part de Nohiro Modekaï.

– *Reculez, face au mur*, lança la voix synthétique qui émanait du res-com mural de la cabine.

Mais Lilio en avait assez. Elle ne supportait plus cette routine de captivité. Pourtant ce n'était pas la première fois qu'elle subissait un tel traitement, mais il était impossible de s'y habituer. Par surcroît, les enjeux étaient bien plus considérables cette fois-ci. Elle décida donc de se montrer réfractaire.

– Non, cracha-t-elle simplement.

Après quinze secondes d'attente, la voix reprit :

– *Reculez, face au mur.*

Clairement, les geôliers derrière la porte ne savaient comment réagir à un simple refus.

– Non ! Répéta-t-elle plus fermement.

Ce début de discussion aura au moins eu le mérite d'amuser modérément la galon.

De nouvelles secondes passèrent. Mais cette fois, la réaction ne provint pas du res-com. Les mécanismes de la porte s'activèrent. Lilio se tint prête à bondir. Elle avait l'énergie pour retenter une sortie combative. Même si elle ne pourrait pas s'enfuir, elle prendrait au moins plaisir à faire souffrir ses ravisseurs. Avec un peu de chance, les détenteurs de la Vérité finiraient par se trouver lassés de la contrainte qu'elle représentait.

La porte ovale s'ouvrit, découvrant deux bouches de fusil braquées sur son œil. Son plan fut simplement annulé.

– Venez s'il vous plaît, demanda poliment le garde allhzatz pendant que l'autre, un elt, s'écarta légèrement.

Lilio avança et se plaça entre eux deux. Elle fut conduite dans la pièce qui faisait office de salle d'interrogatoire et qu'elle commençait à connaître presque aussi bien que sa cellule. Nohiro Modekaï l'attendait, posé sur un siège décoré aussi luxueusement qu'un trône. Lilio dut se contenter d'un simple reposoir personnel en plastique.

– Comment va Unas, demanda-t-elle d'entrée de jeu.

Elle n'avait pas vu la diplomate depuis son enfermement.

– Bonjour sheev Fress-el, répliqua Nohiro comme s'il répondait à une autre phrase.

– Ne jouez pas les impitoyables avec moi. Vous n'êtes pas fait pour ça. Le banditisme ne vous va pas. Répondez-moi.

– Elle va très bien. On prend soin d'elle aussi bien que vous.

– Vous pourriez nous raconter n'importe quoi.

– Vous connaissez mal nos valeurs. Le mensonge est un des pires maux de nos sociétés. Toutes les sociétés.

– On est au moins d'accord sur une chose. Qu'est-ce que vous me voulez, aujourd'hui ?

Régulièrement, Nohiro Modekaï essayait d'obtenir des informations sur les moyens et les stratégies propres à la fédération de Dialonis, espérant ainsi mettre au point ses propres méthodes pour arriver à ses fins. Bien sûr, Lilio Fress-el n'obtempérait jamais, et le culte religieux rechignait à user de torture. Unas avait également été interrogée, et elle avait fini par communiquer quelques maigres renseignements. Mais elle ne pouvait donner aucune information concernant les effectifs et les tactiques militaires, et sur le plan diplomatique, Nohiro n'apprit pas grand-chose de plus que le fait que la fédération ne se plierait jamais aux exigences des détenteurs de la Vérité.

– Je veux vous aider. Nous savons vous comme moi que votre fédération n'est pas à l'origine du nuage Bionos. Mais l'empire enossien refuse d'embrasser cette vérité. J'aimerais que l'on réfléchisse ensemble à un moyen de leur faire accepter.

– Mais votre vérité n'est pas la même que la mienne. Le nuage n'est pas le résultat de recherches scientifiques de la fédération, mais ce n'est pas non plus un message de votre dieu.

– Peu importe ce que c'est, je refuse que l'empire vous attribue le crédit de ce phénomène.

– On essaye de leur faire comprendre de notre côté depuis le début. Je ne vois pas ce qu'on pourrait faire de plus ensemble. Et puis quel est votre intérêt là-dedans ?

– Toujours le même. Diffuser la Parole du Grand Concepteur.

L'allhzatz se leva et se mit à tourner autour du siège de Lilio. C'était un moyen inconscient d'impressionner son interlocutrice.

– Vous avez un intérêt à vous associer avec moi, continua-t-il. Comme la fédération, je considère la présence enossienne dans le système comme une menace pour le nuage. Si on parvient ensemble à les convaincre qu'il s'agit d'un phénomène naturel, ils partiront peut-être.

La cruauté de devoir supporter un enfermement aussi long s'évanouit soudain, car Lilio fut plongée dans un bain d'euphorie sincère. Son buste s'anima des mouvements saccadés caractéristiques du rire dialonis. Ce qu'espérait le servant principal de l'institution était si drôle qu'elle ne put retrouver son sérieux qu'au bout d'une minute.

– Vous êtes si désespérés. Vous ne savez pas quoi faire, admettez-le. J'ai pitié de vous.

– Pourquoi dites-vous ça ? demanda Nohiro, véritablement peiné de la moquerie.

Le ton de Lilio redevint dur.

– Ils ne partiront jamais, que le nuage soit naturel ou non, divin ou technologique... Le pouvoir qu'il représente est trop alléchant. Ensuite, ils ne vont jamais accepter vos croyances aussi facilement. Vos conceptions spirituelles ne proposent jamais aucune preuve qui pourrait convaincre qui que ce soit. En plus, la culture enossienne repose en grande partie sur le pragmatisme. Moi, je suis dialonis, je comprends votre foi, parce que je suis croyante comme vous. Nos divinités sont simplement différentes. Mais si vous pensez convaincre ne serait-ce qu'un seul enossien qu'une entité supérieure qui a créé l'univers vient de nous envoyer un message, laissez-moi vous dire qu'il va rire encore plus fort que moi.

Nohiro savait au fond de lui que la militaire avait raison. Et pourtant, il refusait de lâcher l'affaire. Il abandonna alors sa dernière proposition et revint aux enjeux des premières négociations. Il se rassit et amena une nouvelle information à Lilio :

– Il y a un nouveau protagoniste sur le terrain. Une association civile qui menace l'intégrité du royaume du Grand Concepteur. Ils forment une bonne flotte qu'il ne faut pas prendre à la légère. Ils ont commencé à attaquer vos équipements.

– Quoi ! Quand ça ?

– Ils sont arrivés au tout début du vol-dôn. Ils ont fait des dégâts mineurs sur votre prison spatiale[39], mais ils ont l'air très motivés ; je suis sûr qu'ils vont revenir.

– Alors vous voulez dire qu'en plus de vous, de la première ligue et des enossiens, ma flotte doit faire face à un nouvel ennemi ?

– C'est exactement ça. Je vous propose une alliance provisoire. Ensemble, on pourrait essayer de contrer tous ces adversaires, pacifiquement si possible, et on serait libre de continuer nos premières négociations sur de bonnes bases.

– Non. J'en ai assez de votre petit jeu. Vous voyez bien que ça ne mène à rien. Je *dois* revenir à mon poste pour gérer toutes

---

[39] Il fait bien sûr référence à la grille de confinement des particules Bionos.

ces menaces ! Vous allez nuire à la vie de millions de personnes ! Je suis sûre que votre culte ne peut pas accepter la responsabilité d'autant de morts.

Nohiro se leva une nouvelle fois, plein de déception.

– Vous faites un mauvais choix. En tout cas, vous aviez raison sur un point. Nous sommes désespérés. Et vous allez voir ce que ça peut nous pousser à faire.

*

* *

Espace interstellaire, 58ème 5 613 (17 jours plus tard).

La Flotte des détenteurs de la Vérité avait passé plus de dix jours à esquiver les patrouilles spatiales de la fédération de Dialonis qui étaient à la recherche de la vice-amirale Lilio Fress-el, captive dans le *Humble Prophète*. La situation étant intenable pour Nohiro Modekaï, il avait décidé de s'écarter complètement du système Gocélian pour se préparer à la suite des évènements. Cela avait permis l'arrivée d'un nouveau groupe de bâtiments qui gonfla les effectifs de sa flotte. Il y avait maintenant presque trente navires qui regorgeaient d'individus bouillonnants de conviction, débordants de foi, prêts à suivre les instructions de leur Grand Inspirateur. Ce dernier avait abouti à une décision suite aux discussions avec le conseil des servants. Le 58ème dôn, tous les membres présents dans la flotte de l'institution se préparèrent à écouter une allocution solennelle de leur servant principal qui détaillerait le plan prévu.

Nohiro était dans une alcôve annexe de la grande salle de culte du *Humble Prophète*, en compagnie de son fidèle adjoint Janoll Do. Sur son dôme dorsal tombait un riche habit de cérémonie jusqu'à ses six pieds, taillé dans un tissu épais somptueux, parcouru de diverses décorations comme des pièces de métal scintillantes évoquant des éléments d'armure, des arcs de tresses dorées et des bandes de toile transparente. Au-dessus de son corps, Nohiro portait son attribut de servant principal, un genre de couronne brillante faite d'une multitude de pièces découpées avec minutie, pleine de détails artistiques complexes et cernée de joyaux bleus. La robe de Nohiro masquait presque sa curieuse morphologie d'allhzatz. Seule la tête, suspendue sous le corps, le trahissait.

La grande salle allongée dédiée aux évènements sacrés du culte de la Vérité était décorée comme celle du siège de l'institution. Le sol était carrelé de dalles polygonales en ardoise gonéenne, le plafond était peint d'une noirceur spatiale et les murs portaient des fresques aux détails infinis, des colonnes ouvragées en argent brillant, gravées des mêmes lignes verticales de textes saints que l'on pouvait voir sur les coques des navires, et parsemées de cristaux cyans géants de Fineo-Iss. Les sièges – inutilisés car tout le monde était trop agité pour rester assis – étaient taillés dans du bonogram massif[40]. Au fond de la salle s'élevait l'autel : une magnifique construction élaborée, faite d'un bloc de marbre finement gravé, portant de nombreux objets symboliques de la religion, comme le globe primordial en cuivre cerclé de cristaux de Fineo-Iss. Derrière cet autel était suspendue l'immense draperie noire présentant l'emblème blanc de l'institution, fait d'une demie étoile encerclée, dont l'une des branches reliait un croissant de lune horizontal.

La salle était pleine à craquer. De nombreux fidèles avaient eu la chance de quitter leur navire pour être présent lors du discours. L'assemblée trépignait d'impatience. Le manque d'action prolongé les rendait nerveux. Ceux qui n'avaient pas la chance d'être sur place scrutaient les écrans qui diffuseraient en direct l'évènement jusqu'à leur vaisseau. Lorsque les flûtes de cérémonie se mirent à chanter l'hymne ascendant du Grand Concepteur, depuis une loge sur la droite de l'autel, Nohiro Modekaï fit son entrée, Janoll sur ses talons. L'arrivée du chef du culte avait déchaîné la foule. Le servant principal profita de cet instant de gloire, avant de lever une jambe pour demander

---

[40] Matière organique constituant des organismes endémiques de la planète Ghambar, lieu du siège des détenteurs de la Vérité.

le calme. Avec une fausse humilité, il débuta sa déclaration dans la langue allhzatz, qui fut traduite instantanément par les appareils personnels de chaque auditeur :

— Chers fidèles de la voie, chers détenteurs de la Vérité. Mes amis. Je ne mérite pas ces manifestations de soutien. Je ne suis que le guide du Grand Concepteur. Mes amis, je vous remercie de votre présence et de votre foi.

Il marqua une pause qui se voulait dramatique, scrutant la salle pour croiser un maximum de regards.

— Les temps sont à la fois terribles, et merveilleux. Nous sommes à la veille d'une ère nouvelle. Je le sens. Vous le sentez aussi. Les temps sont merveilleux, car, vous le savez, nous détenons une manifestation réelle de l'existence du Grand Concepteur.

Certaines personnes affichèrent bruyamment leur joie. Nohiro les calma en levant deux jambes au-dessus de l'assemblée.

— Cette preuve, nommée Bionos par nos politiciens, n'est pas pour nous. Nous n'avions pas besoin de plus de preuves que celles que nous portions déjà dans nos esprits.

Nouvelle clameur.

— Cette preuve est pour tous ceux qui ne voient pas encore. Notre devoir est de tout mettre en œuvre pour que cette preuve leur serve. Nous sommes les détenteurs de la Vérité. Notre mission est de la partager à tous. Le Grand Concepteur nous demande de leur faire voir cette Vérité. Mes amis, Cette preuve est une merveille. Servons-nous-en pour faire accepter à tous la vraie nature de l'Univers.

« Mais les temps sont aussi terribles. Ils présentent des épreuves chaque jour. Car la preuve est contrôlée par l'autorité politique. Son accès nous est interdit. La puissance du Grand Concepteur est maintenue étreinte par la technologie. Notre devoir est de briser cette barrière. Elle doit être libre. La vision étriquée des militaires et des scientifiques et leurs actions ont déjà entraîné et entraîneront des désastres sans nom. Des pertes incommensurables d'individus. Je vous demande de communier pour accompagner ces esprits vers le Monde Supérieur. Écoutons les flûtes de Minuil[41], et faisons silence.

Le thème musical *Inié r'tadel*, un des airs d'hommage du culte de la Vérité, débuta doucement, toujours joué par les musiciens postés sur l'alcôve à droite de l'autel. Le son était plus doux et la tessiture était adaptée pour que toutes les races puissent correctement le percevoir. Cela dura une dizaine de minutes ; l'exacte même durée que le légendaire premier dialogue entre la fondatrice du mouvement de la Vérité, Kheïel Dermeng, et le Grand Concepteur, durant le vol-dôn -150 613. Tout le monde respectait un silence absolu pendant l'écoute. Puis, la foule clama en chœur la formule conclusive de l'institution « Inul Onegar »[42]. Janoll, toujours aux côtés de Nohiro, hurla ces paroles dans une conviction poignante. Peu après, le servant principal reprit son discours :

– Merci pour eux. Ils ont souffert d'une politique inadaptée à nos convictions. Je le redis, nous devons libérer cette preuve du contrôle des autorités militaires. Et nous devons y mettre tous les moyens possibles. Vous ne l'ignorez pas. Nous avons tenté une action pour les forcer à céder. Nous gardons captive la vice-amirale Lilio Fress-el, qui est en charge du confinement du nuage du Grand Concepteur. Nous souhaitions garder cet otage pour pousser leur flotte à s'écarter des voies du Grand Concepteur. Cela fait cinquante-six dôn depuis sa capture, et je dois reconnaître notre échec. Ce type de manœuvre me répugne. Je n'ai pu me résoudre à entamer la dignité de cette personne. Ses subalternes le savent très bien. Ils connaissent notre bonté. Ils n'ont donc pas levé leurs barrières. Je dois donc prendre des décisions encore plus difficiles.

Nohiro laissa ses sujets produire un bavardage irrésistible. Il fit un signe de tête vers son côté gauche. Une goxlek entra alors en vue de tous, la démarche lourde, sur ses trois jambes. Elle avait le regard plus sombre que la plupart de ses

---

[41] Nom du Monde Supérieur, demeure du Grand Concepteur, et origine de l'univers dans la doctrine de l'institution de la Vérité.
[42] Traduisible par « Merci pour la lumière » en langue terrienne.

congénères, ses plaques épidermiques de titane étaient larges et ne laissaient qu'une mince séparation de peau orangée entre elles. Elle mesurait deux mètres quatre-vingt, dans la moyenne de son espèce. Elle était vêtue d'un costume de partisan bleu adapté aux goxleks et portait l'insigne des commandants de vaisseaux de la Vérité.

– Voici Didjinil Bull, commandante du *Marteau Divin*. Certains ont déjà la chance d'être à son service. Pour les autres, le *Marteau Divin* est le plus grand bâtiment de notre flotte. Didjinil s'est portée volontaire pour être la lance du Grand Concepteur. Les armes de nos vaisseaux ne sont pas parvenues à percer le réseau qui protège le nuage Bionos. Il nous faut plus de force. Nous devons démontrer nos convictions. J'ai fait part de ma suggestion au conseil des servants. Tous l'ont approuvée. J'ai demandé à nos commandants si certains étaient volontaires. Didjinil n'a pas hésité.

Nohiro sentit l'émotion gagner son corps. La suite serait difficile à annoncer. Dans l'assemblée, plusieurs personnes avaient compris de quoi il en retournait, et une rumeur traversa l'auditoire.

– Dijinil s'est engagée à lancer le *Marteau Divin* sur la grille de protection du nuage pour enfin libérer la substance du Grand Concepteur.

La rumeur se transforma en violente clameur d'approbation. L'émotion gagna tous les fidèles qui écoutaient le discours du servant principal, même depuis leur vaisseau. Le sacrifice de la vie n'était pas dans les habitudes de l'institution, mais la situation fut jugée suffisamment unique pour qu'une telle solution soit envisagée.

– Mes amis ! Nous allons bientôt obtenir les résultats de notre grande loyauté envers le Grand Concepteur. Il est enfin temps. Elle est prête à donner sa vie pour notre cause. Le succès est garanti. La technologie ne pourra pas vaincre la puissance de notre foi.

« Mais vous vous en doutez, piloter un bâtiment comme le *Marteau Divin* nécessite un minimum de personnel. Ce minimum, m'ont dit les experts, est de trente-cinq servants. Je vous le demande. Qui, parmi vous, est prêt à donner sa vie pour le service du Créateur du Tout ? Qui accompagnera Dijinil vers le salut de l'Univers ? Qui est prêt au sacrifice ultime ? Je voudrais tant participer. Mais ma mission est autre. Je dois poursuivre la voie la plus simple. Celle de guider notre ordre encore plus loin, après cet évènement. Lesquels d'entre vous accepteront d'emprunter le chemin le plus compliqué ?

Encore plus de démagogie était inutile car il y avait déjà bien plus de volontaire que le minimum requis. Beaucoup commençaient déjà à se bousculer timidement On sentait un engouement puissant se dégager dans la salle.

— Je vois beaucoup de fidèles intéressés par la mission. Votre volonté me touche. Je vous invite à me rejoindre sur l'estrade de l'autel. Venez, venez mes chers amis.

Les plus proches purent monter et rejoindre Nohiro, Janoll et Dijinil. Janoll se redressa autant que sa constitution d'eressor le lui permettait, et se plaça aux pieds de Nohiro, la tête baissée. Le servant principal releva son ami d'un geste affectueux d'un de ses pieds. Il lui souffla ces quelques mots.

— Janoll, mon ami. J'admire ta détermination, vraiment. Mais j'ai besoin de toi ailleurs. Tu ne dois pas mourir.

Le vice-servant accepta la décision sans un mot, visiblement déçu, et se replaça aux côtés de son supérieur.

Rapidement, plus de trente-cinq servants avaient envahi la scène.

— Merci. Merci à tous, mais nous n'avons besoin que de trente-cinq volontaires. Vous ne pourrez pas tous participer, il est inutile que trop de gens donnent leur vie.

On entendait des demandes insistantes pour être choisi par leur Grand Inspirateur.

— Je m'en remets au Grand Concepteur. Il va choisir ses fidèles par ma main.

Sur ce, Nohiro désigna trente-cinq personnes, les unes après les autres. On pouvait presque sentir le soulagement des élus et la déception des épargnés. Bien entendu, ce n'était qu'une poignée de personnes parmi toutes celles présentes dans la salle. Beaucoup n'étaient pas fanatiques au point de se tuer pour la cause.

– C'est donc décidé. Voici les trente-six élus qui nous permettront d'entrevoir un avenir béni. Nous allons maintenant leur communiquer toute notre force et tout notre courage, car leur tâche est considérable. Mes amis. Communions ensemble et prions pour le salut de Dijinil Bull et des trente-cinq nouveaux membres de l'équipage du *Marteau Divin*. Puissent-ils mener à bien leur mission pour être accueillis comme ils le méritent à Minuil, dans les voiles protecteurs du Grand Concepteur. Levez-vous.

Le public s'exécuta et fit de nouveau le silence. Les instruments à vents retentirent une troisième fois, jouant un air encore différent. Celui-ci faisait partie des morceaux joués pour accompagner des esprits dans le Monde Supérieur après le décès. Il s'agissait d'une montée lente et continue de fréquences sonores qui durait quatre minutes. Par une habile composition, les trois musiciens se relevaient pour assurer la continuité de l'effet.

– Merci, reprit Nohiro. Vous êtes ainsi bénis, mes amis. Tous les esprits des servants du Grand Concepteur sont maintenant avec vous. Sheev Dijinil Bull, je m'adresse maintenant à vous, bras armé du Grand Concepteur. Désirez-vous déclarer quelques mots ?

– Merci, Grand Inspirateur, souffla la voix grave de la goxlek. J'ai peu de chose à ajouter. Juste que je suis honorée de mener l'assaut pour cette mission, et je remercie les fidèles qui se joindront à moi. Je compte sur tout le monde pour exploiter le résultat de notre intervention. Je sais que nous réussirons.

« Inul Onegar »

*
* *

Orbite haute d'Agastya, 59ème 5 613 (lendemain).

La nef *Minoff* était la plus excentrée de la flotte dialonis. À son bord, la galon Audriss Mex, responsable de la détection, se reposait dans sa cabine personnelle. Il ne se passait plus grand-chose dans le système Gocélian depuis plusieurs jours. Audriss préférait ces périodes, car lorsque l'action éclatait, comme en début de vol-dôn avec l'attaque du mouvement Laminis et des détenteurs de la Vérité, le risque de perdre la vie devenait réel. Son travail était malgré tout très ennuyeux et répétitif. Elle passait son temps entre la surveillance des instruments scrutant l'espace à son poste de détection, le mess pour manger et sa cabine pour dormir. Et, en tant que responsable de la section, elle avait le privilège d'avoir une heure de repos en plus que ses opérateurs. Le 59ème dôn, elle fut réveillée par un appel :

– *Salut, caporale, au rapport.*

C'était le soldat opérateur Garett Mishigan.

La trompe dorsale d'Audriss écrasa la touche du res-com pour accepter la conversation, après qu'elle se soit rapidement rendue présentable.

– Vas-y.

– *Je ne suis pas sûr, mais Body a insisté. On dirait qu'on a quelque chose, mais c'est bizarre. Tu devrais venir voir.*

– Non mais arrêtez de toujours vouloir faire venir les gens sans leur dire ce qu'il y a à voir. C'est incroyable ça.

– *Oui, bon, ça va, désolé.*

Le ton désinvolte était naturel entre les membres d'une même section, car le faible écart de grade ne justifiait pas des échanges plus formels, et le travail commun développait même souvent des relations d'amitié.

– Bon alors ?

– Il est possible que des vaisseaux de TEC[43] viennent d'arriver au-dessus de Fagniet[44].

– Sérieux ! Combien ?

– Dix, il semblerait.

– Mais comment vous pouvez ne pas être sûrs ?

– Justement, c'est ce que dis Body...

– *Salut Audriss !* adressa le fameux Body de loin.

– *...mais les instruments donnent des valeurs un peu inhabituelles. Les signaux montrent des émissions typiques de dix croiseurs dans cette zone, mais en même temps on n'a pas relevé d'approche depuis l'espace Kamichi.*

– Bah ils sont sortis beaucoup plus loin et sont arrivés en sub. C'est tout.

– *Oui, d'accord, mais on a une perturbation massique qui correspond à un seul vaisseau, de TEN[45].*

– Ah ? Un seul vaisseau ou dix ? Là d'accord, c'est bizarre. Bon j'arrive.

– *Bah tu vois, tu viens quand même.*

– Oui parce que maintenant je sais ce qu'il y a. Tu rigoleras moins quand je t'écraserai encore au Ponok[46] ce soir.

– *On verra ça. À tout de suite.*

La nouvelle finit par atteindre le capitaine de croiseur Torin Alternader, second de la vice-amirale Lilio Fress-el captive, à bord du vaisseau de commandement *Chalalamounkour*. Depuis l'attaque du mouvement Laminis et des détenteurs de la Vérité, il avait passé des journées à organiser les patrouilles pour poursuivre le *Humble Prophète*, mais lorsque la flotte des détenteurs de la Vérité avait quitté le système, il ne pouvait plus espérer retrouver sa supérieure pour la sauver dans l'immensité de l'espace. Cela lui avait valu des remontrances de la part de l'amiral en chef des armées spatiales de Dialonis

---

[43] Tonnage Equivalent Croiseur.

[44] Continent d'Agastya, à l'opposé de la zone Bionos.

[45] Tonnage Equivalent Navette.

[46] Jeu de jetons avec mises dialonis.

Hystier Hollbirchev. Pourtant, ni sa capture imprévisible, ni l'impossibilité de délivrer la vice-amirale n'était de sa faute. La responsabilité de la défense de la zone Bionos et d'Agastya lui incombait naturellement, pourtant, il ne possédait pas l'expérience pour assumer de telles fonctions. De plus, il faudrait attendre encore plusieurs jours avant de voir débarquer de nouveaux renforts dans le système. Toutes ces problématiques l'empêchaient de trouver un repos efficace.

– *Capitaine,* annonça une voix anonyme dans la cabine de Torin, *la nef* Minoff *a détecté dix vaisseaux de TEC en approche de Fagniet. On a confirmé qu'ils sont avec les détenteurs de la Vérité. On a capté leurs transmissions. Ils disent prévoir une attaque sur la population agastyenne !*

– Parka Niebr ! J'arrive dans la centrale.

Torin plongea ainsi en plein dans une situation d'urgence qu'il redoutait. Il prit une minute pour clarifier ses pensées afin d'agir de manière organisée. Sur le court chemin qui le mena à la centrale du *Chalalamounkour*, il établit dans sa tête une procédure à mettre en œuvre. C'est ainsi que, arrivé dans la salle de commandement, il étudia quelques secondes le plan en trois dimensions du secteur spatial, puis donna les ordres suivants :

– Lieutenant, liaison avec tous les navires.

– C'est bon capitaine, répondit le responsable des communications.

– Menace au-dessus de Fagniet. Je veux les dix nefs et frégates les plus proches en interception immédiatement ! À tous les autres vaisseaux, restez en position. Merci.

Une série de dix lumières bleues s'alluma, voyant après voyant, confirmant la réception de l'ordre donné à tous les vaisseaux. La manœuvre était lancée. Dix navires étaient en mouvement pour affronter la menace potentielle qui arrivait vers la face opposée de la planète. Torin suivait la progression de ses bâtiments sur la projection holographique avec attention. Puis, plusieurs petites sphères apparurent les unes après les autres au large de la zone laissée à nue autour de la bulle de confinement du nuage.

– Qu'est-ce que c'est ? dit Torin pour lui-même.

– Capitaine, répondit malgré lui Lologhar, le responsable de détection olinoracénien, une autre flotte s'apprête à entrer dans l'espace standard. Vingt-deux vaisseaux. Tonnages variables.

– C'est qui cette fois ? Laminis ?

Seuls les bruits des machines et des différents signaux furent alors audibles dans la centrale, le temps que les vaisseaux en approche confirment leur arrivée. Puis Lologhar compléta son annonce :

– Détenteurs de la Vérité confirmés, capitaine.

Il y avait un énervement très clair dans les syllabes tranchantes qu'il venait de prononcer.

– Ils ont deux groupes !

Torin remarqua seulement maintenant la présence de Dek Hi, l'administrateur d'Agastya.

– Hayee, administrateur. Bonjour. Il faut croire que oui. Excusez-moi.

Il se retourna de nouveau vers la projection tactique et se rendit compte qu'un des nouveaux venus se plaça pile dans l'axe de la zone non couverte par ses vaisseaux. Dek le remarqua aussi.

– Qu'est-ce qu'ils font, à votre avis ?

– On dirait qu'ils vont attaquer par-là, mais ça sert à rien. Nos boucliers résisteront.

– Le plus gros vaisseau accélère vers la zone Bionos, capitaine, avertit Lologhar.

– Je le vois bien lieutenant !

– Capitaine, annonça cette fois le chargé des communications Galak'talak'kan, la *Minoff* a contourné Agastya, mais n'a pas donné de confirmation visuelle.

– Comment ça ? Articula lentement le capitaine Torin.

– Ils ne voient pas les dix vaisseaux des détenteurs, apparemment.

Torin fit volte-face pour scruter l'affichage holographique du secteur. Il voyait bien les dix points de l'autre côté de la planète, les dix autres points représentant ses dix nefs et frégates en transit vers eux, la vingtaine de vaisseaux des détenteurs de la Vérité, proches de la zone Bionos, et un point unique qui continuait sa course vers le nuage.

– Attendez, ça veut dire qu'ils nous ont leurré ? questionna avec effroi Dek Hi.

– Ils nous ont attirés derrière la planète juste avec des faux signaux de vaisseaux ! C'était bien une seule navette qui arrivait par là.

– Et le bâtiment qui fonce seul vers la sphère ? Il fait ce que je crois ? Ils sont capables de mission suicide, ces tordus ? s'interrogea Dek à haute voix.

– Le réseau répulseur ne résistera pas à une attaque comme ça, cria une voix dans la salle.

– Je sais ! S'emporta le pauvre commandant, qui commençait à se sentir dépassé.

*

* *

Le *Marteau Divin*, commandé par Dijinil Bull et son équipage réduit, poursuivait sa course vers la zone Bionos en arrivant par l'ouverture laissée par les dix engins dialonis. Il augmentait son accélération au cours du trajet, pour atteindre sa vitesse maximale au moment de l'impact. À son bord, les trente-six membres d'équipages choisis pour leur dernière mission, restaient immobiles. Tout était joué. Le navire se lançait comme une flèche sur la barrière honteuse qui emprisonnait le champ du Grand Concepteur. Il n'y avait plus de manœuvre à effectuer. La vitesse augmentait exponentiellement et permettrait de forcer la technologie de répulsion de l'armée dialonis qui englobait le périmètre Bionos. Il ne restait plus qu'une virgule quarante-quatre minutes avant l'impact. La solution de la fuite par les cabines de sauvetages était donc inenvisageable. Dijinil Bull exploita ce temps pour formuler ses derniers mots.

– Le moment est venu, chers fidèles. Merci pour votre précieux travail. Le plan se déroule à merveille. Vous avez été extraordinaires, jusqu'au bout. Notre vie prend enfin tout son sens. Vous pouvez être fiers. Ceux que vous laissez derrière le sont. Et surtout, le Grand Concepteur. Le moment est venu de le rejoindre enfin à Minuil. Plus qu'un eso-dôn[47].

Mais mille six cents kilomètres avant l'objectif, le *Marteau Divin* subit un ralentissement considérable, et sa vitesse atteignit zéro en une fraction de minute. Les compensateurs inertiels ne furent pas suffisants pour permettre à l'équipage du vaisseau de s'habituer à cette soudaine décélération. Leur corps furent projetés en avant, et leur sacrifice fut rendu stérile. Le vaisseau était immobile, à mille kilomètres du champ de défense.

*

* *

– Enoss vient de protéger le Confinement !

Personne n'en revenait dans tous les bâtiments de guerre de la fédération. La flotte enossienne stationnait sans prendre de décision depuis plus d'un vol-dôn, en attente de l'issue des négociations avec Dialonis. Personne ne savait vraiment comment agir dans un tel contexte, et une agression directe ne pouvait mener qu'à une guerre galactique ouverte, ce que les deux camps redoutaient. Par ailleurs, les dirigeants de l'alliance des mondes avait bien compris que la zone confinée représentait un danger, qu'elle soit artificielle ou non. Il n'était donc pas si absurde que son armada ait entrepris de prévenir la destruction de la grille de protection par le *Marteau Divin* suicidaire. Grâce à ses canons à anti-gravitons, un des vaisseaux de bataille lourds de la flotte enossienne, le *Bolom 03*, avait aisément pu freiner la course du vaisseau religieux.

Passée la surprise, Torin déclara :

– C'est logique. Ils craignent les effets du nuage. Vous pouvez m'obtenir une liaison avec le *Gel-Tak* s'il vous plaît, lieutenant Galak'talak'kan ?

– C'est confirmé, répondit le rylott.

---

[47] Quatorze secondes.

115

– *Seigneur de guerre Glek Helldenton,* annonça la voix du traducteur de bord lorsque l'ilith se montra à l'écran principal. Torin ne s'habituerait sûrement jamais à voir un ilith au sommet de la hiérarchie militaire de l'empire enossien. Il eut un frisson. Il n'avait clairement pas le rang pour s'adresser à un si haut dignitaire de l'empire. Mais en l'absence de sa supérieure, enfermée dans le *Humble Prophète,* il devait assumer son rôle de chef de guerre.

– Mes respects, Seigneur. Nous venons de constater votre aide et nous vous en remercions.

– *Ne jouez pas les faux semblants. Vous savez bien pourquoi on a fait ça. Ces idiots de fanatiques allaient détruire votre défense. Ça nous aurait tous mis dans une belle situation.*

– C'est bien pour ça que je vous remercie.

– *On voit bien que votre nation ne parvient pas à gérer cette situation. Le contrôle de la zone Bionos ne doit pas rester en votre pouvoir.*

– Ce n'est pas avec moi qu'il faut avoir cette conversation, seigneur…

Dek Hi, l'administrateur d'Agastya, s'immisça comme une furie dans la discussion.

– Non, mais avec moi ! Vous savez bien que vous n'avez pas de rôle dans une situation qui se joue dans le territoire de Dialonis, loin de celui d'Enoss. Nous vous remercions encore une fois de…

Il ne put terminer sa phrase parce que la voix d'alarme olinoracénienne puissante de Lologhar, à la détection, hurla un avertissement qui couvrit tout bruit dans la centrale :

– Une autre flotte arrive dans dix eso-dôn[48] !

Par réflexe, Torin coupa la liaison avec le *Gel-Tak.*

– Mais c'est pas vrai ! Deux ennuis le même dôn ! Parka Niebr !

En effet, les problèmes s'accumulaient. Les vaisseaux des détenteurs de la Vérité ne resteraient sûrement pas sur leur

---

[48] Un peu plus de deux minutes.

échec et n'allaient pas tarder à passer à l'assaut, et il fallait maintenant affronter de nouveaux arrivants.

Il étudia le plan tactique en trois dimensions pour découvrir une estimation de presque cent quarante engins de toute taille qui s'apprêtaient à émerger à zéro virgule trois secondes lumière de la zone Bionos, à l'endroit laissé vide par les nefs dialonis.

– C'est les vaisseaux du MALANA. On a confirmé l'arrivée du croiseur swas *Gaad* et des autres, annonça Lologhar après les deux minutes.

– Ils ont grossi leurs rangs !

– C'est un problème ? demanda innocemment Dek Hi. La plupart sont des vaisseaux civils, il n'y a toujours que dix navires de guerre swas.

– Bien sûr, rétorqua Torin avec agressivité, mais j'ai dix nefs et frégates en moins pour la défense ! Faites-les revenir tout de suite ! ordonna-t-il à son équipe de communication.

– Ce ne sont pas tous des militaires. Vous avez l'avantage, capitaine.

– Il peut se passer plein de choses le temps qu'elles reviennent. Et on a deux, voire trois ennemis à gérer. J'aimerais que l'amirale Fress-el soit ici à ma place…

*
* *

Un des vaisseaux de bataille enossien venait d'annihiler les espoirs des détenteurs de la Vérité. Dans le *Humble Prophète*, posté suffisamment loin de la zone critique, Nohiro Modekaï enragea. Il se mit à faire les cents pas, enchaînant les allers-retours entre chaque poste de travail de la centrale de commandement. Il réfléchissait à la meilleure option. L'attaque était contraire à toutes ses croyances, et pourtant, la disparition des vies précieuses qu'il avait envoyées à l'assaut sans qu'elles aient causé le moindre effet, le contraignit à l'action. Son ordre fut dicté par la fureur de la vengeance.

– Envoyez ces fous dans le néant primordial !

La volonté du servant principal de l'ordre de la Vérité fut relayée à ses bâtiments de croisade. Les vaisseaux se mirent en position d'attaque et se préparèrent à faire feu. Mais au même moment, une nouvelle arrivée interloqua tous les commandants du culte.

– Grand Inspirateur, la flotte du MALANA est de retour dans le système ! Ils sont plus nombreux que la première fois.

– Ôgum[49]… Changez de cible. Préparez-vous à attaquer le MALANA. Mais pas tout de suite.

Les servants de la Vérité commencèrent à être confus. Le culte n'était pas formé de militaires rôdés à l'exercice des tactiques d'assaut. On leur demandait d'attaquer un vaisseau enossien, puis de se préparer à affronter ceux du mouvement Laminis, sans plus de détail… Les messages de tous les commandants commençaient à s'accumuler, et Nohiro échoua à tous les suivre.

– *Grand Inspirateur…*

– *Avec tout le respect que je vous dois…*

– *Pardon, Grand Inspirateur, mais…*

– *Excusez-moi, doit-on modifier notre cap ?*

– *Dans combien de temps, Grand Inspirateur ?*

– *Qui on doit attaquer ?*

– *À vos ordres, Grand Inspirateur ! Feu à volonté sur Laminis !*

L'allzhatz coupa court en hurlant de toute la force de sa voix roucoulante :

– Arrêtez ! Laissez le *Bolom 03* et préparez-vous à vous retourner sur le MALANA. Leur arrivée présente un intérêt mais aussi une menace. Si leur objectif est toujours le même, ils vont tenter dans un premier temps de libérer de nouveau la substance divine de l'emprisonnement de Dialonis. C'est ce qu'on veut. Mais ils vont ensuite essayer d'annihiler le pouvoir du Grand Concepteur, et cela m'est intolérable. N'attaquez qu'après qu'ils aient ouvert une nouvelle brèche.

---

[49] Expression de surprise allhzatz.

Les messages des commandants furent cette fois bien plus similaires :

– *Bien Grand Inspirateur.*

– *Compris, Grand Inspirateur.*

– *D'accord, Grand Inspirateur.*

– ...

Nohiro comptait sur la chance et sur une synchronisation parfaite de l'enchaînement des évènements.

*
* *

Tout se joua en quelques secondes. Dans le *Gaad,* Ostrange, Nerbia et Khahakar, immobiles, étaient semblables à des blocs de glace. Le canon à plasma d'antimatière offert par Taroc Diarond avait été installé à bord, puis testé sur un pauvre astéroïde n'ayant rien demandé à personne. L'effet avait été phénoménal. Mais malgré la confiance qui s'était développée suite à cet essai, leur entrée dans le système Gocélian devait être minutieusement préparée, et de nombreux imprévus pourraient réduire leurs efforts à néant. Dès leur sortie de l'espace Kamichi, le tir devrait être lancé. Cela sous-entendait que les calculs de visée devaient avoir été faits et revérifiés en amont.

Personne ne parlait. Chacun savait ce qu'il avait à faire. Le *Gaad* et tous les autres navires du mouvement débarquèrent comme les premières gouttes d'une pluie soudaine, à une proximité relative de la bulle Bionos. La distance avait aussi été parfaitement déterminée, pour que le *Gaad* arrive le plus loin possible des vaisseaux défendant la bulle, tout en étant à portée de tir.

Le trait rougeoyant fut éjecté à une vitesse folle vers la grille entourant la zone Bionos. Sur son trajet, on put constater des micro-explosions, liées à la rencontre entre le plasma d'antimatière et les quelques particules isolées qui circulaient librement dans l'espace. Javhat Gharkawak, le chef artilleur du *Gaad,* avait déterminé une ouverture dans la nuée de vaisseaux

119

dialonis, devant le périmètre Bionos, sans savoir qu'il s'agissait du vide laissé par les dix navires dépêchés à l'opposé de la planète pour affronter les leurres de l'institution de la Vérité. Il prit un court moment pour ajuster la visée préétablie, afin que le tir de l'arme Diarond ne soit pas gêné par quelques appareils. Le rayon énergétique s'enfonça dans le champ répulseur de défense du secteur Bionos comme si rien n'entravait son élan.

Lrakrat Darktak, responsable de détection, ne dissimula pas la joie dans sa voix lorsqu'il annonça le bilan de l'attaque :

– Le plasma a traversé ! On a détruit un émetteur !

– Grrrrrak ! s'écria Khahakar en signe de victoire. Continuez à faire feu ! En plein sur le réseau de confinement !

Le canon à plasma d'antimatière cracha une nouvelle décharge qui fusa vers l'un des générateurs de la sphère interne autour de la zone Bionos, dernière enveloppe qui protégeait l'univers des particules de l'inconnu.

*

* *

Une nouvelle menace venait de se dévoiler pour la flotte dialonis. Le mouvement Laminis était décidément résolu à aller au bout de son objectif. Le deuxième tir du *Gaad* pulvérisa l'appareil de confinement le plus proche. Sans lui, une portion de la bulle spatiale laisserait les particules Bionos se répandre dans l'univers avec anarchie.

– Les vaisseaux dialonis et enossiens et même certains vaisseaux de la Vérité se réorganisent pour nous confronter !

C'était Lrakrat Darktak, chargé de détection du *Gaad*, qui avertit son chef.

– Restez en mouvement constant, ordonna Khahakar à tous les appareils.

De fait, le swas représentait l'autorité tactique du groupe, même s'il n'était pas militaire de fonction. Il dirigeait et coordonnait comme il pouvait les actions de tous les navires qui formaient le MALANA ; pas seulement les dix vaisseaux

120

swas qu'il avait offert à Nerbia et Ostrange, mais aussi les véhicules civils soutenant la cause. Bien qu'une réelle confiance s'était tissée entre lui et le couple dialonis, ce dernier se sentait dépassé par l'amplification des évènements. Les fondateurs du mouvement pacifique avaient l'impression d'être devenus otages d'un groupe révolutionnaire. Leur objectif était le même, mais ils n'avaient pas anticipé que sa réalisation serait si martiale.

Tous les engins légers swas sortirent de leur hangar. Un fabuleux ballet spatial débuta alors, une valse coordonnée autour de la bulle Bionos. Une centaine de vaisseaux du mouvement Laminis tournait autour d'elle en faisant feu sur les unités émettrices du champ répulseur. Les angles de tir étaient réduits car il n'y avait qu'une fraction de l'écran qui était tombé. Tous les vaisseaux s'employaient à l'agrandir pour pouvoir ensuite viser plus facilement l'intérieur même du nuage, entouré de la deuxième bulle, constituée d'un réseau d'appareils permettant de contenir les particules. Le MALANA comptait tout mettre en œuvre pour les annihiler rapidement.

La manœuvre des vaisseaux de l'association « anti-nuage » était parfaite. Le mouvement circulaire de la flotte autour du périmètre Bionos lui permettait d'attaquer ses défenses tout en minimisant le risque d'être touchée par les forces dialonis ou enossiennes. Les vaisseaux de la Vérité furent plus difficiles à éviter, car ils n'étaient pas en position autour de la bulle, mais venaient de l'extérieur. Le culte avait lancé ses constellations de chasseurs, et ceux-ci mitraillaient les véhicules les plus menaçants du MALANA. C'était aussi par chance les mieux défendus. Pour le moment, leur bouclier protecteur résistait correctement aux attaques.

La défense des véhicules swas s'éloignait de celles des autres peuples : la technologie portée sur la maîtrise de l'électromagnétisme avait mené à la conception de boucliers épousant la coque des vaisseaux et qui absorbaient les tirs énergétiques et matériels arrivant de plein fouet, et qui déviaient celles qui les frôlaient, comme le ferait un miroir avec la lumière. Par ailleurs, les tirs de la fédération et de l'alliance, perpendiculaires à la trajectoire de la flotte Laminis, ne touchaient presque jamais. Il était difficile d'atteindre une cible déterminée, même en anticipant son mouvement et en tenant compte de sa vitesse, car chaque vaisseau s'efforçait de conserver une trajectoire erratique et imprévisible. Certains tirs atteignirent par chance les quelques rares vaisseaux les moins bien équipés en termes de défense. C'était les engins de particuliers qui n'avaient, pour la plupart, aucun moyen de repousser des attaques de calibre militaire.

Plus le temps passait, plus la nuée de vaisseaux s'éparpillait autour de la sphère Bionos, et le bel anneau qu'elle formait au départ avait disparu. Il était maintenant impossible de considérer la flotte Laminis comme une unité d'attaque unique. Chaque véhicule était indépendant. Tous visaient maintenant l'intérieur du nuage, cherchant à causer la disparition des particules invisibles. Toute la variété d'armes dont le groupe disposait était exploitée. Dans la zone, l'interaction entre les tirs et les rayonnements des particules provoquaient une multitude d'effets dignes d'un spectacle de lumières ; des flashs et des éclairs illuminaient l'espace de mille couleurs. Certains rayons faits de pure énergie se transformèrent parfois en traits de matière solide. Tout le monde découvrit avec stupéfaction que certaines autres décharges lumineuses rectilignes des vaisseaux swas finissaient par s'évaporer dans un nuage éclairant diffus. À l'inverse, les projectiles tangibles lancés à pleine vitesse réagissaient de différentes manières ; certains se mirent à ralentir en arrivant dans le périmètre pour les rendre parfaitement inoffensifs. D'autres éclataient en milliards de particules ou disparaissaient en formant de minuscules étoiles. Il fut rapporté la transformation de quelques ogives en diverses autres éléments. Certains aperçurent des obus de métal se briser en une multitude de cristaux de verre ou bien se changer en Trichlorure d'antimoine, en minerai de Kaolinite, de diuranate d'ammonium ou d'acide tétrabromaurique. C'était en tout cas ce que rapportaient les instruments d'analyse. Le plus impressionnant fut sans doute le projectile qui s'était mis à rétrécir de plus en plus jusqu'à devenir microscopique.

Les opérateurs de détection croyaient à des dysfonctionnements de leurs senseurs. Si ce qu'ils captaient correspondaient à la réalité, ces phénomènes remettaient décidément en question toutes les théories physiques établies durant des siècles de science. Tous ces phénomènes étaient parfaitement inédits dans l'univers.

Malheureusement pour les assaillants, il n'y eut aucun signe de succès. Il était simple de constater la présence des particules Bionos grâce aux effets impossibles que l'on pouvait encore observer.

– Khahakar, commença Ostrange, il n'y a rien à faire. Même avec le canon Diarond, on n'arrive pas à provoquer le moindre effet.

– Comment on peut vraiment le savoir ? On ne peut même pas détecter ces particules.

– J'espérais qu'on puisse constater quelque chose, indirectement. Mais regarde ! Les bizarreries ne s'arrêtent jamais. J'ai peur qu'on ait ouvert les protections pour rien.

– Il fallait bien le faire.

– Peut-être…

Nerbia, décidé, proposa ses intentions avec colère.

– Il faut attaquer la fédération ! Il faut prendre en otage des scientifiques du GLA. Il faut les pousser à nous révéler comment détruire leur arme ! Cette fois, on ne bougera pas.

– Mais, Nerbia, si ce n'est pas les scientifiques qui ont créé les particules !

– Si t'as une meilleure option, c'est le moment.

Il avait répondu de manière cinglante, et fixait sa compagne dans l'œil.

– Non ! J'ai pas d'autres idées. Mais…

– Alors on fonce sur le GLA.

– Nerbia ! On ne va pas attaquer des innocents !

– Des innocents ? T'es sûre ?

Elle reconnaissait de moins en moins son conjoint. Sous l'influence de Khahakar, il s'était pris au jeu de la guerre.

Une secousse ébranla la structure du navire.

– C'était quoi ?

– Un tir de plein fouet, répondit Ratkha Tadak, le pilote du *Gaad*, qui s'apprêtait de toute façon à donner l'information. Le champ de défense a résisté, mais il a failli toucher la coque.

Le tissu énergétique qui recouvrait la structure des vaisseaux swas pouvait absorber ou renvoyer les tirs, mais si la force était trop grande, certains coups pouvaient traverser ce champ et toucher le revêtement.

– Tu vois, c'est déjà dangereux d'attaquer simplement le nuage. Alors si on agresse directement les forces fédérales…

Nerbia dût admettre qu'Ostrange avait raison.

– Bon, il faut au moins qu'on les empêche de reconstruire leur réseau de confinement. Qu'est-ce qu'on peut faire, Khahakar ?

– Leurs engins sont sûrement construits sur Agastya et amenés en orbite. Il faut répartir quelques vaisseaux pour guetter d'éventuelles livraisons. Il faut qu'on établisse…

*
* *

– …Une sorte de blocus autour d'Agastya. Nous devons à tout prix les empêcher de reconstruire leur abominable barrière !

L'intention de Nohiro Modekaï fut la même que celle du MALANA. Les bâtiments spatiaux du mouvement Laminis avaient enfin cessé d'agresser la substance du Grand Concepteur. En réaction, les détenteurs de la Vérité avaient arrêté de les attaquer. Cela avait enfin calmé Nohiro qui donnait maintenant ses prochains ordres. Sa priorité était de poursuivre la libération des particules Bionos, et comme le MALANA, il ne voulait pas que l'on puisse reformer la zone de protection.

– Il faut envoyer la moitié de nos troupes se répartir autour d'Agastya pour intercepter les transports depuis les usines de

124

la surface ! Les autres, concentrez vos tirs sur la grille de confinement ! Faites éclater cette prison abjecte !

Les commandants d'une quinzaine de vaisseaux modifièrent leur cap et se placèrent autour de la planète, comme demandé. Le reste continuait de harceler la grille centrale de la bulle Bionos. Grâce à l'attaque du MALANA, le périmètre présentait énormément d'ouvertures. Il ne fallut pas beaucoup de temps pour que le réseau permettant de retenir les particules enfermées dans l'espace commence à s'effondrer.

Du côté de la flotte dialonis, dans le *Chalalamounkour*, Torin ne parvenait pas à établir des stratégies de guerre efficace. Une manœuvre coordonnée était exclue, car les détenteurs n'agissaient pas de concert. Chacun de leurs navires prenait des décisions indépendamment des autres. Mais l'effectif supérieur de la flotte lui permit de repousser à terme les attaquants. La flotte des détenteurs de la Vérité perdit donc trois bâtiments, en prenant en compte le Marteau Divin. Malgré tout, la grille d'emprisonnement des particules Bionos était bel et bien brisée.

*
* *

Orbite haute d'Agastya, 61ème 5 613 (deux jours plus tard).

Une partie des flottes de la Vérité et du mouvement Laminis avaient maintenant pour objet de contrarier au mieux la reconstruction des deux structures qui protégeaient le nuage Bionos : la grille basée sur la technologie de piégeage des particules adaptée à grande échelle, et le réseau d'émetteurs de champ qui servait à prévenir toute approche et attaque extérieure. Le but des véhicules était de neutraliser les convois de matériel entre la surface d'Agastya et l'espace.

Un jeu de prédation s'installa durablement entre les forces en présence : les navires lourds des adversaires de la fédération restaient largement en retrait pour coordonner le ballet spatial de leurs appareils légers, mais se faisaient constamment harceler par quelques corvettes ou frégates dépêchées par la flotte de Dialonis. Certaines unités devaient fuir jusque dans la couronne de l'étoile Gocélian pour faire disparaître leurs émissions et ainsi devenir invisibles aux détecteurs dialonis. Elles revenaient ensuite pour continuer leur opération de sabotage.

Les pilotes qui avaient la tâche de faire blocus aux usines circulaient en permanence autour d'Agastya, guettant la moindre opportunité. Le culte religieux et l'association civile agissaient indépendamment, mais il arrivait que les deux groupes s'associent de fait, sans concertation, lors de certains raids.

Plusieurs stratégies avaient été tentées. Au départ, Torin préconisait le passage de plusieurs transports avec un minimum d'escorte pour miser sur la discrétion, mais ses ennemis étaient bien trop à l'affût, et de nombreuses cargaisons furent atteintes. Par la suite, l'administrateur Dek Hi et lui choisirent de protéger un transport après l'autre avec un effectif défensif plus conséquent. Le MALANA et le culte de la Vérité s'adaptèrent bien vite. La technologie swas avait l'avantage d'offrir des armements de plus grande portée que les chasseurs et intercepteurs dialonis. Ainsi, les vaisseaux militaires légers du MALANA pouvaient attaquer les convois en limitant les risques. C'était plus compliqué pour les constellations d'assaut des détenteurs de la Vérité, mais leur dévotion et leur imprévisibilité parvinrent à semer assez de chaos. Le concert des deux factions rendait la reconstruction difficile. Torin perdait patience devant ces adversaires insaisissables. Bon nombre des cargaisons de matériel servant à réparer les dégâts autour de la zone Bionos furent interceptées. La reconstruction se faisait donc à un rythme dix fois plus lent qu'espéré.

Pour couronner le tout, le 61ème 5 613, vingt-trois nouveaux vaisseaux avaient fait irruption dans le système : c'était de nouveaux bâtiments swas, envoyés cette fois par l'état de Swipten.

Le croiseur *Haaj Vak* émit une connexion sécurisée vers le *Gaad*. Khahakar accepta l'appel, sous le regard attentif d'Ostrange et Nerbia, à la fois craintifs et emballés :

– Salutation. Je suis Khahakar Trahkra, premier associé du mouvement Laminis.

– *Bonjour sheev Trahkra. Je suis Drahjat Whkalka et je représente la flotte swas.*

– J'ai peur de poser la question mais bon : vous venez nous arrêter ?

– *Au contraire. Depuis que l'information de votre intervention sur la bulle de confinement du 4ème 5 613 et la perte de nos camarades sur le* Dahat Tra *nous est parvenu, sur Swipten, le haut conseil swas a pris des décisions rapides. L'état s'est rangé à votre point de vue. Vous n'êtes pas inquiété pour votre vol de navires de guerre. Considérez que c'est un cadeau diplomatique.*

– Grrrrrak ! Bonne nouvelle ! C'est ce qu'on espérait. Merci mes frères.

– *J'ai amené un enregistrement d'une déclaration de Garkrat Hafrazkra[50] à la population.*

L'écran affichait maintenant un autre décor : celui d'un bureau d'état. Le politicien déclamait :

« – *Nous refusons qu'une telle puissance soit sous le contrôle d'une même entité politique.* »

Il faisait bien évidement référence à la substance Bionos.

« – *Nous nous joignons donc au MALANA d'Ostrange Ketenis, Nerbia Lamier et Khahakar Trahkra. Nous réclamons une totale coopération de la nation de Dialonis pour la destruction totale des particules Bionos et de tout éventuel projet visant à les concevoir.* »

Ce peuple était définitivement le plus uni des races intelligentes connues. Tous se considéraient comme une même famille. La mise en danger de plus de swas avait donc poussé l'état de Swipten à agir en se lançant dans une croisade de

---

[50] Un des chefs politiques du haut conseil swas.

protection des membres swas du mouvement Laminis dans le système Gocélian.

– *Vous avez l'essentiel, reprit Drahjat. Vous êtes très populaire dans le territoire.*

Flatté, Khahakar cliqua deux fois de ses crochets buccaux.

– Nous vous en sommes reconnaissants. Mais comment ils veulent s'organiser ?

– *Je reprends le commandement de nos unités. Toutes. L'état admire votre initiative mais préfère un contrôle militaire. Il vous accorde sa confiance et accepte de vous garder dans la flotte, vous et les fondateurs dialonis du mouvement. Ensemble, nous choisirons les meilleures manières d'agir.*

– Je comprends.

– *Je peux vous demander d'accoster avec une chaloupe dans vos hangars ?*

– Avec plaisir. À tout de suite.

C'était donc vingt-trois vaisseaux militaires swas, dont trois croiseurs, qui s'étaient ajoutés au blocus des usines d'Agastya et qui tenaient en respect les forces dialonis. Avec la multitude d'engins civils qui continuait de gonfler ses effectifs, ce ne fut pas moins de deux cents appareils qui constituaient la flotte Laminis.

La fédération avait du mal à s'opposer à ces menaces multiples car elle était limitée par son effectif. Suite à la première attaque du MALANA, la fédération avait évidemment souhaité rassembler de nouvelles unités spatiales pour fournir un renfort aux forces déjà présentes à Gocélian, mais il était de plus en plus difficile de désaffecter les autres systèmes qui avaient tout de même besoin d'une présence militaire. Suite à la grande guerre des nations achevée à peine vingt ans plus tôt, il avait été impossible pour Dialonis – ou même Enoss – de retrouver une flotte aussi conséquente qu'au début des hostilités. Les vaisseaux qui stationnaient dans Gocélian constituaient toutes les forces disponibles. Les jours passant, de nouvelles flottes, dialonis, humaine et estero, purent être organisées et envoyée, mais les temps de trajets entre les systèmes stellaires étaient tels qu'il ne fallait pas compter sur leur arrivée avant le 80ème 5 613.

Les évènements autour d'Agastya étaient maintenant comparables à une situation de siège, alors que la substance cosmique commençait doucement à s'étendre dangereusement dans le ciel de la planète.

Chapitre XIX

Travail actif

Epixus, le 20ème 5 613 (55 jours plus tôt, lendemain de l'arrivée de l'expédition du KesLa).

Peu de monde était parvenu à bien dormir parmi les membres de l'expédition. Le caractère historique de la journée précédente avait remué bien des méninges. C'était la raison pour laquelle plus de la moitié des membres d'équipage avaient participé à la grande fête organisée par Srakhar le soir même de la première rencontre avec les autochtones de la planète. Chacun et chacune avait conscience de l'importance de la mission et de la découverte phénoménale qu'ils venaient de faire. La suite promettait encore bien des surprises.

Le lendemain de leur arrivée, la deuxième entrevue entre le conseil epixis et le groupe allait avoir lieu comme convenu. Cette fois-ci, seuls Dru, Alanie, Nexos et Srakhar participèrent. Epixus tournait sur elle-même en quarante-deux ill-dôn[51]. Le rendez-vous avait été donné à vingt ill-dôn de la journée, soit en milieu de journée. Les quatre coéquipiers s'étaient retrouvés dans l'ère de débarquement du *KesLa*. À l'extérieur, des epixis les attendaient déjà.

— Bien dormi tout le monde ? s'enquit Dru auprès des deux scientifiques.

— Impossible, répondit Alanie. Et pourtant je suis en forme.

— Pareil, lâcha Nexos. Bon on y va ?

Oléga était présente et tenta une dernière fois de demander l'autorisation de former une escorte pour le petit groupe.

— Capitaine, je…

---

[51] Quinze heures.

– Non caporale, trancha le diplomate Srakhar. On va nouer des relations inter-espèces. Pour bâtir une confiance, il faut montrer qu'on ne craint rien. Pas d'arme. Pas de soldats.

Oléga, sur qui Srakhar n'avait pas d'autorité, questionna du regard sa supérieure Dru. Celle-ci confirma d'un geste le conseil du swas.

– Allez, on y va ! S'impatienta Nexos.

Il portait sur son dos bombé un paquetage conséquent, probablement plein d'appareils d'observation, mais ne semblait pas subir son poids impressionnant.

– Oui, oui Nexos. C'est parti.

Le groupe descendit la rampe et rencontrèrent trois epixis impassibles. Alanie sentait des vagues d'adrénaline lui réchauffer la poitrine. Ce n'était pas de la crainte, mais de l'excitation. La sensation qu'elle avait expérimentée la veille lors de la conversation avec eux lui revint lorsqu'elle capta leurs salutations. Ils les invitaient à les suivre jusque dans le même immense bâtiment. Chacun éprouva la joie de reconnaître les membres de la première réunion. Bien sûr, ce n'était pas grâce à d'éventuels caractères physiques, car il était difficile de différencier les individus, ni par leurs vêtements, qui avaient changé entre temps. En fait, se dit Nexos, ils devaient émettre des signaux invisibles, comparables à des phéromones, qui permettaient de les identifier automatiquement. Ainsi, la deuxième réunion commença, présidée de nouveau par le même epixis nommé Aam par Alanie.

La physicienne replongea dans cet espace mental inédit, dans lequel elle pouvait capturer les paroles silencieuses des êtres télépathes. Les images et les impressions se mêlèrent de manière confuse, et pourtant, l'ensemble avait un sens assez clair.

Cette deuxième table ronde avait duré plus longtemps que la première. Les epixis avaient remercié officiellement l'équipage, particulièrement Nexos Adun, pour avoir sauvé leur canon afin qu'ils repoussent la flotte de la ligue anti-Dialonis. Même si le problème avait été causé par les radiations émises par le *KesLa*, les epixis avaient compris qu'elles étaient les conséquences de l'attaque de la ligue. Leur gratitude et leur curiosité ayant battu leur orgueil, ils acceptèrent de fournir au biologiste quelques données pour que son équipe étudie la biodiversité de la planète, ainsi que leur propre physiologie.

Mais surtout, ils annoncèrent qu'ils organiseraient des séances d'échanges entre l'équipe de physique du GLA et leurs propres scientifiques. Dans un premier temps, il était nécessaire que chacun fasse connaissance, s'habitue à la communication et apprenne à travailler ensemble. Dru, de son côté, accepta officiellement de fournir un des échantillons Bionos pour étude. Au terme de ces premiers échanges, les epixis confirmèrent qu'ils partageraient ce qu'ils auraient découvert au sujet de cette entité inconnue.

Le travail allait pouvoir commencer.

*
* *

Epixus, le 48ème 5 614 (37 jours plus tard).

— Comment ça, on est le 48ème ? Rétorqua Dru à Alanie. C'est pas vrai, on est le 32ème.

— Non, pas dans ce secteur.

— Mais, ça fait que seize dôn qu'on est arrivé à Sepixus.

— Justement, non. C'est ce que je dis. Nos horloges personnelles ne sont pas configurées pour notre position galactique. Les instruments du *KesLa*, si.

— Attends, j'ai rien compris.

Alanie était sympathique, se disait Dru, mais elle pouvait donner des maux de tête dès la sortie du sommeil avec ses réflexions déstabilisantes. Alanie reprit calmement :

— On est à presque vingt mille années-lumière de Ginka, le trou noir supermassif du centre galactique. À cause de l'influence gravitationnelle, l'espace-temps est déformé, et le temps s'écoule clairement plus lentement ici qu'en périphérie.

132

Dru faisait son possible pour comprendre. Elle avait un vague souvenir de la notion de physique qu'évoquait la scientifique : la relativité du temps. Mais cela ne fut pas suffisant pour appréhender complètement l'annonce d'Alanie. Nexos, qui venait d'entendre la fin de la réplique en de sortant de sa cabine, lança avec humour :

– Mais alors, on vit plus longtemps ou moins longtemps ?

Puis il partit au mess en riant, fier de sa plaisanterie. Alanie eut un sourire qui s'effaça aussitôt lorsqu'elle constata la physionomie dépitée de la capitaine galon.

– Dru, écoute. C'est simple. Plus on est proche d'un trou noir, plus le temps s'écoule lentement. Pour nous, rien ne change, mais pour quelqu'un plus éloigné, notre temps s'écoule plus lentement. Ici, on est assez proche de Ginka. Donc si un dôn passe pour nous, en fait, deux dôn passent dans l'espace de la fédération. Approximativement. Logiquement, on n'est pas le 32ème, on est le 48ème dôn.

Alanie attrapa alors le bras de Dru qui portait l'horloge de poignet et fouilla dans les menus de configuration. L'écoulement du temps mesuré par l'appareil fut altéré, de sorte qu'on pouvait maintenant lire le temps comme si l'on était sur Dialonis.

– Jooo[52] !

Dru venait de constater que les eso-dôn s'écoulaient deux fois plus vite sur le petit écran.

– Pardon. Je ne sais pas pourquoi je n'ai pas pensé à prévenir pendant le voyage.

– Ça veut dire que la situation sur Agastya évolue plus vite !

– Voilà, exactement ! On est pressé par le temps. J'avance comme je peux avec Nuum. Je commence seulement à m'habituer au mode de communication.

Depuis l'arrivée sur Epixus, l'équipe d'Alanie travaillait d'arrache-pied avec les scientifiques epixis. Ces derniers devaient tout d'abord dresser un bilan de l'état des

---

[52] Exclamation d'étonnement.

connaissances des visiteurs pour ensuite pouvoir enseigner ce qu'ils savaient. L'enjeu était évidemment porté sur les études des particules Bionos, mais, sous l'impulsion de la curiosité scientifique, Nexos avait reçu l'autorisation d'accumuler des connaissances sur la biosphère de la planète, en échange d'un partage des données des explorateurs. Le biologiste était euphorique. Ce n'était pas le cas de Majaona, l'archéologue et historien, qui ne put rien apprendre de la civilisation epixis. La raison ne fut pas évoquée, mais on soupçonnait la pudeur inhérente à la société d'Epixus.

Le deuxième jour, le physicien epixus « Nuum » avait été invité dans le *KesLa* pour découvrir les installations de l'équipe de recherche, et bien sûr l'échantillon Bionos. Lorsqu'il était passé devant une des salles de repos, dans laquelle s'amusaient deux militaires, Nuum les fit sursauter au point qu'ils renversèrent la table sur laquelle ils jouaient aux cartes. C'était la première fois qu'ils voyait un représentant de cette race.

Les premiers jours étaient consacrés à des séances d'échanges qui permettaient aux scientifiques du GLA de s'approprier le mode de communication particulier dont usaient les epixis. Alanie et Alak'anolap'onagat pouvaient aussi compter sur des écrits schématiques pour faciliter l'intercompréhension. Les epixis avaient démontré leur connaissance des langues du reste de la galaxie. Les deux collaborateurs attendaient avec impatience ces sessions de « dialogue », même si ce dernier ne pouvait pas profiter directement des échanges. Il se contentait d'écouter le compte-rendu d'Alanie. Lorsque Nuum aurait cerné la vision de l'univers incomplète des physiciens et qu'il aurait lui-même analysé la nature des échantillons apportés par les explorateurs, il pourrait faire son bilan, et Alanie obtiendrait alors les informations précieuses que l'expédition était venue chercher.

*
* *

– Mais non c'est absurde ! claironna Nexos d'un ton amusé. C'est comme dire qu'il faudrait se protéger lorsqu'on sort à l'extérieur ! Pas besoin de protection pour dehors. Il y peu de risques de tomber sur des formes de vies infectieuses pour nos physiologies. Il faudrait que les biodiversités de deux mondes différents se soient développées de manière parfaitement indépendante, en étant malgré tout basées sur les mêmes types de systèmes biologiques.

– Je ne comprends pas… assuma Srakhar.

– Bon, par exemple, vous êtes un swas. Je suis un dialon. Alanie est une humaine. Notre organisation est très semblable, dans le sens où nous sommes composés d'unités biologiques comparables, des cellules, elles-mêmes comportant divers organites, avec des fonctions précises, etc. Mais fondamentalement, même si on aboutit à un fonctionnement général similaire, la *nature* des matériaux qui nous constituent est très différente. La base des réactions métaboliques chez vous les swas est le dioxyde de carbone, les cétones, les polyphylophosphates…. Les dialons assimilent des silicates, du dioxygène, des hydrocarulènes, les dexanines… Les humains sont basés sur des glucides, des acides aminés, des lipides… Et le support de notre information génétique ne possède pas non plus les mêmes briques. Chez les humains, ce sont des chaînes d'acides désoxyribonucléiques[53], les dialons ont des polymères de HDAS, HyroDarréine AldolanoSilicatée, et vous, les swas, avez des polymères de phosphocyclodanrépinoïdes.

Le jargon avait rendu Srakhar un peu plus pâle qu'à l'ordinaire. Cela ne déstabilisa pas Nexos, comme possédé, qui poursuivit avec intensité.

– Autrement dit, pour être infecté par des parasites étrangers, il faudrait qu'ils soient eux aussi bâtis sur les exactes mêmes familles moléculaires, tant sur le plan métabolique que génétique.

---

[53] ADN, vous connaissez.

– Ah, … oui ! s'efforça de célébrer Srakhar sans aucune conviction.

– Mon ami, conclut Nexos, conscient du désarroi du diplomate, il y a peu de probabilité.

– On ne sait jamais.

– Une probabilité de l'ordre de 10^{-500}.

– Tout de même…

– C'est vraiment, *vraiment VRAIMENT BEAUCOUP* moins probable que… Je sais pas, d'être infecté en étant nu dans l'espace, s'exaspéra le biologiste.

– D'accord, je te fais confiance. Mais pourquoi on parlait de ça ?

Nexos prit une minute pour se remémorer le début de la conversation.

– Ah, c'est parce que tu te plaignais que les epixis ne nous avaient même pas proposé à manger.

– Ah voilà ! Eh bien alors ?

– Eh bien c'est le même principe. Il y a peu de probabilité que ce qu'ils nous proposent conviennent à nos biologies.

– Oh mais j'espère qu'on aura assez de rations.

– Mais oui. Et en plus on peut recycler les matières organiques et purifier les matières inorganiques.

– Bon.

Srakhar s'ennuyait depuis l'arrivée du *KesLa*. Son travail était terminé car les relations diplomatiques étaient maintenant nouées avec le peuple epixis. Il rendait donc visite aux scientifiques qui eux travaillaient activement. Aujourd'hui, il était venu voir les avancées de Nexos Adun et de ses deux collaborateurs. Il admirait les machines d'analyse qui décoraient la salle du *KesLa* aménagée en laboratoire de biologie.

– Et alors, comment ça se passe, tes études ?

– Incroyable. J'aimerais rester toute ma vie ici, déblatéra Nexos tout en manipulant des échantillons liquides qu'il plaçait dans le compartiment d'un spectrophotomètre.

– Où sont Kalem et Ecteril ?

– Ils font des prélèvements dehors, et moi je les analyse et je les classe. On est trop peu pour faire tout le travail nécessaire. Et Alanie m'a dit qu'on était encore plus pressé par le temps que prévu. Il faut qu'on privilégie l'accumulation de données. Les epixis nous ont transmis pas mal de choses déjà. Nos banques sont bientôt pleines. On va avoir d'énormes quantités d'informations à découvrir.

– Donc vous n'avez pas encore vraiment appris de choses intéressantes pour le moment ?

– Oh si ! Tu rigoles. Tu crois que je peux rassembler des informations sans rien lire ? J'ai regardé la classification globale de la biosphère, le métabolisme général des epixis, leur reproduction… Tu sais qu'ils vivent en moyenne cinq-cent vingt-sept vol-dôn[54] ?

– Ah génial ! Et comment ils se reproduisent ?

Nexos stoppa toute activité. Srakhar venait de lancer un sujet si passionnant que le biologiste ne pouvait pas l'évoquer en faisant autre chose.

– Alors là, tu vas voir, c'est incroyable. C'est un genre de reproduction sexuée. Comme pas mal d'espèces, tu sais[55]. Mais je n'ai jamais observé un dimorphisme sexuel si important.

– Un quoi ?

– Les différences physiologiques entre les deux sexes. Nous, on ne connait qu'un seul des deux types : les vrens. Ce sont les organismes mobiles et conscients avec qui on parle depuis notre arrivée. Mais on a croisé sur notre chemin des drens, des organismes fixés au sol et presque uniquement voué à la reproduction. Tu vois ? Les espèces de pieds avec un dôme poilu au sommet ? Ça :

Nexos montra une image de sa banque de données.

– Ah d'accord !

---

[54] Cent soixante-quinze années terrestres.

[55] Les swas n'ont pas de sexe mais leur reproduction se fait tout de même entre deux individus pour garantir un brassage génétique. Mais, ayant bien étudié à l'école, Srakhar comprends ce à quoi Nexos fait référence.

– Les vrens ont un organe externe libérant des capsules, comme des spores. C'est l'espèce de longue queue derrière leur dos.

– La queue sur laquelle ils avancent ?

– Non, le tentacule qui part du buste. En fait, l'entonnoir à son extrémité libère des spores en période reproductive, et ces spores sont captées par l'organe sexuel des dren : le stérem. Si on regarde la morphologie des deux types d'organismes, c'est vrai qu'il y a un parallèle évident. Là, la même queue, et puis ici, ce sont des vestiges de membres.

Le diplomate confirma silencieusement. Lui qui s'intéressait à tout, il était ravi. Il laissa Nexos poursuivre dans son élan.

– Une fois captés, les spores se développent de deux manières. Soit ils deviennent des graines qui seront déposées sur le sol par les tentacules des drens, et deviendront à leur tour des nouveaux drens, soit ils deviendront des vrens qui seront en gestation dans le dren parent. Ils poussent dans des cocons faits de tiges rigides. Ces métamorphoses sont exceptionnelles.

– C'est super astucieux ! commenta Srakhar.

– Arrête, on croirait que le procédé a été inventé par quelqu'un, répondit Nexos, l'œil roulant d'amusement.

– Oui pardon. En tout cas c'est vraiment intéressant. Je te laisse tranquille. Si tu as besoin de moi, tu n'hésites pas.

– Très sympa, Srakhar, expédia-t-il en reprenant ses activités.

*
* *

Epixus, le 58ème 5 613 (13 jours plus tard).

– Bon après-midi, avait envoyé Dru à Alanie sur un ton parfaitement banal, qui paraissait inadapté à la situation.

C'était le moment que l'expédition attendait, et même espérait depuis le 35ème 5 612, le jour où Alanie avait proposé d'organiser ce voyage. L'entrevue tant attendue, où Nuum donnerait ses conclusions après ses études de l'échantillon de particules Bionos, était prévue ce jour-là. Plus de cent vingt-et-un jours terrestres, soit un vol-dôn plus tard. Cette fois-ci, c'était dans les laboratoires du scientifique epixis que se déroulerait la discussion. Nuum avait convié Alanie, Alak'anolap'onagat et les trois techniciens humains et dialonis, – ceux qui pourraient comprendre la discussion – à le rejoindre.

– À tout à l'heure, Dru.

Nuum était là. Devant un objet singulier. C'était un véhicule, de tout évidence, blanc aux reflets verts, aux courbes lisses et complexes, dont le design formait des crêtes esthétiques, des creux et des boucles douces. Il ne volait pas au-dessus du sol bien qu'il en donnât l'impression. Il était porté par ce qui semblait être des milliers de jambes minuscules. Il ne possédait pas de toit. L'intérieur était fait de plusieurs compartiments pouvant accueillir un epixis. Les rylotts, les humains et les dialons pouvaient également y tenir.

Nuum envoya un bonjour mental. Alanie s'était maintenant faite à ce mode de discussion. Elle renvoya le salut. D'un geste élégant, le scientifique silencieux montra le véhicule. Les cinq savants d'Agastya grimpèrent à l'intérieur. Les techniciens, Garett, Laonhein et Etrusk marmonnaient entre eux, tiraillés entre l'envie d'exprimer leur excitation et la crainte de paraître irrespectueux en criant trop fort. Alak'anolap'onagat s'efforçait de ne penser à rien, de peur d'être lu par Nuum, même s'il n'était pas sensible à la télépathie epixis. C'était bien entendu peine perdue. Alanie s'adressa à lui :

– Je suis désolé que tu ne puisses pas entendre le bilan. Encore un peu de patience. Je retranscrirai tout au mieux, d'accord ?

– Je te fais confiance, bien sûr.

Alak'anolap'onagat aurait aimé participer à la réunion, mais son incapacité à saisir les mots epixis et la douleur que leurs ondes cérébrales provoquaient l'en empêchaient. Il accompagnait simplement l'équipe pour découvrir les installations de recherche de Nuum, mais resterait à l'écart pendant l'échange.

Le véhicule démarra sans un son et se mit à avancer de plus en plus vite. Nuum ne montrait aucun signe qu'il conduisait l'appareil. L'engin filait à travers la nature d'Epixus comme s'il glissait sur le sol. Malgré les irrégularités du terrain, l'assiette restait plane.

— Les petites pattes doivent adapter leur longueur au sol, chuchotta Garett, le seul autre humain de l'équipe.

— C'est terrible ! s'extasia Etrusk.

— Doucement, enjoignit Alanie.

— Pardon, docteure, s'excusa Laonhein qui n'avait encore rien dit.

— Arrêtez, se défendit Garett, on ne sait même pas s'ils possèdent l'ouïe.

Etrusk se tourna lentement vers lui puis le dévisagea.

— Il faudrait m'expliquer comment une espèce peut facilement se maintenir dans un écosystème sans un organe de perception des sons.

— Mais c'est quoi cet argument ! C'est carrément possible ! Il y a plein de sens possibles autres que l'ouïe !

— Mais il est quand même élémentaire celui-là.

— T'es vraiment limité parfois.

— Quoi ?

— Regarde, indiqua Garett en désignant Nuum, il réagit même pas !

— Alors soit il n'entend pas, d'accord, ou alors il est juste plus poli que toi.

— Arrêtez ! Répéta Alanie avec un ton encore plus ferme. Là c'est moi que vous dérangez. Et on dirait que vous avez oublié pourquoi vous êtes là. Regardez, on arrive dans une ville !

Le véhicule, toujours aussi silencieux que ses constructeurs, déboucha en effet dans un espace empli de structures de tailles, de formes et de couleurs diverses, assimilables à des bâtiments. Certains s'étiraient vers le ciel alors que d'autres s'aplatissaient contre le sol. On distinguait à travers cette incroyable diversité un trait architectural commun. Une sorte d'unité, de cohérence, qui était difficile à bien définir. Peut-être étaient-ce les couleurs, toujours pastel et brillantes, ou les textures innombrables aux motifs aussi variés que pouvaient l'être ceux offerts par la nature. Il n'y avait pas de route. Les habitations étaient simplement construites à même le sol de terre, et l'on pouvait circuler entre eux sans que l'on sente un plan rigoureusement déterminé. La traversée dura plus longtemps que ne l'avait ressentie Alanie. L'engin finit par s'arrêter aux pieds d'un immeuble modeste, dessinant une lettre courbe inconnue si on l'observait du ciel. Nuum débarqua et demanda télépathiquement à ses passagers de le suivre. Tous avaient encore du mal à ne répondre que de façon muette.

– Merci, dirent-ils les uns après les autres en sortant du véhicule.

L'entrée était une ouverture qui apparut de nulle part dans le mur extérieur, grandissant à partir d'un point minuscule jusqu'à s'étendre pour former une ellipse de deux mètres et demi de hauteur. « Waoh » fut le commentaire d'Alanie.

L'intérieur était semblable à celui du premier bâtiment visité, mais les corridors étaient plus étroits et moins lumineux. Il n'y avait toujours pas de démarcation entre le sol et les murs, et le plafond s'élevait en arc aigu qui s'étirait sur tout le long des couloirs. La lumière était projetée par des trous alignées en haut des murs. Les matériaux avaient toujours cette insaisissable spécificité qui les rendait impossible à identifier. Parfois comparables à du verre au toucher, mais sans la transparence. Parfois semblable à du tissu, mais froid et dur comme un métal. Parfois ressemblant à un plastique, mais mou et palpitant comme le corps d'un être vivant.

Ils arrivèrent bientôt dans la salle qui était visiblement un laboratoire. C'était du moins ce qu'avaient perçu les invités en « entendant » Nuum. L'agencement était étonnant. On identifiait facilement des machines exposées un peu partout, mais chacune d'entre elles était fondue dans les murs ; elles faisaient partie intégrante de la pièce. On y voyait des formations très difficile à décrire, mais qui évoquaient de manière sûre des écrans. Là encore, ils étaient visibles directement sur les murs ou les parois des objets. La matière même qui les constituait s'organisait en bas-reliefs mouvants et de couleur changeante. On pouvait y reconnaître du texte, ce qui constituait un élément familier dans ces décors extraordinaires. Et, dans un « coin » de la salle – car celle-ci ne présentait aucune arête – un piédestal portait la capsule de particules Bionos amenée par les aventuriers.

– Oh, docteure ! lâcha Etrusk en se précipitant vers l'objet.

– Ah, oui, constata la cheffe d'équipe.

Tout le monde, excepté Alak'anolap'onagat, captèrent l'annonce de Nuum à l'attention du rylott :

« *Début. Attendre. Extérieur. Dire. Besoin* ».

Alak'anolap'onagat savait que l'epixis parlait. Il ressentait la même sensation à chaque fois, sans comprendre les phrases. Il put compter sur Alanie qui lui traduisit.

– Il a dit qu'on allait commencer. Il te conseille d'attendre devant l'entrée de la salle et de te manifester si tu as le moindre besoin.

– D'accord, consentit le scientifique avec amertume avant de s'éloigner du groupe.

Nuum désigna des sièges dans la salle pour inviter ses homologues à s'y installer. Tout le monde s'assit. Les deux physiciens, Alanie et Nuum, si différents l'un de l'autre, se regardaient avec une curiosité pétillante.

C'était l'heure la plus importante de la vie de la physicienne.

*
* *

Alanie replongea dans un intense état de conversation télépathique. Ses camarades n'existaient plus. Son univers était maintenant sombre mais confortable, comme un écran de cinéma éteint, prêt à dispenser une projection. Avec l'habitude, elle était parvenue à dompter le vertige inhérent à ces rencontres. Une suite d'images et de concepts commença à germer dans cette espace neutre. Ils venaient et repartaient dans un chaos confus mais fournissaient pourtant une signification évidente, pris ensemble. Elle comprit que Nuum avait partiellement décodé le mystère des particules Bionos et qu'il allait partager le modèle de l'univers tel que l'état des connaissances epixis l'avait formalisé. Alanie semblait grandir et s'éloigner des amas stellaires du cosmos. Elle comprenait que cet espace n'était pas unique. Plusieurs bulles émergeaient maintenant de la première. Elle captura l'idée de « *superposition, d'interdimension, d'espace supplémentaire* ». Puis les notions continuaient d'affluer.

« *Entités, transmission, transduction, signaux, énergie, inter-univers, fermions et bosons, influence, matière noire* » …

Alanie comprenait cette dernière notion qui n'avait toujours pas été clarifié à ce jour. Pourtant, le terme « matière noire » ne venait pas de Nuum. Elle savait simplement que c'était ce concept qu'il évoquait. Elle venait de réaliser l'origine de cette matière inconnue. Les idées continuaient à s'enchaîner.

« *Rayonnements Bionos, cause, rupture, champ, frontière, univers, libération, espace-temps, potentiel* » …

« Une brèche entre les univers ? Mais pourquoi une brèche potentielle ? » demanda mentalement Alanie. La réponse fut plus confuse encore que le début du discours. La scientifique parvint à comprendre l'idée suivante de la part de Nuum :

« *Même une singularité ne peut sûrement pas suffire à déchirer les frontières. L'ouverture doit être dans un état intermédiaire* ».

Ce n'était pas clair. Mais Nuum poursuivit son exposé.

« *Existence compromise, conversion, particules radiatives, phénomènes absurdes, cause, rayonnements, probabilités d'évènements quantiques, augmentation infinie...* »

C'était ça ! Les révélations étaient incroyables. Alanie pianotait à vive allure sur le clavier de son micro-ordinateur pour prendre un maximum de notes tout en restant concentrée sur le dialogue. À chaque instant, elle confirmait mentalement qu'elle suivait les explications de son homologue. Celui-ci entama donc la conclusion.

« *Origine spéculative, seuil de transmission signaux dépassé, brèche potentielle, à travers les univers, sur toutes les dimensions* ».

C'était terminé. Alanie avait des milliers de questions à poser. Mais elle savait qu'elle pourrait compter sur des traces écrites offertes par Nuum pour compléter l'exposé. Des représentations schématiques et des données concrètes traduites dans sa langue seraient sans doute plus facile à décoder que ce langage abstrait. Il lui fallait des valeurs à étudier. L'intensité de la conversation diminua peu à peu. Elle remercia l'epixis avec toute la force qu'elle put. Il se leva alors, et Alanie reprit complètement conscience. Son regard tomba sur son document numérique. Elle ne réalisait pas tout à fait les révélations qu'elle venait de noter.

*

* *

Epixus, le 90ème dôn de l'an 5 613 (42 jours plus tard).

C'était le réveillon de la nouvelle année dans la fédération de Dialonis, et même à environ soixante-deux mille années-lumière du centre de sa capitale, l'équipage du *KesLa* refusait de perdre les bonnes habitudes. Une soirée avait donc été organisée pour célébrer l'évènement. Garett, Laonhein et Etrusk, les trois techniciens de laboratoire de physique sous la direction d'Alanie, étaient déjà partis se préparer pour la fête. Ils travaillaient avec zèle depuis des jours pour convertir les données communiquées par Nuum en notions compréhensibles par les scientifiques de la fédération. Et même si leur travail les passionnait, l'épuisement commençait à se faire sentir. Cette pause tombait à pic, et ils seraient ravis de revenir le lendemain pour continuer leurs efforts. Alanie, de son côté, ne pouvait pas lâcher simplement l'affaire. Le soir venu, au temps local d'Epixus, elle continuait à griffonner les tableaux numériques de la salle scientifique de physique du *KesLa* pour poser et résoudre des équations décrivant les concepts donnés par Nuum sur l'univers et l'interdimension. Ilmer entra alors dans le laboratoire, habillé d'un uniforme de cérémonie fédéral bleu.

– Salut, déclara-t-il amicalement.

Alanie tourna la tête d'un huitième de tour par réflexe ; cela ne lui permit pas de voir l'arrivant. Elle était en pleine résolution et ne voulait pas se laisser déconcentrer. Elle parvint tout de même à lever un doigt en l'air pour demander de patienter un moment. Lorsqu'elle termina de remplir sa ligne, elle se retourna avec un large sourire.

– Ilmer ! Excuse-moi je suis à fond dans le travail.

– Je vois ça. C'est quoi ? questionna-t-il en pointant un des tableaux de ses yeux tentaculaires.

– Ça c'est la formulation des lois de transduction des signaux qui circulent dans l'interdimension pour chaque entité particulaire...

Elle arrêta sa phrase assez vite lorsqu'elle remarqua l'absence de réaction d'Ilmer. Il ne bougeait pas un muscle. Cela ne signifiait qu'une chose.

– Oui, bon, c'est toi qui as posé la question hein... Je pourrais bientôt vulgariser tout ça pour l'équipage. Après tout, c'est clairement pour ça qu'on est venu.

– Merci pour tout le travail que tu fais, Alanie. Franchement, quand je vois des tableaux comme ça, je suis toujours impressionné. J'ai toujours trouvé ce genre d'équations jolies à regarder...

Alanie s'étonna quelque peu, et Ilmer termina :

– ...Tant qu'on ne me demande pas de les résoudre.

– Mauvais souvenirs de l'école ?

– C'était pas mon truc, c'est tout. Heureusement qu'on a des gens comme toi, sinon la société n'avancerait pas.

– Et heureusement qu'on a des gens comme toi aussi. Tu voulais quelque chose de particulier ?

– Évidement. Je veux t'arracher à tes tableaux. Au moins pour la soirée. Tout le monde commence à venir dans la salle de fête.

– Mais non, c'est bon j'ai le temps.

Elle regarda sa montre, et vit les eso-dôn défiler à une allure deux fois plus rapide que la normale, sur Agastya.

– Oui, bon d'accord. Laisse-moi encore…

Sans un mot, il s'avança et poussa la scientifique par la taille pour la faire sortir de la salle.

– Mais non, arrête, je veux juste finir un petit truc. Promis, j'arrive juste après.

Mais rien ne stoppa l'estero. Une fois dehors, il ordonna :

– Va te préparer, tout le monde t'attend.

Alanie se résigna à rejoindre sa cabine pour changer de vêtements.

*
*　*

Oléga s'était faite particulièrement belle pour la soirée. Elle avait ravivé sa teinte de peau brune d'une couche discrète de poudre dorée sur les joues et avait détaché ses cheveux noirs, d'habitude toujours tressés et serrés en chignon lors de son service. Elle attendait impatiemment l'arrivée d'Alanie, un verre de guirron doux dans chaque main, en compagnie de quelques membres de son escouade. Mais pour être honnête, la conversation actuelle ne l'intéressait que très peu.

– Mais si, je te jure ! aboya Anton. C'est Srakhar qui me l'a dit !

– Alors les epixis se baladent littéralement la queue à l'air ! Résuma Jeriss.

Les deux humains éclatèrent d'un rire gras qui ne semblait plus en finir. L'arrivée d'Alanie, libéra Oléga de son malaise. Elle se précipita vers la scientifique.

– Hey ! Salut Alanie ! initia-t-elle. Ouah, tu es superbe !

Ce n'était que partiellement vrai, mais voir la scientifique porter autre chose que ses combinaisons de travail blanches

146

suffisait à ravir la caporale. Alanie n'avait emporté qu'un seul habit supplémentaire. C'était une veste pourpre unie, simple et sans artifice, et un pantalon noir découvrant les mollets.

– Ah merci, toi aussi.

– Tiens, dit Oléga en tendant un des deux verres.

– Merci ! Tu vas bien ?

– Oui, ça va, mais bon j'avoue qu'on s'ennuie sérieusement depuis le départ d'Agastya. Et toi ?

– Oh super ! Désolé mais pour moi c'est le contraire. On avance super bien. Mais je suis quand même contente d'être là finalement. C'est Ilmer qui m'a forcée à arrêter, sinon je passais encore la nuit sur les calculs.

– Ah, ça aurait été dommage. Tu pourrais passer la nuit à des choses plus agréables, dit-elle en enrobant sa phrase d'un sourire charmeur.

– Je vois pas ce qui peut être plus agréable que de décrypter les mystères de l'univers, objecta Alanie en gloussant et en absorbant une gorgée d'alcool.

Les avances légères d'Oléga, dont Alanie ne captait aucun signe, faisaient en effet pâle figure face à cet argument.

– Un point pour toi.

– Tiens, voilà notre vedette ! lança Dru en arrivant près du duo. Ilmer a réussi sa mission visiblement !

L'estero qui était à côté de Dru, confirma du « Ua » militaire en abaissant les yeux.

– Je suis pas la seule à travailler sur les particules, hein !

Elle chercha du regard ses collaborateurs et elle les trouva au buffet, occupés à engloutir des quantités folles de nourriture.

– Et alors ? Ilmer m'a dit que ça avançait bien ?

– Oui. Cette expédition est une réussite totale. Avec les informations qu'on va rapporter, notre science va faire un bon incroyable.

– C'est une bonne nouvelle. Et concernant nos problèmes sur Agastya ?

– Eh bien, clairement, on a des éléments concrets à présenter à la communauté scientifique de l'alliance des mondes. Ça devrait suffire à convaincre tout le monde que le phénomène est purement naturel. Ça apaisera les tensions, non ?

— J'espère, approuva Dru en sirotant sa boisson.

— En tout cas, pour le moment, je termine de formaliser tout ce qu'on a et tout le monde aura mon rapport dans quelques dôn.

— On va enfin pouvoir repartir ! claironna Oléga.

— Oui, souffla Alanie à contre-cœur.

Un grand bruit fit sursauter le groupe. C'était Srakhar qui venait de tomber en dansant. Après un léger temps d'arrêt, les conversations reprirent.

— Oh ! déclara Alanie. Dru, j'ai complètement oublié de te dire ! J'étais chargée de te transmettre le message de Nuum. Les epixis ont bien compris notre urgence, par rapport à la situation explosive sur Agastya. Ils en ont discuté en congrès, et leur dirigeant Aam a une surprise pour nous. Ils devraient nous fournir un moyen de regagner le système bien plus rapidement.

— Sérieusement ? s'étonna Dru. C'est quoi exactement ?

— J'ai pas le détail. J'imagine un dispositif de transport. Si j'ai bien compris, on pourrait être de retour dans le système Gocélian en trois ou quatre dôn !

— Mais c'est trop bien ! explosa Oléga.

— Clairement. Mais je ne comprends pas comment on pourrait aller à une vitesse aussi grande. Le problème c'est que par confidentialité sur leurs technologies, on ne pourra l'utiliser qu'une seule fois. À mon avis ils trouveront un moyen de nous empêcher de comprendre leur système par rétro-ingénierie.

— Je croyais qu'ils nous faisaient confiance. Ils ont partagé plein de choses avec nous. Avec Nexos aussi.

— Ils nous font confiance mais on n'a quand même pas chamboulé toutes les fondations de leur culture : leur volonté d'indépendance. Ils n'ont partagé avec moi que des données concernant les particules Bionos, en remerciement.

— En tout cas j'ai hâte de découvrir ça.

– Bon allez ! Beugla Srakhar en débarquant dans le cercle. On va pas passez la soirée à parler boulot ! On profite ! On s'amuse !

Il but une gorgée d'eau avant de remarquer l'absence de quelqu'un.

– Où est Nexos ?

– Au boulot, répondit Alanie avec un sourire.

*
* *

Journal d'étude – nature des entités cosmique « Bionos ».
Rapport final. Statut préliminaire.
Autrice : docteure Alanie Nevlin - Alak'anolap'onagat –
Garett Emhan – Laonhein Ju – Etrusk Valinar - Varat'enak'An.

Destinataire :
- *Comité scientifique du GLGOCFDSPCAQNCBA*
- *Fédérateur Galbana Wuxi*
- *Administration Dialonis*

Date : 5ᵉᵐᵉ dôn du vol-dôn 5 614
Lieu : Epixus
Confidentialité : niveau 33A

Ce rapport fait l'état des dernières connaissances établies à la lumière des données collectées lors de l'expédition de 5 613 vers Epixus par la frégate Dialonis N77-55 « *KesLa* ». Les conclusions de ce rapport résultent de la collaboration entre l'équipe de recherche de cosmologie et le chef scientifique epixis dénommé « Nuum » par les membres de l'expédition. Elles visent à apporter des éclaircissements sur la nature du phénomène découvert dans le système Gocélian, secteur spatial Agastya-x3578-y1723-z3897, dite « zone Bionos », le 33ᵉᵐᵉ 5 610, et présentée dans le rapport du projet Athopol du professeur Nexos Adun, à la date du 20ᵉᵐᵉ 5 611.

L'introduction de ce présent document (*conceptualisation*) dresse une approximation des concepts qui seront soutenus par des données mesurables présentées dans les parties suivantes.

Introduction – conceptualisation

L'univers connu n'est qu'un ensemble d'espace-temps parmi d'autres. Il existe plusieurs univers intriqués les uns dans les autres (*description en partie II – page 10*), mais inaccessibles car séparés par une dimension infranchissable. Notre univers connu, les autres univers existants, et le néant d'où ils sont issus seront désignés ci-après par le « méta-univers ».

Une interdimension sépare ces différents univers. Celle-ci est formée d'entités qui transmettent l'énergie des particules de chaque univers vers les autres. Chaque univers est donc en communication constante avec tous les autres via les vibrations des entités intermédiaires qui existe entre eux. Ainsi, un rayonnement de fermion ou de boson influence la matière et l'énergie des autres univers grâce à ces entités interdimensionnelles par vibration harmonique pluridimensionnelle (*Partie III – page 58*).

Cela se produit sur le tissu de l'espace-temps et maintient la cohésion du méta-univers. La matière noire, encore non identifiable dans l'univers, et l'énergie sombre entraînant l'expansion de l'univers observable, toutes deux demeurant jusqu'alors non élucidées, semblent représenter la manifestation des signaux provenant des autres univers (*ANNEXE 117 – origine supposée de la matière noire et de l'énergie sombre, - page 393*). Par exemple, une singularité localisée dans un univers peut représenter une source d'énergie noire dans un autre univers, expliquant l'expansion de celui-ci.

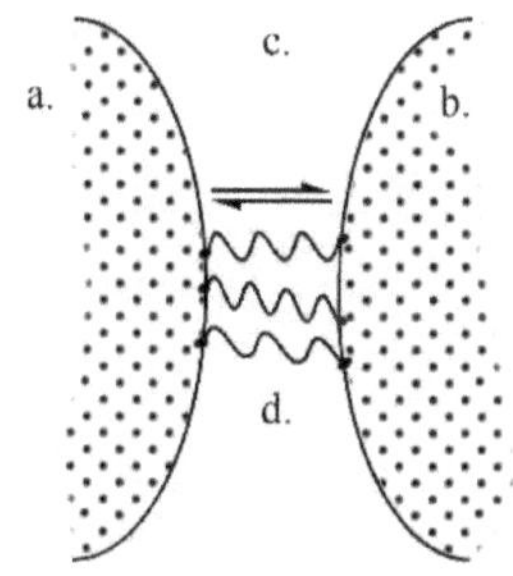

a. univers 1
b. univers 2
c. espace inter-univers
(interdimension)
d. entités interdimensionnelles

Figure 1 – représentation du méta-univers
Nous insistons sur le fait que les différents univers ne sont pas séparés physiquement comme le suppose cette représentation simplifiée.

Un afflux de signaux inter-univers trop important pourrait créer une déchirure des frontières physiques et donc une ouverture directe entre les univers, de taille infinitésimale égale à la longueur de Planck (*Partie IV – page 109*).

Les rayonnements Bionos sont probablement issus de la rupture de la frontière entre deux univers, dont le nôtre. Les entités interdimensionnelles sont donc libérées dans l'espace-temps. Les transductions de signaux deviennent directes entre les univers. L'information codée dans l'inter-univers n'a pas de réalité quadridimensionnelle standard. Autrement dit, les entités de l'inter-univers ne pouvant pas exister en l'état dans nos dimensions d'espace-temps, elles ont été converties/traduites en matière non baryonique et leur énergie vibratoire ondule sur la onzième dimension (*conclusions corroborées par les premiers rapports de la section de cosmologie du GLGOCFDSPCAQNCBA – référence C 4677 – BC1 – Phénomène Bionos*) (*Partie V – page 212*). Ce sont ces particules que nous avons baptisées « *Particules*

Bionos », et leurs vibrations sont désignées par « rayonnemênt Bionos ». Un flux continu de particules Bionos s'échappe du point de rupture entre notre univers et l'interdimension.

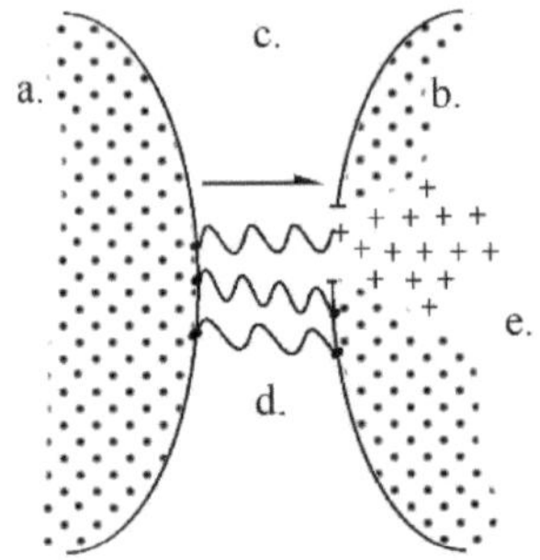

a. univers 1
b. univers 2 – notre univers
c. espace inter-univers
d. entités interdimensionnelles
e. brèche dans la frontière de l'univers 2. Les entités interdimensionnelles sont converties en nouvelles particules « Bionos »

Figure 2 – représentation du méta-univers ayant subi une brèche d'espace-temps

Les effets surprenants observés aux abords d'Agastya depuis le 33ème 5 610 sont bien le résultat des propriétés des rayonnements Bionos. Concrètement, ces phénomènes sont dus à une augmentation considérable de la probabilité des évènements quantiques. On rappelle qu'en physique des particules, aucune propriété n'est parfaitement définie. La position, la nature, le niveau d'énergie d'une particule n'est jamais fixe. Il n'y a que des probabilités d'évènements. En général, ces propriétés sont telles qu'à l'échelle macroscopique, on peut facilement prévoir les mouvements, les échanges d'énergies et les transformations de matière. Seulement, à cause de l'action des rayonnements interdimensionnels, ces probabilités sont complètement modifiées. C'est pour cela que l'on a pu observer des transmutations d'éléments dans la zone Bionos et des modifications des lois physiques. C'est ce fait qui constitue un danger extrême dans le secteur (*Partie VI – page 299*).

À ce jour, l'origine de cette surconduction de signal inter-universel entraînant une brèche dans le secteur Agastya-x3578-y1723-z3897, demeure inconnue. Les informations données par le peuple epixis n'ont pas permis de résoudre cette problématique.

Partie II – représentation du méta-univers.

...

*

* *

Epixus, le 8ème 5 614 (4 jours plus tard).

C'était l'heure des préparatifs du départ. Le *KesLa* avait été entièrement révisé par l'équipe de maintenance de l'expédition. Tout le monde était partagé entre le regret de quitter cet endroit de légende et le bonheur de retrouver son environnement habituel. Les familles et les amis manquaient à tous. Il y avait également une autre raison qui les poussait à accepter le départ : les tensions politiques qui s'étaient peut-être aggravées pendant leur absence. Il fallait aider au rétablissement des relations pacifiques qui se détérioraient dans le système Gocélian. Et tous les membres de la mission « Epixus 5 613 » en était conscients.

La frégate de Dru Ginovna n'avait pas bougé d'un centimètre depuis son atterrissage sur la plaine encerclée par la forêt de tiges. Cette fois, l'extérieur n'était pas aussi agité qu'au départ d'Agastya, où l'on apportait continuellement des caisses de matériel à l'intérieur du vaisseau. Les appareils et outils de mesures de l'équipe de biologie avaient déjà été rangés la veille. Une délégation d'epixis était présente devant la rampe d'embarquement et observait les préparatifs avec leur œil insondable, enveloppés dans leurs toges membraneuses translucides à la coupe complexe,

153

– Où est Nexos ? Demanda Ilmer à Alanie qui passait par là. On n'arrête pas de le chercher depuis qu'on est là. Il ne manque plus que lui.

– Je ne sais pas. J'imagine qu'il est encore en train de fouiner dans un marécage.

– Il doit revenir. Nexos, répondez, demanda l'estero dans son res-com.

L'absence de réponse inquiéta immédiatement le colosse. Il activa le localisateur du biologiste pour le repérer. Les coordonnées s'affichèrent sur son écran portable.

– Caporal Rashimii. Continua-t-il dans son appareil.

– *Ua*, répondit la voix humaine.

– Allez chercher le professeur Adun immédiatement.

– *Ua*, répéta Oléga.

La cheffe d'escouade, qui n'était qu'à dix mètres de son lieutenant, coupa la liaison. Elle chercha deux de ses subalternes, et son regard tomba sur Anton et Jeriss, occupés à pouffer de rire en observant les tentacules reproductifs des epixis devant eux. Elle s'approcha par derrière et asséna une bonne gifle à Anton.

– Au lieu de faire les idiots, l'un de vous va venir avec moi. Comme ça vous servirez à quelque chose.

– Oléga ! poursuivit Anton en ignorant la baffe. Tu savais que les epixis se baladent avec la queue à l'air ?

Une nouvelle gifle.

– Eh bien ça sera toi, Anton. Amène-toi.

– On va où ?

– On va ramener Nexos au vaisseau. Arme-toi, on sait pas ce qu'il y a dans la nature de la planète.

Alanie cherchait désespérément à comprendre le fameux moyen que les epixis avaient promis de déployer pour renvoyer le *KesLa* rapidement près d'Agastya. Nuum avait répondu à ses questionnements.

– « *Association, canons satellites* ».

Finalement, c'était évident, et elle s'était sentie bête. Elle savait que les epixis possédaient ce genre de technologie. Les structures orbitales pouvaient envoyer un objet dans l'espace Kamichi. Elle n'avait simplement pas eu l'ouverture d'esprit nécessaire pour imaginer que cette technologie puisse avoir un rayon d'action aussi grand.

– « *Sur deux-cent-vingt mille vol-dôn-lumière[56] ?* »

– « *Distance hors de propos* ».

C'était donc par une action extérieure au *KesLa* que le vaisseau pourrait repartir aussi vite, sans que l'équipage ne puisse obtenir les secrets de cette technologie. Alanie savait qu'il était inutile de demander plus d'informations dessus, mais son cœur ne pouvait résister à la tentation. Elle avait questionné Nuum, mais celui-ci avait complètement fermé ses liens télépathiques et s'en était allé comme un souffle. Alanie jugea ce comportement puéril et avait gloussé. Bien sûr, ce n'était pas de la vexation, mais une manifestation des attitudes propres à une culture totalement différente. La scientifique avait communiqué l'information à Dru, qui fut loin de ressortir de la conversation avec une confiance inébranlable.

– Il vaudrait peut-être mieux repartir avec nos propres moyens…

– Rappelle-toi qu'en réalité, soixante-dix dôn sont passés dans le centre de la fédération, même si pour nous, ça fait que trente-cinq dôn.

– Ah oui c'est vrai. Mais quand même. C'est un *canon*, Alanie. On n'a toujours pas constaté ses effets sur les vaisseaux de la ligue. Ils ont été envoyés dans l'espace Kamichi, c'est vrai, mais ils ont pu y être détruits après, ou autre chose.

– J'aime ton esprit sceptique. Je suis d'accord. Mais je ne sais pas quel intérêt les epixis auraient eu de nous faire venir ici et d'échanger leurs connaissances avec nous.

– Ils ont appris des choses sur les particules Bionos.

---

[56] Soixante-treize mille trois cents années-lumières terriennes : la distance entre Epixus et Agastya.

– C'est vrai. Ou alors ils savaient déjà tout ça et n'ont donc aucun regret de nous avoir dévoilé leurs secrets.

– Comment savoir ? Ils me mettent toujours mal à l'aise.

– On doit faire un choix. Pense à la ligue anti-Dialonis. Ils doivent être revenus près d'Agastya maintenant. Qui sait quelles manigances ils ont prévu ? Je sens qu'ils vont clairement vouloir mettre le feu aux poudres. C'est à toi de juger quel risque choisir. Risquer notre équipage mais empêcher des pertes sur Agastya si on arrive dans un dôn, ou risquer de perdre une énorme population à cause d'une guerre à grande échelle sur Agastya si on arrive dans soixante-huit dôn avec nos moyens.

Dru frotta son flan avec sa trompe. La décision était difficile.

– Je ne peux pas décider pour l'équipage. J'organiserai une petite réunion juste avant le décollage.

– Oui, c'est une bonne décision, termina Alanie.

Vingt minutes plus tard, Oléga et Anton revinrent accompagnés d'un Nexos réticent, tous trois recouverts de boue.

– Caporale au rapport, capitaine, fit la cheffe d'escouade.

– Eh bien, des accros ?

– Il a fallu tirer le docteur Adun d'une mare, capitaine, pesta Oléga.

– Comment ça ? Il était coincé ?

– Non, il refusait juste de bouger.

– J'essayais d'attraper un organisme vivant dans la vase ! Vous ne vous rendez pas compte de l'écosystème qu'il peut y avoir ! Cet idiot m'a tiré la patte pour me sortir, fit-il en désignant Anton.

– Attention à ce que tu dis, toi.

– Soldat, avertit Dru d'un ton doux mais ferme pour calmer l'humain. Nexos, on doit partir. Ils avaient mes ordres. Maintenant, si tu veux rester…

– Tu sais bien qu'on peut pas, déclara-t-il à contre-cœur. On n'a aucun moyen de se nourrir avec les ressources naturelles ici…

– Oui, c'est bon je connais le topo. Retournez dans le *KesLa* et allez vous laver. Et surtout, confirmez votre présence pour la liste de bord.

Les trois êtres de boue s'éloignèrent.

– Alanie, toi aussi.

– Quoi ? Moi aussi je dois me laver ? Je pue ?

Les deux amies ricanèrent.

Le départ était imminent.

*
* *

Les yeux dans les yeux, Alanie et Nuum échangèrent une dernière salutation. Nexos et les autres scientifiques de la mission avaient fait de même plus tôt avec leurs collaborateurs epixis et étaient rentrés dans la frégate. Alanie ressentait une profonde amertume à l'idée de s'en aller. Elle rendait un dernier hommage à ce lieu qui représentait tant pour elle et pour son monde. Un lieu qui avait encore beaucoup à lui apprendre. Mais elle trouva la force de se retourner, poussée par les vents froids qui s'engouffraient dans sa combinaison. Nexos avait carrément nécessité l'intervention de deux soldats pour le forcer à rentrer, car il partageait l'état d'esprit de sa camarade. Elle se mit également à l'abri dans le vaisseau. Elle était la dernière à entrer. La soldate estero Ortho Ulivien le notifia sur sa tablette, confirmant ainsi la présence de tout l'équipage originel de l'expédition. Il faisait bien plus chaud ici. Alanie défit sa fermeture avant et rejoignit la salle de réunion qui pouvait accueillir tous les passagers. Comme convenu, la capitaine de vaisseau Dru Ginovna avait déjà commencé à expliquer à tout le monde les enjeux du départ, et la proposition des epixis.

– Soit on fait confiance aux epixis, et on accepte le risque d'être envoyé sur Agastya en un seul dôn, soit on rentre par nos moyens, en soixante-huit dôn. Cela nous fait prendre un autre risque, celui d'arriver trop tard pour calmer la situation dans Gocélian grâce aux informations qu'on rapporte. Parce qu'il est possible que des attaques aient commencé. Pour le moment, les epixis n'ont montré aucun signe de vouloir nous nuire. Les docteurs Nevlin et Alak'anolap'onagat ont collaboré avec eux depuis longtemps, et visiblement, une vraie confiance s'est installée. Maintenant, c'est un peuple complètement inconnu et on ne peut pas anticiper leurs actions. Leur logique peut être différente. Leur attitude peut dissimuler parfaitement leurs intentions.

– S'ils voulaient nous détruire, lança une voix rylott, ils pourraient le faire maintenant qu'on est rassemblés et toujours au sol.

– Ils ne veulent peut-être pas risquer de détruire leur environnement, répondit une autre.

– Ils doivent avoir mille manières de nous tuer sans dommages collatéraux.

– Pourquoi ils ne nous auraient pas détruit dès le début alors ?

– Ils ont peut-être d'autres intentions… On a bien vérifié le vaisseau ?

D'autres voix amenèrent leur réponse mais le brouhaha les rendait inintelligibles dans cette superposition de langues différentes.

– C'est justement à vous de décider, reprit Dru en couvrant le bruit. Je ne compte pas prendre la décision pour vous. C'est votre vie qui est en jeu. Mais rappelez-vous que c'est aussi la vie des habitants du système et des soldats de notre flotte. On n'a aucun moyen de communiquer avec Agastya. Chaque eso-dôn passé est peut-être un décès ou même un vaisseau détruit. Les enossiens ou même la ligue anti-Dialonis, ou n'importe qui d'autre, aura peut-être réussi à prélever des particules Bionos et seul Niebr[57] peut savoir ce qu'ils en feront.

---

[57] Divinité dialonis du destin.

– Ou alors le status-quo est maintenu, risqua un opérateur d'artillerie estero.

– Exactement, confirma Dru. C'est ce qu'on espère, mais on n'en sait rien. Dans les deux cas, il faut partir le plus vite possible, avant que ça dégénère. On peut toujours imaginer qu'on revienne dans un système qui soit resté dans le même état. Que les flottes attendent sagement on ne sait quoi. Mais vous êtes assez intelligents pour sentir la tension politique inédite de la situation. Je vous rappelle que la ligue nous a agressés à notre départ. Vous connaissez les enjeux. J'ai du mal à croire que tout le monde va continuer à patienter sans agir aussi longtemps. Les négociations ont leurs limites. On a la chance de pouvoir leur apporter du poids avec tout ce que l'équipe de la docteure Nevlin a pu découvrir.

« Je demande donc à tout le monde de voter. Les membres en faveur d'un voyage quasi-immédiat par l'action combinée des canons orbitaux epixis ?

Tout le monde avait indiqué son accord grâce à son système informatique personnel. L'écran principal de la salle de réunion afficha les résultats. Tous les membres, sans exception, acceptèrent le risque d'être transporté en une journée dans le système Gocélian par la technologie epixis, pour arriver le plus vite possible.

– Bien, constata Dru avec une satisfaction discrète. Alors pas de retour en arrière à partir de maintenant. À vos postes.

Le *Kesla* ne mit pas plus de trente minutes à initialiser son protocole de décollage. La structure se mit à vibrer de plus en plus puissamment à mesure que les systèmes s'activaient les uns après les autres. Des volutes de vapeur se formaient autour de la coque dans l'atmosphère fraiche d'Epixus. Le système de poussée antigravité fut déclenchée, donnant un élan à l'ascension du navire. Le dôme géant s'éleva lentement dans le ciel jusqu'à une altitude de presque mille six cents mètres. De là, les moteurs principaux de poupe le propulsèrent hors de la couche atmosphérique. La major Astiandre Tiffy, la première pilote, ainsi que son second, le capitaine Axter

Monial, étaient en lien constant avec les contrôleurs epixis au sol qui partageaient leurs instructions via des données schématiques et chiffrées. Le but était bien évidement de coordonner la position du *KesLa* et des dispositifs orbitaux. À presque mille cents kilomètres au-dessus de la surface, la frégate s'arrêta. Derrière elle, quatre canons organiques espacés de plus de cent mètres formaient un petit arc de cercle. De la bioluminescence visible trahissait leur fonctionnement.

— On est en place capitaine, informa Astiandre.

— Je crois qu'on n'a plus qu'à attendre, répondit la galon.

Les structures boursouflées s'allongèrent et palpitèrent intensément. Les globes lumineux qui recouvraient leur épiderme éclairaient le vaisseau dialonis d'une teinte orangée.

— Alerte Kamichi. À tout l'équipage. Attachez-vous. Préparez-vous au saut. Départ imminent.

Alak'anolap'onagat éprouva le besoin de corriger la capitaine Ginovna via son res-com.

— *Il est improbable que la technologie utilisée exploite l'espace Kamichi. Un trajet de plus de deux-cent-mille vol-dôn-lumière fait en un seul dôn doit forcément être basée...*

— Communication coupée, capitaine.

— Belle initiative, adjudant.

Le moment vint. Dans une parfaite synchronisation, les quatre bouches des satellites tubulaires s'élargirent et projetèrent une boule brillante en direction du *KesLa*. De nombreux passagers retinrent leur souffle. Les masses énergétiques enveloppèrent le vaisseau qui disparut instantanément de l'espace-temps familier. On pouvait encore voir ses contours dans une empreinte de vapeur irisée persistante et une trace rectiligne bleutée qui filait dans le noir de l'espace.

Chapitre XX

Pas de répit pour la cause

Système Gocélian, le 4ème 5 614 (5 jours plus tôt).

Cent jours étaient passés depuis le revers humiliant subi par la ligue anti-Dialonis dans le système Sepixus. L'*Haclave*, commandé par la cheffe de l'organisation militante Zoonooque Ollu, avait pu rejoindre ses deux autres appareils qui avaient été éjectés hors du système par une technologie inconnue. Ils avaient émergé dans l'espace normal deux heures plus tard, presque quatre-vingts années-lumière plus loin, sans avoir pu altérer leur trajectoire d'aucune manière. La section de détection de l'*Haclave* avait fini par repérer les navires exilés, et l'ensemble de la flottille les avait rejoints. De là, ils étaient immédiatement repartis vers le cœur de la crise courante : la planète Agastya.

Le trajet de retour fut encore plus éprouvant que l'aller. Cela faisait plus d'un dôn et demi[58] sans poser le pied sur le sol d'une planète. Les vivres étaient suffisants car le rationnement avait été prévu avant le départ. Mais il n'y avait aucun moyen d'endiguer la baisse de moral des révolutionnaires. Certains postes moins essentiels pouvaient se permettre de se relayer dans les caissons de ralentissement métabolique. Les chanceux purent ainsi éviter l'ennui inhérent au voyage. Il fallut attendre les dix derniers jours pour que les membres de l'expédition retrouvent une certaine joie de vivre, à l'idée de retrouver un environnement plus serein. En réalité, ils allaient devoir rester encore quelques temps dans leurs vaisseaux.

---

[58] L'aller-retour a duré cent-trente-six dôn soit cent-quatre-vingt-un jours terrestres.

L'*Haclave* reprit une consistance matérielle à précisément cinquante-neuf ill-dôn du 4ème dôn de 5 614. Il fut le premier navire de la ligue à sortir de l'espace Kamichi, directement à la frontière du système Gocélian. La précision des système trans-dimensionnels étaient telle que la trentaine de vaisseaux qui l'accompagnaient mirent moins d'une heure à reparaître dans l'espace standard. Dans la centrale du vaisseau de commandement, on pouvait ressentir une sorte de soulagement planer dans l'air lorsque la flotte se rematérialisa. Le retour tant attendu était arrivé. Quelques exclamations de joie fusèrent, mais furent stoppés nets par la rigidité de l'enossienne Zoonooque Ollu.

– Restez concentrés. Vous vous êtes reposés pendant soixante-huit dôn. C'est maintenant que tout se joue. Je veux un rapport sur la situation. Maintenant.

Les senseurs fonctionnaient activement pour fournir toutes les données possibles sur les forces en présence dans le secteur d'Agastya et les activités en cours. Les informations étaient transmises en temps réel au système de projection holographique tactique du centre de la salle. De par sa nature, l'*Haclave* avait une technologie suffisamment avancée dans ce domaine. Zoonooque observait les résultats et constata avec satisfaction que de nombreux bâtiments spatiaux étaient en mouvement.

– Total des forces fédérales : quatre-vingt-onze, lu-t-elle sur l'écran. Ça a bien changé.

Dix-huit jours plus tôt, soit le 80ème de 5 613, les renforts de la fédération de Dialonis avaient enfin gagné le système. Des flottes au départ de Dialonis, d'Ester et de la Terre avaient anticipé les durées de trajet pour synchroniser leurs arrivées. On comptait donc en plus dix-huit unités dialonis dont deux destroyers, cinq vaisseaux esteros, huit vaisseaux humains et dix nouveaux canons orbitaux qui venaient compléter les seize de départ.

Dratkhat Fharrssrhak, le chargé de la détection de l'*Haclave*, souligna la présence d'une nef humaine en particulier.

– La *Giddeoff* est là, cheffe.

– C'est bon à savoir. Je contacterai Gaillaoui pour être sûre qu'il est dedans. On verra ça plus tard. Quoi d'autre ?

– L'*Onistri* également, avec vingt-quatre de nos navires légers. Ils sont en retrait en bordure du système.

L'Onistri, le plus gros bâtiment possédé par la ligue anti-fédération, était un ancien vaisseau de combat allhzatz, un des quatre peuples fédérés par l'empire enossien. Sa classe était dénommée « champsûts », l'équivalent d'un vaisseau de bataille léger enossien ou d'un croiseur dialonis, car il fallait uniformiser les classes des bâtiments des différentes flottes de l'alliance des mondes mais, en réalité, il n'avait rien à voir avec les engins discoïdes de l'armée spatiale enossienne. Il s'agissait d'une large roue étoilée de cent quatre-vingt-cinq mètres de diamètre et dix mètres d'épaisseur. L'anneau hérissé de batteries de combat rassemblait les quartiers d'équipages et les systèmes de défense, tandis que le cylindre central contenait le pont de commandement et les systèmes de propulsion.

– Très bien. Et c'est quoi, tous ces autres vaisseaux ?

– Si j'ai bien compris, caqueta le swas au poste de détection, il y a deux factions en plus des forces officielles. Trente-deux vaisseaux de l'armée swas et presque deux cents petits vaisseaux civils qui s'identifient comme appartenant à une association nommée mouvement Laminis. On a également vingt-sept navires des détenteurs de la Vérité.

– Donc si je résume, la flotte dialonis a quatre-vingt-neuf vaisseaux et vingt-six canons spatiaux pour défendre la zone Bionos contre trente-huit vaisseaux d'Enoss, trente-deux vaisseaux du MALANA si l'on ne compte que les bâtiments militaires swas, et vingt-quatre navires des détenteurs de la Vérité. Ça fait du monde. On va réussir à faire craquer la fédération !

Au moment de leur départ à la poursuite du *KesLa*, la situation autour du nuage Bionos était bien plus statique. Mais rapidement, Zoonooque remarqua avec dépit que la flotte de l'alliance des mondes maintenait le statu quo avec la fédération de Dialonis. Visiblement, seuls les appareils de la secte des détenteurs de la Vérité et de cet autre groupe nommé « mouvement Laminis » provoquaient une réponse de la part des deux grandes flottes militaires. L'objectif de la ligue était bien évidement de faire éclater un conflit ouvert entre les deux nations politiques de la galaxie. Les autres groupes n'étaient que des gêneurs. La zone Bionos n'était plus encerclée par les champs de défense et de confinement des particules, et la planète ne parvenait pas à acheminer tout le matériel nécessaire à leur réparation, car les véhicules des deux flottes indépendantes menaient des raids en permanence contre les convois depuis les usines d'Agastya. Lorsque la flotte faisait fuir des bâtiments du MALANA ou du culte, d'autres prenaient le relai.

Il fallait intervenir. Et Zoonooque apportait justement des éléments qui pourraient embraser l'espace.

– Communications, appela-t-elle.

– Sheev ? répondit la voix humaine d'Anelle Czvorak en sursautant.

– Ouvrez un canal public. On est déjà repéré par tout le monde, mais nous ne sommes pas encore leur priorité. Je veux attirer leur attention.

Annelle accéda à la requête de sa cheffe et prépara la diffusion.

– Prête, confirma-t-elle.

Sans un remerciement, Zoonooque appuya sur le contrôle pour déclencher l'émission.

– Ceci est un message pour les autorités de la flotte fédérale de Dialonis, et surtout pour l'armada impériale enossienne. Je reviens de loin pour transmettre des informations qui devraient vous intéresser.

Les vaisseaux continuaient de batailler avec rage, ignorant l'appel de la ligue. Celle-ci poursuivait son approche vers une des zones de conflit. Zoonooque enchaîna :

– Le 37ème 5 612, temps standard, une frégate militaire dialonis a quitté le système Gocélian en direction du système Sepixus. Compte tenu de la curieuse nature de ce voyage, nous avons suivi le vaisseau jusqu'à la planète Epixus. Vous le savez, personne ne peut approcher ce monde depuis sa découverte. Il représente un des plus grands mystères de notre galaxie. Nous savons malgré tout que des êtres intelligents, probablement très avancés sur le plan technologique, vivent là-bas. Les expéditions historiques envoyées pour enquêter sont toujours revenues sans succès.

« Écoutez-moi : je détiens les preuves que la fédération de Dialonis, par le biais de sa commission scientifique du laboratoire d'Agastya, complote avec le peuple epixis, probablement à propos de l'affaire Bionos. Je me dois de vous informer qu'il est évident que la substance Bionos est le résultat de recherches collaboratives entre la fédération et le peuple epixis.

La bombe venait d'être lâchée. Il y avait dans ce petit discours assez d'informations pour que l'on constate un cessez-le-feu timide autour d'Agastya.

Dans le *Humble Prophète*, Nohiro Modekaï commença à s'indigner d'une telle déclaration. Encore des insinuations profanes. Cela renforça sa combativité.

Dans le *Chalalamounkour*, le vaisseau amiral de la flotte dialonis, Torin Alternader et Dek Hi, l'administrateur de la planète, s'indignèrent également car ils comprenaient parfaitement le caractère fallacieux de l'interprétation faite par la ligue anti-Dialonis. Elle faisait clairement référence à l'expédition du *KesLa*, qui n'avait d'autre objectif que de nouer un contact avec les epixis. L'annonce d'une quelconque association préalable entre ces deux entités, visant à créer le nuage destructeur, était absurde. Mais Dek Hi savait très bien qui avait lancé ce message. C'était la cheffe de la première ligue, dont le seul but était de déstabiliser les autorités politiques de la fédération. Tous les moyens étaient bons. Même des fausses accusations.

À bord du *Gaad*, Ostrange, Nerbia et Khahakar éprouvèrent une surprise justifiée en entendant l'annonce de Zoonooque, mais se reconcentrèrent rapidement sur leurs tâches, car leur motivation n'était pas vraiment de connaître l'origine du nuage.

Enfin, dans le *Gel-Tak*, le vaisseau-mère enossien, le seigneur de guerre Glek Helldenton fut parcouru d'une décharge électrique dans chacune de ses cellules. Il accueillit cette révélation avec un mélange de doute et de suspicion. Il fallait tout de même reconnaître qu'elle était intrigante. En réponse involontaire à ses interrogations, Glek entendit la suite du message de Zoonooque.

— Je vois que nous avons réussi à capter votre attention. Mais je sais que vous n'allez pas croire un simple témoignage. J'ai des preuves de ce que j'avance. Et je les partage maintenant, librement et gratuitement, à vous.

L'enossienne coupa l'émission audio et tourna un de ses yeux sur Anelle, au poste des communications.

— Dès que vous êtes prête pour l'envoi des données préparées, sheev Czvorak.

— Oui sheev. Encore un petit eso-dôn[59], balbutia-t-elle à cause de la puissance des battements de son cœur.

Le moment était venu. Anelle pressa la dernière commande sur son tableau de bord, et les données recueillies dans le centre galactique, préparées durant le voyage de retour, furent émises dans toutes les directions, tissant un tapis d'ondes invisibles qui inondait l'espace autour de l'*Haclave*. Elles contenaient des journaux de bord, indiquant toutes les mesures faites par l'expédition de la ligue une fois arrivée près d'Epixus, et bien sûr des vidéos montrant clairement l'action du *KesLa* sur le canon orbital epixis, ayant entraîné le renvoi de la flotte de Zoonooque hors du système. Ces informations seraient sans nul doute enregistrées par tous les nombreux bâtiments spatiaux naviguant autour de la petite planète Agastya. Il pouvait de nouveau s'agir de données falsifiées pour la plupart, mais cette fois-ci, la quantité d'informations gigantesque rendait l'hypothèse improbable. De toute façon, l'analyse de ces communications certifierait leur authenticité. Cela faisait

---

[59] Quelques secondes.

deux fois que de telles allégations avaient été proférées. Dialonis subissait un nouveau coup dur.

*
* *

Flotte Dialonis – Vaisseau amiral Chalalamounkour.

Le capitaine de croiseur dialonis Torin Alternader venait de terminer de visionner l'intégralité des vidéos prises par l'*Haclave* aux abords d'Epixus, en vitesse accélérée, en compagnie du chef politique d'Agastya, Dek Hi. Les discussions furent vives durant le visionnage, mais à son terme, un silence éloquent retomba. L'elis tourna l'œil vers l'elt.

– Ils n'ont rien, lança l'administrateur, plus pour se rassurer lui-même.

– Allez dire ça aux enossiens.

– Je vais le faire !

– Ils vont croire ce qu'ils veulent croire ! Ils n'attendent que ça.

– Le trio[60] n'osera jamais lancer des attaques là-dessus. Même si ça confirmait que notre fédération est impliquée dans la création du nuage…

– Ça sera suffisant pour qu'ils prennent ça comme un acte de guerre de notre part. Vous avez déjà oublié l'hécatombe d'Agastya ?

– Ces preuves ne valident pas une volonté d'agression.

Torin se leva. La conversation était trop mouvementée pour qu'il parvienne à rester immobile sur le siège. Il commença des allers-retours dans la pièce.

– Vous voulez dire qu'ils vont accepter calmement que nos scientifiques aient fabriqué un élément destructeur, mais que la mort de leurs militaires soit involontaire ? Administrateur, n'êtes-vous pas un peu naïf ?

---

[60] Le trio impérial dirigeant l'alliance des mondes.

En réalité, ce n'était pas le cas. Dek faisait tout pour repousser l'idée que l'empire d'Enoss décide d'attaquer sa planète. Il ne répondit rien et se contenta de se recroqueviller légèrement dans sa carapace. Torin adoucit quelque peu le ton de sa voix.

– Bon, qu'est-ce que vous suggérez ?

– On attend la réaction d'Enoss.

Flotte enossienne – Vaisseau-mère Gel-Tak.

L'alliance des mondes connaissait bien la ligue anti-Dialonis, étant donné que de nombreux membres étaient citoyens de l'empire. Officiellement, cette organisation était considérée comme un ennemi du gouvernement, et le trio impérial assurait la fédération de Dialonis que tout était mis en œuvre pour la démanteler. Cependant, la ligue avait de nombreuses fois mis en lumière des agissements de Dialonis nuisibles à l'alliance des mondes. Le groupe illicite savait très bien qu'il bénéficiait d'une protection officieuse de la part des dirigeants d'Enoss. Peut-être que les preuves apportées par Zoonooque Ollu suffiraient à légitimer une intervention de l'armada enossienne. Mais il restait difficile d'initier une attaque suite aux déclarations d'un groupe criminel authentifié.

Glek Helldenton, commandant du *Gel-Tak,* avait terminé son visionnage à peu près en même temps que son homologue dialonis. Tous les membres d'équipage avaient fait de même. Dans le vaisseau-mère régnait un dégoût ambiant mêlé de colère. L'immense majorité des militaires était outré. Certains de leurs concitoyens avaient perdu la vie à cause de la substance inconnue, et ils venaient de prendre connaissance d'une information qui corroborait l'hypothèse d'une machination de la fédération de Dialonis. Les officiers de la centrale de commandement appelèrent leur chef en allant à l'encontre du protocole militaire. Ils ne pouvaient pas simplement attendre les ordres ; ils venaient les chercher. Glek accepta en premier l'appel de son second, le commandeur Osgal Leton, un enossien.

– Seigneur, que décidez-vous ? Je déploie les astronavigateurs[61] ?

– Attendez commandeur. Attendez. Premièrement, on va envoyer toutes ces données au trio impérial sur Enoss.

– Mais leur retour va mettre plus de trente dôn[62] à nous revenir !

– Je sais. Mais il n'y a rien d'urgent. Depuis plus d'un vol-dôn[63], Dialonis n'agresse pas directement nos vaisseaux.

– Pas avec les leurs, mais avec leurs particules !

– Commandeur, changez de ton avec moi.

L'enossien eut un mouvement de recul imperceptible. Il connaissait sa place, mais il était difficile pour un membre de cette espèce d'être dominé par un ilith. Seul le rang de Glek tint Osgal en respect.

– Mes excuses, seigneur. J'insiste tout de même avec respect que nos troupes s'attendent à une réponse forte de notre flotte. Un délai sera mal interprété. Il faut venger…

– Ça suffit Leton. Je veux d'abord voir comment va se défendre la fédération. Croyez-moi, je ne vais pas la laisser s'en tirer après les morts qu'elle a causés dans nos rangs. Contactez le capitaine Alternader.

Flotte Dialonis – Vaisseau amiral Chalalamounkour.

– On nous appelle, capitaine, avertit Galak'talak'kan. C'est le *Gel-Tak*.

– Évidement. Merci lieutenant.

Torin Alternader ne s'habituait toujours pas à discuter avec un gradé aussi important que Glek Helldenton. Pour tout dire,

---

[61] Premières catégories de vaisseaux militaires de l'empire enossien, de classes diverses, allant des petits engins rapides aux véhicules d'assaut à la puissance de feu plus importante.
[62] Quarante jours.
[63] Plus de cent-vingt jours terrestres.

assurer les fonctions de vice-amiral lui pesaient, et son assurance commençait à faiblir.

— *Capitaine Alternader, c'est bien ça ?* demanda l'ilith via la voix synthétique du traducteur.

L'elis se redressa au maximum, en exhibant fièrement son buste et masquant au mieux l'anneau rouge qui indiquait son rang de capitaine de croiseur.

— Seigneur Helldenton. Que puis-je pour vous ?

— *Vous allez me laisser parler à sheev Hi.*

Torin s'affaissa aussitôt.

— Bien sûr, marmonna-t-il en s'écartant de la caméra.

Dek Hi était déjà auprès de lui, et se plaça dans le champ de vision du seigneur de guerre.

— J'aimerais bien vous dire que c'est une bonne surprise, mais premièrement je m'attendais à votre appel, et deuxièmemement il ne m'est pas vraiment plaisant.

— *Vous savez bien pourquoi je voulais vous parler. Bien, ça nous fera gagner du temps. Je vous écoute.*

— Si vous croyez que la première ligue nous met dans une mauvaise posture...

— *J'ai des milliers d'astrosoldats prêts à traverser l'espace en combinaison pour attaquer à main nue vos vaisseaux et votre grand laboratoire. Donnez-moi une raison de ne pas ordonner l'assaut.*

— Je suis navré que vous ayez des capacités cognitives déficientes, mais vous avez de la chance, je vais prendre le temps de vous expliquer la situation.

— Ne l'énervez pas ! Souffla Torin derrière la carapace de Dek.

Tout en l'ignorant, lui et le changement de teinte de la peau de l'ilith qui s'assombrit, signe d'un énervement contenu, l'elt continua la conversation sur le même ton désinvolte.

— Vous avez pris connaissance des « preuves » d'une association entre nos scientifiques et le peuple epixis, apportées par une organisation criminelle avérée. Si vous niez ce dernier point, vous ne méritez absolument pas votre statut.

– Allez doucement administrateur. J'ai demandé une raison de ne pas attaquer. C'est vous qui devez avoir mal compris parce que pour l'instant je lutte pour refouler l'envie de donner l'ordre...

– Vous ferez ce que vous voudrez après m'avoir laissé finir, trancha Dek. La fédération commence à en avoir assez de se justifier. Ces preuves n'en sont pas. Vous pouvez prendre note qu'en effet, la fédération reconnaît officiellement avoir dépêché un navire d'exploration pour essayer d'obtenir de l'aide des epixis. Une aide pour comprendre la nature des rayonnements de la zone Bionos. Pas une aide militaire. Cette expédition a été lancée *après* avoir découvert ce phénomène. Parce qu'il s'agit bien d'une *découverte*, pas d'une *création* ! Et c'est le premier vrai contact que nos scientifiques ont eu avec les epixis. Jusqu'à ce jour nous n'avions aucune nouvelle de l'expédition. Grâce à ce que vient de dévoiler la ligue, nous en savons autant que vous. Car oui, on reconnaît aussi que ces données sont authentiques. Mais qu'est-ce qu'elles prouvent réellement ? Que nos scientifiques ont créé cette substance destructrice avec les epixis ? Vraiment ? Vous allez vous laisser manipuler par des terroristes ? Ou vous cherchez une excuse pour entrer encore en guerre contre nous ?

« Maintenant j'aimerais connaître les intentions de la flotte de l'alliance des mondes, qui est présente dans le territoire de la fédération depuis presque deux vol-dôn[64] en toute illégalité, je vous le rappelle. Et je vous rappelle aussi que pour l'instant nous n'avons pris aucune mesure pour y remédier, dans l'espoir de préserver la paix. Alors réfléchissez bien afin de déterminer *qui* sont vos ennemis.

La peau du seigneur ilith reprit une couleur pâle. Il n'avait pas l'habitude d'être secoué comme ça. Il aurait voulu dire des centaines de choses, notamment sur le fait qu'un elt, dont le peuple avait un statut particulier au sein de la fédération de Dialonis, n'avait rien à faire à la tête d'une planète comme Agastya. Mais il s'abstint, car il représentait la force militaire

---

[64] Plus de deux-cent quarante jours terrestres.

d'une nation galactique, et les enjeux étaient bien plus grands qu'une altercation verbale personnelle. Il se ravisa donc et déclara après dix secondes de réflexion :

– *Je vous laisse le bénéfice du doute. Mais n'oubliez pas que la mort de centaines de citoyens de l'alliance pèse sur votre conscience, car c'est sur votre territoire qu'a eu lieu l'hécatombe d'Agastya.*

– Je pourrais dire que c'est de votre fait, car vos vaisseaux n'avaient pas le droit d'être présents dans ce système, mais je ne le ferai pas. Parce que comme nos autorités politiques l'ont déjà annoncé à maintes reprises, nous regrettons sincèrement la perte de vos concitoyens.

Une secousse survint juste avant une éventuelle réponse de Glek Helldenton.

– Les chasseurs des détenteurs nous harcellent de nouveau ! Tonna l'officier de détection du *Chalalamounkour*.

– Écartez le vaisseau amiral de là. Poursuivez leurs gros bâtiments, répondit Torin.

Dek Hi se retourna vers l'écran de communication.

– Merci pour votre décision et pour cette délicieuse conversation, mais je vais devoir vous laisser. Au revoir.

L'administrateur d'Agastya laissa Glek devant un écran vide. La bataille reprit.

Flotte enossienne – Vaisseau-mère Gel-Tak.

– Seigneur, vous n'allez pas laisser les dialonis se moquer encore de nous ! s'indigna Osgal Leton.

– Dites directement ce que vous pensez, commandeur, ordonna Glek, la peau frétillante s'hérissant de petites pointes.

– Vous avez remarqué sa façon de vous parler ? interrogea-t-il en parlant de Dek Hi. Il vous manipule, au moins autant que la ligue. Évidemment qu'ils ne veulent pas admettre leur machination contre nous ! Ils essayent de paraître honnêtes mais ils sont clairement responsables.

– Ce n'est pas encore sûr. Faites preuve d'un peu de recul.

– Il vous méprise. Un innocent aurait été plus humble.

– Ça, c'est votre point de vue d'enossien. Toutes les espèces ne réagissent pas de la même manière. Vous, les enossiens, êtes bornés. Très communautaristes. Vous ne cherchez pas à comprendre les autres visions.

Offusqué, Osgal prit un petit temps pour formuler sa réponse :

– Nous sommes simplement forts, nous avons de la conviction. Nous pouvons assumer le combat. Je vous demande de reconsidérer votre volonté de rester neutre.

– Je ferai ce que je juge bon. Merci, votre suggestion est prise en compte.

Glek Helldenton congédia son second.

Flotte de la Vérité – Humble Prophète

– N'importe quoi ! N'importe quoi !

Nohiro répétait le même terme sans lassitude depuis presque vingt minutes, marchant frénétiquement dans la centrale cristalline du *Humble Prophète*. Il trouvait les propos de ces terrorristes scandaleux.

– *Calmez-vous Inspirateur*, tentait vainement Janoll à travers l'écran du res-com principal depuis le *Prêcheur numéro trois*.

Les deux vaisseaux s'étaient écartés de la planète pour profiter des données transférées par la ligue anti-fédération. Nohiro était sorti outré de son visionnage.

– Comment tu veux que je reste calme face à autant de stupidité ? Je vois déjà des marées de gens gober ces injures faites au Grand Concepteur. Les non-croyants revendiquent la qualité de leur esprit critique, on est d'accord ?

Janoll essaya de répondre, en vain.

– Alors comment ils peuvent autant manquer de rationalité ? Ces preuves ne permettent pas d'assurer que le nuage est créé par des scientifiques ! Elles nous montrent simplement qu'il existe un lien entre les epixis et les scientifiques d'Agastya. Il faut arrêter d'interpréter aussi mal des faits aussi simples. Ces saletés de terroristes manipulent encore les informations. Il n'y aura donc personne d'autre que nous qui acceptera la Vérité ?

– Est-ce qu'on les prend pour cible ? questionna la pilote du bâtiment.

– On n'a pas les ressources. On reste sur les premiers objectifs. Il faut empêcher la fédération de reformer le réseau de confinement de la zone du Grand Concepteur, et on empêche au maximum le MALANA d'agir. La ligue n'attaque pas, donc on l'oublie pour le moment.

Le vaisseau de commandement du culte, toujours bien à l'écart des combats, continua de donner les directives aux différents groupes d'assauts de sa flotte.

Flotte du mouvement Laminis – Croiseur Gaad.

– Sheev Trahkra, on reçoit une transmission de données des vaisseaux qui viennent d'entrer dans le système.

Khahakar avait du mal à se concentrer. Le vaisseau swas aux courbes gracieuses était la cible de nombreux petits vaisseaux. Leurs tirs affaiblissaient les réserves d'énergie qui alimentaient le dispositif de protection. Chez les swas, ce genre de défense fonctionnait différemment des autres systèmes en circulation chez les autres peuples. Leurs bâtiments spatiaux usaient d'émetteurs de champ dispersif, formant une sphère parfaite invisible autour des navires dans laquelle la matière et l'énergie des attaques étaient annihilées au fur et à mesure de leur entrée dans son rayon. La technologie swas produisait quant à elle une barrière moulant les coques, qui absorbait les assauts. Ces systèmes étaient théoriquement invulnérables contre la majorité des attaques standard, puisqu'ils fonctionnaient tant qu'ils étaient alimentés, et les équipements de captation photonique des étoiles étaient bien en avance sur ceux des autres espèces. Le seul risque était de tomber sur un nouveau type de rayon qui n'était pas pris en charge par l'écran protecteur. Ceci dit, chaque tir reçu par la barrière ébranlait forcément tout le vaisseau, et les compensateurs cinétiques atteignaient maintenant leurs limites sur le *Gaad*.

– Passez-là à Ostrange et Nerbia. Je vous laisse regarder ça les amoureux !

Le commandant restait ainsi focalisé sur la coordination des bâtiments de sa flotte.

Sur un des écrans annexes de la centrale, le couple dialon prit connaissance des preuves de Zoonooque Ollu. On voyait parfaitement le vaisseau dialonis *KesLa* se poser à l'abri des vaisseaux de la ligue dans une structure spatiale probablement epixis. On découvrait ensuite le tir de ce satellite sur l'un des engins anti-Dialonis.

– Alors, interrogea Ostrange, tu en penses quoi ?

– Qui c'est ceux-là, d'abord ? Une flottille enossienne ?

Nerbia fut dupée par la prédominance de bâtiments enossiens dans le groupe.

– Apparemment c'est plutôt la ligue anti-Dialonis, affirma Khahakar de loin, après avoir écouté les transmissions publiques de la fédération et de l'alliance des mondes.

– Les terroristes ? s'inquiéta Ostrange.

– En tout cas, j'en pense que ça confirme ce que j'appréhendais déjà, à savoir que Dialonis manigance depuis un bon moment.

– À quel point une organisation terroriste est-elle fiable ?

– Regarde les preuves ! Ça montre bien que la fédération a caché à la population un évènement aussi important qu'une association avec les epixis ! Les *epixis*, Ostrange ! Tu dis terroristes mais c'est surtout un groupe politique militant qui s'oppose au gouvernement en place. J'ai de moins en moins confiance dans notre fédération…

Ostrange voulu argumenter contre l'avis de son partenaire, mais elle n'aimait pas entretenir de conflits avec lui. Surtout sur un sujet aussi futile que la politique. Nerbia n'avait de toute manière pas terminé et l'aurait coupé :

– Mais honnêtement, j'en ai rien à faire. Ça ne va pas changer notre objectif. La fédération est peut-être en tort, peut-être pas, mais dans tous les cas, ce nuage est un danger pour tout le monde et il faut s'en débarrasser.

– Je suis d'accord là-dessus, fit la galon, rassurée.

– Alors ? s'enquit Khahakar avec énergie entre deux ordres.

– Ça ne nous concerne pas Khahakar. On continue.

Le MALANA poursuivit son blocus au-dessus des usines d'Agastya en toute indifférence, tout en esquivant les attaques de la flotte fédérale.

Vaisseau de Taroc Diarond – Jet Ownall.

– « Soixante dôn que je t'ai ordonné d'infiltrer l'accélérateur ! Et plus de trente dôn que le MALANA est passé à l'acte ! Et depuis tout ce temps, toi et Olben vous restez moisir dans l'espace à le contempler ? Je dois vraiment *te rappeler ce qui se passera si tu ne fais pas ce que je te demande ? »*

Cela faisait quatre fois qu'Halhazakh réécoutait le message de Taroc Diarond, reçu quelques jours plus tôt. L'approche du passage dans la nouvelle année fut le déclic qui avait décidé son employeur à le contacter pour partager son mécontentement. La menace d'exécuter Diln était de plus en plus tangible.

– « Ça me déçoit, à un point... Tu étais mon meilleur agent. Mais je crois que tu as fait ton temps. Tu vas terminer cette mission et me ramener des échantillons de particules Bionos, et après je ne veux plus entendre parler de toi. C'est regrettable, mais je dois fixer un ultimatum. Tu as six dôn[65] pour me donner une bonne nouvelle. Sinon, tu n'auras même pas le temps de dire adieu à ton ami. »

Le mercenaire swas avait développé une réelle angoisse. Depuis que lui et Olben avaient rejoint le système Gocélian, après avoir installé l'arme plasma de Diarond sur le croiseur du MALANA, il avait exploré toutes les options.

Il avait par exemple envisagé d'abandonner la mission de Taroc pour s'occuper de libérer lui-même Diln. Mais, connaissant Taroc Diarond, il était probable que ce plan fût encore plus difficile à mettre en œuvre. Et il y avait quelque

---

[65] Huit jours terrestres.

chose dans cette histoire de substance Bionos qui titillait les valeurs profondes d'Halhazakh. Plus profondes que ses idéaux politiques qui l'avaient jadis poussé à prendre la tête de la ligue anti-Dialonis.

Halhazakh et Olben étaient donc toujours en stationnement autour d'Agastya, guettant de loin une opportunité pour infiltrer l'accélérateur spatial pour voler des échantillons Bionos. Malgré la technologie anti-détection pointue, il leur était difficile d'entrer dans la structure circulaire qui entourait la planète. Que ça soit en perçant une ouverture dans une paroi, ou en passant par une des entrées, le *Ownall* serait forcément repéré à un moment. Ils avaient également envisagé de se poser sur Agastya pour accéder à l'accélérateur par la voie officielle, en détournant une des navettes et en utilisant les codes de sécurités récupérés par Elloy Martel, mais cette idée fut abandonnée lorsqu'ils remarquèrent qu'aucune navette n'allait vers l'anneau. C'était plutôt l'inverse. Des dizaines de transporteurs défilaient régulièrement vers la surface, signe d'une évacuation de grande ampleur. S'il devait agir, c'était maintenant. Taroc avait espéré que l'action du MALANA, grâce à son canon à antimatière, serait suffisante pour provoquer assez de mouvement autour d'Agastya afin de donner un avantage à ses mercenaires. Mais il se trompait. La défense de l'accélérateur par la fédération demeurait infranchissable. Halhazakh avait demandé avec humilité à son employeur de lui fournir plus de moyens pour l'aider à pénétrer dans l'accélérateur, par l'envoi d'engins d'attaque par exemple. Le maître de l'empire financier Diarond avait bien entendu refusé, puisqu'il voulait à tout prix éviter d'être lié à des affaires illégales.

L'espoir revint ce 4ᵉᵐᵉ dôn, lorsque la ligue anti-fédération amena de nouveaux éléments pour inculper le gouvernement dialonis. Halhazakh, ancien chef de cette organisation, connaissait bien ses méthodes. Et sa tête actuelle, Zoonooque Ollu, n'y dérogeait pas. Le mercenaire savait qu'elle mettrait tout en œuvre pour faire éclater les hostilités entre les deux flottes militaires de la fédération et de l'alliance. Il savait aussi que, d'après la situation, elle y parviendrait. Et il y voyait là l'opportunité qu'il espérait.

*
* *

Zoonooque avait rejoint le vaisseau le plus puissant détenu par la ligue, l'*Onistri*, et en fit son bâtiment de commandement. Elle patientait. Longtemps. Plus longtemps qu'il n'en fallait pour que Dialonis et Enoss n'étudient les preuves collectées dans le centre galactique qu'elle avait envoyées. Mais elle n'avait toujours pas obtenu de réponse de leur part. Et aucun changement n'était survenu dans l'attitude de la flotte de l'alliance des mondes. Seuls le culte religieux et l'association Laminis avaient repris le combat contre la fédération, au-dessus des usines militaires de la planète. Mais les bâtiments d'Enoss ne s'engageaient toujours pas. C'en était trop. Elle devait savoir les intentions des forces en présence.

— Ouvrez un canal avec le *Gel-Tak*.

— Tout de suite. Allez-y, confirma Gans Dollemon, l'illith en charge des communications.

— Seigneur Glek Helldenton ?

La forme gélatineuse de l'ilith se manifesta sur l'écran principal de l'*Onistri*, mais son traducteur restait coi.

— J'aimerais savoir ce que vous allez entreprendre après nos révélations.

— *L'alliance vous remercie pour vos informations*, finit-il enfin par déclarer. *Mais je ne peux pas prendre ça comme raison d'agresser ouvertement les dialonis.*

— Vous ne voyez vraiment pas l'évidence, enfin ! s'emporta l'enossienne en frappant d'un poing ferme l'air ambiant. Vous ne voyez pas que Dialonis et Epixus complotent contre vous ? Un ilith à la tête d'une flotte enossienne. Vous n'êtes même pas secondé par un stratège. Une personne unique et un seul second pour diriger[66]… On dirait un officier dialonis. Quelle honte !

– Faites attention à ce que vous dites à un seigneur de guerre, sheev Ollu. Je sais très bien qui vous êtes. Vous êtes une ennemie reconnue des deux nations galactiques. Pour l'instant, mes vaisseaux sont en attente. Je pourrais très bien en envoyer quelques-uns vous chercher.

La bouche de Zoonooque palpitait de rage au sommet de son crâne. Elle fit couper la conversation sans politesse.

– Arrêtez la flotte ! tonna-t-elle après un long cri de fureur.

Nahir Maloqui, le pilote, s'empressa d'obéir et stoppa l'avancée du vaisseau. L'ordre fut également relayé à tous les autres bâtiments. Après une attente bien trop longue pour que Nahir reste à l'aise avec son inaction en présence de sa cheffe, elle osa demander :

– Et maintenant sheev Ollu ?

– On va devoir utiliser notre atout.

*

*   *

Un opérateur d'artillerie humain, nommé Bellgast Gaillaoui, avait été désigné au poste d'opérateur d'artillerie numéro deux dans la nef terrienne *Giddeoff*. Pourtant, Bellgast n'agissait pas uniquement dans le respect de la hiérarchie militaire de la fédération. En réalité, il suivait les directives de Zoonooque Ollu, la dirigeante de la ligue militante. Il travaillait dans l'armée spatiale depuis plus de trois ans, et aujourd'hui, sa loyauté allait être sollicitée. Le vaisseau dans lequel il était assigné faisait partie des unités envoyées dans la seconde vague de renforts dans Gocélian.

---

[66] Dans la société enossienne, le pouvoir est toujours réparti entre trois représentants.

Dans la nef, tous les artilleurs opéraient depuis la même salle, et contrôlaient manuellement une quadruple batterie à impulsion et un lanceur de têtes Visco[67].

– Hayee ! Il y a un TEF[68] à +56.8 – 73.12 ! Tu l'as vu ? Il est dans ton champ.

C'était Faffer Ermi, l'opérateur numéro quatre, un estero, qui beuglait comme d'habitude des avertissements inutiles. Bellgast était assez compétent pour savoir déchiffrer les diagrammes tactiques de son poste. C'était la phrase de trop.

– Ferme-là un peu ! Je sais lire !

Faffer gromela. Il n'aimait pas Bellgast. Depuis son arrivée à ce poste, il restait très peu intégré au groupe, conservait une attitude individualiste, parlait toujours mal à ses coéquipiers, faisait preuve de mépris envers eux, et partageaient des idées politiques subversives pour un soldat fédéral.

Le vaisseau annoncé par Faffer était un *Prêcheur* du culte des détenteurs de la Vérité. Le numéro cinq, d'après l'identification. Bellgast déclencha un tir Visco calculé, anticipant le mouvement de sa cible. Le missile plongea dans le champ protecteur invisible du bâtiment ennemi, ne provoquant qu'une réaction peu impressionante. Il avait simplement disparu dans un nuage de poussière brillante en s'approchant de la coque. Mais l'effet était assuré : il avait affaibli les défenses du *Prêcheur numéro cinq*. Ce dernier fila hors du champ du poste de Bellgast.

– Qu'est-ce que tu m'as dit, là ? gronda Faffer en se levant de son siège pour se diriger lentement vers celui de Bellgast, dans un effet théâtral.

Les esteros n'avaient pas l'habitude que des petites créatures comme les humains soient aussi familiers avec eux en montrant autant d'assurance. En général, ils réagissaient en laissant parler l'immensité de leur corps haut de presque deux mètres soixante-cinq et large d'autant.

----

[67] Ogive nucléaire.
[68] Tonnage Equivalent Frégate.

– Bordel, Faffer, rassieds-toi. Tu viens de laisser passer une escouade de quatre chasseurs ! Ils sont passés juste devant tes canons, gros débile !

Cette fois, c'était Minh Allorin, l'opératrice numéro un, également une estero. Faffer aurait bien voulu trouver le moyen de se lier sentimentalement à Minh, mais jour après jour, cela s'annonçait toujours plus chimérique. Bellgast émit un éclat de rire forcé.

Dans sa poche de cuisse, l'artilleur sentit vibrer quelque chose. Même s'il n'en avait jamais eu l'utilité jusqu'à maintenant, à tel point qu'il en oubliait sa présence, il ne s'en séparait jamais. C'était un res-com personnel crypté à usage limité. Cela signifiait que seul Bellgast pouvait l'utiliser, et uniquement pour converser avec l'interlocuteur préalablement désigné. Cette personne était Zoonooque Ollu. Cette simple vibration lui fit perdre l'aplomb dont il venait de faire preuve face à Faffer. La cheffe de la ligue anti-fédération le contactait personnellement !

Dans le chaos ambiant de la salle d'artillerie, chaque opérateur était concentré sur son objectif, et personne ne vit l'humain sortir l'objet de sa poche. C'était un appareil ovoïde légèrement aplati. Un unique trou minuscule permettait de capter les sons. L'agent infiltré de la ligue connecta ses écouteurs à l'objet, appuya sur le petit bouton pour accepter l'appel et porta le micro devant sa bouche.

– Oui ? Bellgast Gaillaoui, du *Giddeoff*.

Il tremblait un peu et respirait fort.

– *Vous êtes isolé ?*

C'était bien la voix de Zoonooque Ollu. Il parlait à Zoonooque Ollu ! L'humain avait de vagues notions de la langue standard enossienne, mais elles n'étaient pas suffisantes pour se passer du traducteur qui prononçait des paroles terriennes par-dessus.

– Oui, enfin… non, att… attendez. Enfin, je veux dire, avec t-tout mon *respact*.

Il fallait que cela arrive. Il bafouilla devant l'aura palpable de l'enossienne qui filtrait par le res-com. Son propre traducteur n'aura bien sûr pas manqué de compenser cette démonstration d'embarras. En toute indifférence, elle continua.

– *Restez-là. De toute façon vous n'aurez pas grand-chose à dire, juste écouter.*

Bellgast resta donc coi. Cela lui éviterait ainsi de bégayer de nouveau, tout en obéissant à sa supérieure.

– *Vous avez dû entendre dire qu'on était revenu du système Sepixus avec des preuves accablantes sur les machinations de la fédération. Pourtant ces salopards de militaires de l'alliance ne veulent toujours pas entrer en collision avec elle. Alors j'ai besoin de vous, puisque maintenant vous êtes là.*

Bellgast était dans un état second. Il entendait les paroles sans réaliser qu'elles lui étaient adressées. Cela était dû à la situation brûlante dans la salle d'artillerie, le danger de mort, et bien sûr la conversation surréaliste à laquelle il participait.

– *Vous allez provoquer la flotte Enossienne. Par un moyen direct. Je vous laisse gérer ça, et je surveille votre action. Ollu, terminé.*

C'était déjà fini. Peu à peu, les sons et l'agitation alentour reprirent leur place dans l'esprit de Bellgast. Il eut besoin de deux minutes pour assimiler l'ordre reçu. Et deux autres minutes pour trouver la force de la mettre à exécution. Toute l'organisation militante attendait son intervention. Le plan de Zoonooque dépendait de lui seul. Après des années à n'apporter à la ligue que de maigres informations, son rôle allait enfin gagner en importance.

Il reprit sa contenance habituelle et retrouva une pleine concentration en scrutant son écran tactique. Il avait bien compris ce qu'il devait faire. Il laissa passer quelques petits astronefs du mouvement Laminis et de l'institution des détenteurs de la Vérité pour se concentrer sur un autre type de cible.

Un bâtiment de l'armada d'Enoss.

Il pouvait choisir un des vaisseaux de bataille lourd ou même leur vaisseau de campagne, mais l'impact de l'armement limité de sa nef n'aurait pas provoqué de dégâts suffisants. Certes, le but n'était pas d'entraîner un réel dommage à la flotte, mais pour que sa mission ait une chance de mener à l'objectif désiré, il fallait occasionner une perte d'unité. Ainsi, l'opérateur cherchait un angle sur un navire plus modeste comme un vaisseau de mêlée[69] ou un engageur[70]. Le problème était que les engins de l'alliance des mondes stationnaient assez loin du lieu du combat. Il ne vit qu'une solution : le lanceur de projectile à accélération magnétique. C'était le seul armement avec une puissance, une portée, et une vitesse suffisante pour ne pas être intercepté d'aussi loin et pouvant provoquer les dégâts souhaités. Mais le seul canon de la nef était tenu par le responsable de la section d'artillerie, le dialon elis Enress Kaji, dans le poste de contrôle qui était juste au-dessus de la salle d'opération.

Bellgast se sentit prêt à faire ce qu'il fallait. Il détacha la sangle de son siège et se leva. Une secousse plus puissante que les autres le mit à terre.

– Tu vas où ? demanda Faffer.

– Je dois voir le chef.

– Pourquoi ! Tu vois pas qu'on a besoin de tout le monde ? Il y a des vaisseaux partout !

– J'ai un problème de calibrage ! Tu vas me lâcher oui ?

– Fais voir.

– Reste à ton poste, on va pas tous commencer à décrocher. Je reviens vite.

L'humain prit un coup de chaud. Il passa rapidement dans le tube antigravité pour atteindre l'étage supérieur. Il grimpa en s'aidant des barreaux d'échelle, et ressortit cinq mètres plus haut. Cette deuxième pièce était plus étroite, car elle ne servait qu'à un poste : celui du canon à accélération magnétique, qui pouvait projeter un obus à une vitesse de presque la moitié de

---

[69] Classe de vaisseau enossien d'un type équivalent aux corvettes dialonis, donc plus petit qu'une nef.

[70] Classe de vaisseau enossien n'ayant pas d'équivalent dans la fédération. La puissance de feu est supérieure aux vaisseaux biplaces mais inférieur aux vaisseaux de mêlée. Un engageur s'opère grâce à une vingtaine de personnes.

celle de la lumière. Le bouclier d'un vaisseau de mêlé ne pouvait résister, encore moins celui d'un engageur. Les nefs ne possédaient qu'un seul canon de ce type, mais leur modèle était plus puissant que ceux des frégates.

Devant ses écrans de contrôle et de visée, Enress Kaji, le responsable de la section d'attaque du *Giddeoff*, ne semblait pas avoir entendu l'arrivée de l'opérateur. Il restait inactif pour le moment, car le lanceur à accélération magnétique nécessitait une longue préparation et une cible à une portée suffisante, et n'était donc pas adapté à l'attaque des véhicules légers et rapides. Mais Enress était tout de même attentif aux informations sur la bataille. Bellgast s'avançait avec le moins de bruit possible, mais le vacarme environnant masquait de toute façon son approche.

Il allait commettre personnellement son premier meurtre. Il ne considérait jamais les victimes de ses canons comme les siennes. Il y avait trop de distance dans ce genre de cas. Mais il était tout de même conscient des morts qu'il engendrait. Passer à l'acte avec une arme de poing serait un cap à franchir, mais il y était préparé. Pour tuer facilement un dialon avec une faible puissance de feu, il fallait trouver la partie un peu plus molle de la carapace, juste derrière la base de leur trompe. C'était une chance, car Bellgast approchait de son chef par derrière. Il dégaina l'arme de fonction qui était suspendu à sa ceinture, tendit le canon vers la zone fragile de la morphologie dialonis et, avec conviction, tira. Le trait perfora facilement le centre nerveux d'Enress, dont le corps s'affaissa sur son siège.

Le bruit du coup fut étouffé par celui des machines de la section d'artillerie. Personne n'entendit l'assassinat depuis le pont inférieur. Bellgast ressentit un frisson conséquent dans tout son être lorsqu'il réalisa son action. Avec dégoût, il tira le corps du siège et prit sa place. Les larmes au bord des paupières, il essaya de se rassurer mentalement.

« *Dix vol-dôn que je subis vos ordres. Dix vol-dôn que je joue mon rôle. Voilà, c'est mon cadeau de départ.* »

Il s'installa au poste de contrôle du canon à accélération magnétique et chercha à s'approprier l'interface de visée.

Celle-ci était bien différente des lanceurs Visco ou des batteries à impulsion. Mais évidemment, il avait été formé à tous les armements des vaisseaux fédéraux. Il n'avait simplement pas utilisé ce type de pièce depuis sa formation. Il retrouva rapidement ses marques, puis repéra une cible idéale grâce au télescope. Un vaisseau de mêlée, parfaitement dans son angle, à Quatre-mille sept-cent soixante-dix kilomètres du *Giddeoff*. La trajectoire était dégagée. Le temps de contrôler les données tactiques, et il enclencha l'ultime commande. Le chargement de l'arme débuta calmement, mais au bout de trente secondes, le son des condensateurs résonnait jusque dans le local d'artillerie. Le tonnerre prit une telle ampleur qu'il fut perceptible par les opérateurs de l'étage inférieur. Cela finit par alerter Faffer, car le canon à accélération magnétique n'était pas censé fonctionner contre les cibles légères. Il chercha une seconde opinion.

— Pourquoi il utilise le canon ? demanda-t-il à Minh.

— Je sais pas, va voir, renvoya simplement la première opératrice, toujours concentrée sur la destruction des chasseurs ennemis.

Faffer se leva avec une fulgurance impressionnante, et atteignit le tube antigravité en un pas.

Au-dessus, la démarche pesante du colosse dominait le vacarme des machines. Bellgast savait qu'il était coincé, mais il aurait le temps de mettre son ordre à exécution. Il ne lui suffisait plus que maintenir la visée encore dix virgule sept secondes, et le tir serait inarrêtable.

Faffer eut un mauvais pressentiment. Le canon s'apprêtait à faire feu alors qu'il n'avait aucun rôle à jouer dans la bataille, et ce juste après que Bellgast ait rejoint sa salle de commande. Dans l'esprit de Faffer, cette coïncidence fut l'ultime lien qui apportait la dernière pièce expliquant les nombreuses situations troublantes qui entouraient l'opérateur humain depuis qu'il le connaissait. Son isolement, les lapsus dans les conversations, les comportements fuyants et suspects…

Maintenant, tout était clair. Bellgast était un traître à sa fonction.

Les mains de l'estero s'agrippèrent aux derniers barreaux du conduit. Lorsque ses deux yeux pédonculés constatèrent le meurtre, il s'élança sur Bellgast et l'envoya percuter le panneau mural à sa droite. Le crâne de l'humain subit un choc violent et le fit sombrer dans l'inconscience. Faffer reporta son attention sur l'écran du poste de tir, et comprit l'acte de son homologue, mais trop tard. Une secousse rapide ébranla la salle. Le canon venait de larguer son trait destructeur.

Presque au même moment, le vaisseau de mêlée de l'alliance des mondes *Unorma 26* fut percé par le projectile foudroyant. Son champ de défense fut incapable de disperser son énergie cinétique, et la coque craqua en de nombreux points. La force de l'impact déchira complètement le bâtiment, et aucun pont ne fut épargné. L'*Unorma 26* éclata en milliers de pièces qui s'éparpillèrent dans l'espace.

Au même moment, Bellgast Gaillaoui mourut en héros pour la ligue anti-Dialonis. La chaîne de conséquences fut initiée.

*

* *

La destruction spontanée de l'*Unorma 26* surprit tous les opérateurs de détection ou les pilotes des presque deux-cents engins spatiaux qui occupaient l'espace agastyen au-dessus de Gaemed. Peu de gens purent observer le rayon qui lia le *Giddeoff* et l'*Unorma 26* pendant une fraction de seconde, mais tout le monde prit conscience de la situation. Après plus de deux-cent jours, un nouveau vaisseau enossien venait de disparaître. Sur la cinquantaine de membres d'équipage, peut-être qu'une poignée parviendrait à survivre. Cette-fois, personne ne pouvait douter de l'implication d'une nef dialonis, contrairement à la disparition du *Gonnemo 063* en 5 611, ou celle des autres bâtiments de l'alliance des mondes lors de l'hécatombe du 25ème 5 612.

Dans l'*Onistri*, c'était l'effervescence depuis l'annonce de Angalle Darmontier, sa responsable de la détection.

– Un vaisseau de mêlée enossien est détruit !

Les dix personnes présentes dans la centrale avaient laissé éclater leur satisfaction à la manière de leur espèce. Zoonooque ne put empêcher un « *éhaï !*[71] » de sortir de sa bouche. Puis, elle reprit rapidement contenance. Elle tenta vainement de recontacter Bellgast Gaillaoui. Il eut été étonnant que l'infiltré puisse répondre. Elle s'adressa alors à son équipage.

– Mes collaborateurs. S'il vous plaît. On vient de perdre un de nos précieux associés. S'il est encore vivant, il sera de toute façon arrêté. Mais j'aimerais qu'on pense à lui et à son sacrifice.

L'assemblée se tût rapidement et écouta la suite.

– Il est toujours utile pour notre organisation d'avoir des agents répartis dans les différentes castes de la fédération. Bellgast ne pourra plus nous rendre service, mais son dernier acte n'aura pas été futile. Il aura fallu au moins cela pour atteindre notre objectif. Depuis combien de vol-dôn nous essayons de déclencher un affrontement ouvert entre Enoss et Dialonis ? Parce qu'il n'y a qu'ainsi qu'on pouvait espérer se débarrasser de ce gouvernement indigne. L'alliance des mondes mérite de contrôler l'espace de Dialonis. Jusque-là, nous n'avions aucune opportunité. Bellgast Gaillaoui vient de nous offrir l'affrontement sur un plateau. Alors je crois que notre labeur va se terminer. Les évènements devraient commencer à s'enchaîner. Asseyons-nous, et profitons du spectacle.

*

*   *

---

[71] Exclamation victorieuse chez les enossiens et les goxleks.

– Le tir était clairement dirigé contre notre vaisseau, assura Danbi Ult depuis son poste de détection, dans le *Gel-Tak*. Pas de doute, pas un tir perdu.

La goxlek connaissait des camarades en fonction dans l'*Unorma 26*, dont son compagnon, Odiuh. Pourtant, sa dévotion pour l'empire, qui était bien plus profonde que du simple professionnalisme, lui avait fait prononcer ces phrases sans difficulté. C'était l'un des avantages des goxleks sur les autres espèces : l'émotion était complètement intériorisée. Ce fut Osgal Leton, l'adjoint de Glek Helldenton, qui réagit le plus vite. Il accepta rapidement les victimes comme des dommages collatéraux, et les imputa à son supérieur :

– Alors, maintenant vous allez vous décider d'agir ? Alors que votre inaction a causé ces nouveaux décès ?

Le seigneur de guerre ilith observa intensément son second grâce à ses milliards de cellules photosensibles, et déclara :

– Je passe sur votre insubordination, commandeur, parce que vous avez raison. Ils ont décidé d'agir avant nous. Ils ont assumé leur culpabilité devant tous les témoins. Oui, on va réagir. Et on va réagir fort. On ne peut pas attendre l'aval du trio impérial[72]. Vous pouvez motiver les troupes, Leton.

Il laissa l'enossien prendre en charge le traditionnel discours patriotique, car, n'ayant la possibilité de se faire comprendre que par un appareil à synthèse vocale, l'impact en aurait été amoindri. Osgal Leton, gonflé de fierté, commença alors sa déclaration dans la langue standard enossienne, retransmise dans les salles des trente-huit bâtiments de guerre de l'armada :

– *Soldats ! Je vais faire court. Dialonis a frappé, je vous le confirme. Nos compagnons du vaisseau de mêlée Unorma 26 ont payé de leur vie la fourberie de la fédération de Dialonis. Nous n'avons plus aucune raison de retarder la bataille. Ces*

---

[72] Il faut presque quatre-vingt jours pour qu'un signal fasse l'aller-retour entre Agastya et Enoss.

*feovèl[73] viennent de confirmer leur volonté de se dresser ouvertement contre nous. Alors le moment est venu de montrer pourquoi on a fait tout ce chemin. Il est temps de montrer notre force. Il est temps de venger nos compagnons disparus. Ceux de l'*Unorma 26*, mais aussi du* Enel 012*, du* Gonnemo 063*, du* Basalo 512 *et de tous les autres. Tout le monde en place. Préparez-vous à recevoir vos ordres de notre seigneur de guerre. À la bataille !*

Au fur et à mesure de l'oraison, la clameur grondait de plus en plus fort dans les vaisseaux de l'empire. Le « à la bataille ! » fut le point culminant. Les cris de fureur éclatèrent à ce moment.

Glek Helldenton glissa calmement à son second :

– Belle déclaration. Merci pour votre loyauté.

– Vous êtes notre commandant et vous reconnaissez votre erreur. Pas la peine de montrer à nos troupes des conflits internes. On sera plus forts unis. D'ailleurs, je suis prêt à recevoir mes ordres.

*

* *

L'affrontement tant espéré par la ligue anti-fédération débutait enfin. Les premières attaques furent conduites par les astronavigateurs. Les vaisseaux de combat et les vaisseaux de batailles, bien plus imposants, restèrent en arrière, pour être plus difficiles à atteindre. On assistait donc à un ballet complexe entre des engins maniables mais destructeurs qui s'ajoutait à celui qui avait déjà lieu entre la flotte dialonis, les détenteurs de la Vérité et le mouvement Laminis. Ce genre de situation était un cauchemar pour tout stratège militaire. Il était complexe de gérer autant d'entités aux objectifs différents.

Tout d'abord, le MALANA, avec ses trente-deux navires militaires swas et ses presque deux cents véhicules

---

[73] Transcription en phonétique terrienne : créature endémique d'Enoss méprisée par la population.

indépendants, cherchait avant tout à annihiler la substance du nuage Bionos qui enflait de minute en minute, et avait pour cela complètement saccagé les équipements qui la contenaient et la protégeaient. Ses membres opéraient des actions constantes autour d'Agastya avec tous les vaisseaux disponibles pour empêcher les usines de la planète d'acheminer les structures nécessaires à la reconstruction du champ répulsif et de confinement des particules.

Ensuite, les détenteurs de la Vérité souhaitaient au contraire protéger le nuage de la destruction. Mais ils ne pouvaient plus s'opposer directement au MALANA pour le moment car, comme l'association civile, ils ne souhaitaient pas revoir le message du Grand Concepteur enfermé à nouveau par la technologie. Leurs escouades rapides et leurs vingt-quatre vaisseaux lourds patrouillaient entre les différents points d'intérêt de la surface d'Agastya pour participer également aux raids contre les convois provenant des usines.

Enfin, la fédération de Dialonis était maintenant officiellement dépassée. Elle avait l'effectif le plus important, avec quatre-vingt-huit vaisseaux lourds, allant des classes corvette à vaisseau amiral, et cet arsenal était complété par les seize canons spatiaux stationnant autour de la zone Bionos, et les dix autres postés autour de l'accélérateur spatial d'Agastya.

Depuis plusieurs jours, le personnel et le matériel de ce centre de recherche orbital planétaire évacuait vers l'abri relatif du sol agastyen, pour réduire le nombre de zones à protéger contre le harcèlement des nombreux astronavigateurs et engageurs enossiens qui s'ajoutaient aux problèmes causés par le MALANA et le culte de la Vérité.

Dans le vaisseau de commandement dialonis *Chalalamounkour*, Torin Alternader, sur qui la responsabilité de la défense d'Agastya avait échu, allait bientôt craquer. Il ne pensait pas pouvoir tenir ses ennemis assez longtemps.

Chapitre XXI

Le dernier jour commence

Planète Agastya, le 9ème 5 614, à 1 ill-dôn.

Un visiteur n'ayant jamais vu le Grand Laboratoire Général d'Agastya n'aurait pas pu y voir un lieu de recherche, mais un véritable bunker militaire imprenable. La sécurité avait déjà été renforcée le vol-dôn précédent, mais ce n'était rien comparé à son état actuel. Depuis le 4ème dôn, l'empire d'Enoss s'était officiellement positionné en adversaire en ouvrant les hostilités contre la fédération de Dialonis. Il représentait les forces ennemies les plus redoutables. Dek Hi, le dirigeant d'Agastya, et Karlas Banneoff, le gérant du GLA, avaient approuvé la décision de Torin Alternader de protéger coûte que coûte les échantillons de particules Bionos conservées dans le complexe. Celui-ci avait déjà subi deux intrusions depuis le début des évènements, et il demeurait plus que jamais une cible prioritaire pour les factions présentes. Maintenant que les combats avec l'alliance des mondes avaient débuté, il n'y avait aucun doute que les militaires enossiens tenteraient de prendre le laboratoire. Pour pallier à cela, de nombreuses troupes dialonis supplémentaires avaient débarqué sur la surface et s'étaient déployées dans l'enceinte du centre de recherche. Des dizaines de tonnes de matériel furent installées autour du périmètre. On avait construit des murs pleins tout autour de la zone, et posé des canons et des tourelles de surveillance armées à intervalles réguliers. Plusieurs milliers de soldats avaient investi les bâtiments pour se consacrer à la défense, organisant des tours de gardes et envoyant en patrouilles des équipes de chasseurs pour survoler la zone.

Personne n'avait de nouvelles d'Alanie et de son expédition vers Epixus. Karlas Banneoff ne pouvait pas tout miser sur son retour. En réalité, il l'avait presque oubliée. Il avait d'ores et déjà entrepris des procédures approuvées par l'armée afin d'obtenir un avantage sur la bataille. On ne pouvait renvoyer les employés du GLA chez eux car il fallait compter sur leurs compétences afin de trouver une solution technique aux évènements qui secouaient leur planète. Il fallait donc les protéger au mieux.

Mais la cohabitation entre les scientifiques et les militaires commençait déjà à être difficile. Ce surplus de personnel pesait sur le mental des employés, habitués à plus de confort, et les soldats ne faisaient rien pour maximiser leur discrétion. Les salles de restauration étaient si pleines qu'il fallait parfois attendre trois heures pour obtenir une table. Cela créait des tensions systématiques – à l'avantage des militaires évidement.

En journée, depuis la surface, on ne voyait pas grand-chose des combats qui dominaient le ciel. On pouvait parfois capturer furtivement un éclat lumineux intense mais bref dans le coin de l'œil lorsqu'une décharge d'énergie rebondissait sur l'écran protecteur d'un vaisseau swas proche. Mais actuellement, seuls les petits bâtiments étaient entrés en action, et ils étaient trop loin pour que leurs attaques ne concurrencent l'éclat de Gocélian. La nuit en revanche, on pouvait nettement détecter l'apparition de nouvelles étoiles qui disparaissaient dans la seconde. L'absence de son rendait l'expérience simplement intrigante, sans trahir la violence de ce qui se déroulait autour de la zone Bionos, orbitant à plusieurs dizaines de milliers de kilomètres de là. Et devant elle, barrant le ciel d'un bord à l'autre de l'horizon, s'étirait l'anneau géant de l'accélérateur spatial.

*
* *

Dans l'*Onistri*, Zoonooque avait convoqué les membres du conseil des cinq voix, composé de ses adjoints-généraux, chargés de mettre en œuvre les directives votées. Sowt Elexon, qui avait participé à l'opération pour pirater la station de relais de communications 322 en 5 595[74], avait gagné sa place au conseil après avoir gravi les échelons au sein de l'organisation. Zoonooque avait pris une nouvelle décision pour profiter du premier succès de la ligue afin d'accélérer la chute de la fédération. Il fallait capitaliser sur le chaos déclenché par la destruction de *l'Unorma*.

La salle était ovale, car les allhzatz à qui était destiné *l'Onistri* à l'origine, n'étaient pas à l'aise avec les angles droits, contrairement aux enossiens. Il n'y avait qu'un projecteur holographique au centre d'un cercle de sièges de diverses formes.

Oxal Destesh, le seul eressor de l'assemblée, entra en dernier dans la salle de réunion, entraînant avec lui un air caractérisé par une odeur d'hormoug fermenté[75].

– Asseyez-vous vite Oxal. Bon. On s'est enfin un peu reposé, mais il ne faut pas nous relâcher maintenant. Il faut continuer à s'imposer et prêter main-forte à l'empire. On vient enfin de marquer des points contre la fédération. Nous allons lui porter un nouveau coup. Oxal !

L'eressor sursauta. Il avait du mal à trouver une position acceptable sur le siège qui n'était pas fait pour sa physiologie. Par conséquent, il se mouvait constamment depuis le début de la réunion et semblait ne pas écouter sa cheffe.

– Quand vous aurez fini de gigoter, vous nous direz quel est l'avantage tactique des dialons.

– Ah bah…, je dirais leurs effectifs. Ils ont le plus grand nombre de vaisseaux de…

– Oui mais ils ont surtout les particules Bionos. Ce n'est qu'une question de temps avant qu'ils s'en servent à nouveau. Maintenant qu'on s'est arrangé pour qu'ils se présentent en coupable, ils vont sûrement y aller à fond. Parce qu'ils ont beau avoir l'effectif le plus important et la possibilité d'amener des renforts plus rapidement, ils ne pourront pas tenir contre

---

[74] Voir intermède.
[75] Personne n'aime cette odeur.

l'empire, les détenteurs et le MALANA. Il faut prendre les devants et leur enlever leur dernier avantage.

Les quatre généraux attendaient impatiemment la suite, et personne n'osa relever à quel point la pause dramatique installée par Zoonooque était longue.

– Voilà ce que je pense, lâcha-t-elle enfin. Ils ont créé les particules, mais la technologie est incertaine. Il y a eu des accidents. Mais je pense qu'ils finiront par régler leurs problèmes et se servir de leur nouvelle arme. Et je vous parie qu'ils la mettent au point dans l'accélérateur spatial.

– C'est possible, mais on n'en sait rien, avança un troisième membre, Olifen Ga. Je crois que c'est plus probable qu'ils fabriquent la substance dans le GLA.

– Réfléchissez. Pourquoi le nuage est en orbite autour d'Agastya et pas sur le sol de la planète ?

– Oui, approuva simplement Olifen.

– Et alors, qu'est-ce que vous avez prévu ? interrogea Sowt afin d'accélérer la discussion.

L'enossienne avait un œil fixé sur chacun des quatre adjoints-généraux. Elle parvint à se redresser encore plus qu'elle ne l'était déjà, avant d'annoncer :

– On va former un nouveau commando. Il faut qu'on entre dans l'anneau et qu'on détruise toutes leurs données et leurs échantillons. On va devoir les emporter pour le faire. Il faut rétablir la balance des pouvoirs dans la galaxie, et ces particules sont une menace pour tout le monde.

À leur manière, les quatre subalternes semblaient enchantés de l'idée.

– Sowt, vous êtes toujours un agent de terrain. J'aimerais que vous vous portiez volontaire.

– C'est le cas.

– Bien. Je vais prendre trois autres membres et un pilote pour nous récupérer, nous et les échantillons. Je dirigerai moi-même l'opération.

*
* *

Orbite d'Agastya, le 9ème 5 614, à 5 ill-dôn.

Olben pilotait le *Ownall* sans la moindre seconde d'interruption depuis maintenant neuf jours. Il ne cessait de faire tourner le jet – toujours indétectable – autour de l'accélérateur spatial d'Agastya, obéissant aux suggestions d'Halhazakh. Le mercenaire cherchait désespérément une solution pour accomplir son engagement. Au moment de la réception du dernier message de menaces de Taroc, il n'avait plus que huit jours pour agir ou au moins pour donner une preuve que l'affaire était en bonne voie ; l'échéance se terminait donc à la fin de cette journée. Il avait tout d'abord connu un regain d'espoir après la manœuvre sournoise de la première ligue pour que la flotte enossienne s'implique dans une bataille frontale avec la fédération. Mais jusqu'alors, les forces en présence ne se préoccupaient que peu de l'accélérateur spatial. Les défenses de la structure de recherche étaient donc toujours aussi aiguisées. Halhazakh avait vu son moral décliner depuis de nombreux jours. Cette fois, le niveau était au plus bas. Il envisageait sérieusement d'accepter la mort de Diln, son camarade en otage. Elle peserait sur sa conscience tout le reste de sa vie. Et cela creusait son mal-être de jour en jour. Il commençait également à regretter d'avoir choisi de tout tenter pour accomplir la volonté de Taroc à Gocélian plutôt qu'essayer de miser sur un sauvetage direct de Diln. Il était trop tard maintenant. Il mettrait donc à profit la moindre minute restante.

Puis, à cinq ill-dôn, un mouvement de flotte attira son attention. Les vaisseaux de la ligue, jusqu'alors restés en simples observateurs à bonne distance des combats, amorcèrent une approche de plus en plus précipitée vers la planète Agastya.

– Olben, sors-moi une analyse des trajectoires de la ligue.

Sans se froisser du ton sec d'Halhazakh à son égard, le robot accepta avec un ton presque joyeux.

– Bien sûr, sheev.

La seconde plus grande torture du mercenaire était de continuer à subir la présence du majordome. Il ne pouvait le qualifier de traître, parce que celui-ci était toujours demeuré loyal envers Taroc. Mais après la capture de Diln, il le considérait exclu de son camp. Il se faisait violence pour continuer la collaboration. Pour le bien de Diln.

– Voilà. Visiblement, une trentaine d'appareils de la ligue, dont le *Onistri*, convergent sur le même point.

– C'est où ? C'est bien ce que je crois ?

– Je ne saurais le dire, sheev Kwhalka. Ce point est situé sur un bord de l'accélérateur spatial d'Agastya. Excentré d'environ quatre-cent quatre-vingt-un kilofrasques[76] de l'axe GLA-Bionos.

– C'est ça ! Ils vont attaquer l'accélérateur sur un point moins surveillé ! Je savais qu'Ollu tenterait quelque chose comme ça ! Avertis Taroc *tout de suite* ! Communique nos infos en temps réel. On a enfin une chance.

– Premier envoi en cours. Je me rapproche de la plateforme cent-vingt-six.

Halhazakh décida de s'équiper. Il devait être prêt le plus vite possible. Il passa une combinaison intégrale, remplit ses poches de matériel et de munition, et s'arma de son pistolet court et de de son fusil I-Tau 32 fétiche.

Le *Ownall* glissait furtivement sur le tissu de l'espace et atteignit l'endroit en quelques minutes. La trentaine de véhicules fonçait entre les chasseurs ennemis pour gagner leur objectif. Puis, les premiers coups de feu éclatèrent, créant des brèches entre les forces dialonis. La fulgurance de l'assaut était telle qu'il eut été impossible aux militaires de réagir plus vite. Les canons statiques protégeant l'accélérateur et les quelques patrouilles de chasse qui se tenaient là furent complètement écrasées. Il n'y avait qu'une pauvre navette qui était assignée

---

[76] Deux mille cinq cent cinquante kilomètres.

à la protection de cet endroit, et elle fut la dernière à disparaître. Dialonis ne pouvait pas couvrir tout le périmètre de l'accélérateur car ses effectifs étaient trop limités pour un tel projet. Torin Alternader avait misé, à tort, sur une concentration de force dans la zone plus proche du nuage Bionos.

– Ils vont le faire ! s'écria Halhazakh pour lui-même. Mais ils n'auront pas beaucoup de temps. Dialonis va riposter. Ils misent tout sur cette attaque éclair.

Le swas ne savait pas encore précisément quel était l'objectif du groupe révolutionnaire, mais l'opération serait sans nul doute un moyen pour lui d'entrer enfin dans l'anneau.

– Quel est votre plan, sheev ?

– Attend. Ça va dépendre de ce qu'ils font.

L'arme à faisceau surchauffé de l'*Onistri* se mit en route. Le bâtiment de guerre s'était placé en face de l'un des pans de la structure et entama son œuvre. Un flot continu de particules hyper-excitées fut déchargé sur le métal, le faisant fondre rapidement. On assistait à un découpage pur et simple de l'enveloppe externe de l'accélérateur spatial.

– C'est bon ! C'est bon ! ils ne veulent pas juste le détruire ! Ils veulent y entrer ! Olben, c'est parfait.

– Deux escouades d'intercepteurs dialonis sont en route pour notre position.

– Normal. Tiens-toi prêt à te poser sur la plateforme. Les vaisseaux vont forcément devoir repartir dès que leurs commandos seront entrés, sinon ils vont perdre toutes leurs forces.

Une navette de la ligue s'approcha de la plateforme, synchronisa son mouvement avec la rotation de l'accélérateur et s'y posa avec agilité. Immédiatement, un des panneaux latéraux s'ouvrit et déversa deux enossiens, deux goxleks et un elt en combinaison spatiale de combat. L'ouverture se referma et l'engin s'écarta de la plateforme. L'habilité requise par le pilote pour effectuer une telle manœuvre était impressionnante. Les cinq individus passèrent dans le trou béant découpé par le rayon de l'*Onistri*.

– C'est parti Olben. Pose-nous au même endroit qu'eux.

Le véhicule furtif exécuta le même mouvement que la navette de la ligue anti-Dialonis.

– Tout est prêt pour placer le *Ownall* en contrôle distanciel ? Tu es prêt à sortir ?

– Oui Halhazakh.

Le mercenaire avait besoin d'un coéquipier. Olben ne pouvait rester à bord du jet cette fois-ci. Il devrait donc éloigner le vaisseau en le dirigeant à distance pour ne pas qu'il soit repéré, puis le faire revenir pour les récupérer une fois la mission terminée.

Le sas s'ouvrit, et Halhazakh et Olben empruntèrent le même chemin que le commando militant. Le swas avait hâte de connaître les intentions du groupe. Depuis l'intérieur, il vit passer les intercepteurs qui avaient été dépêchés pour chasser les intrus. Ils étaient arrivés trop tard car les engins de la ligue s'étaient déjà dispersés. Halhazakh reporta son attention sur l'endroit. Ils étaient dans un vaste espace qui résultait clairement de la fusion de plusieurs salles et couloirs, dont les murs avaient été détruits par le faisceau de l'*Onistri*. L'éclairage ne fonctionnait presque plus.

– Il n'y a aucun corps. Ces salles ont déjà dû être évacuées.

Halhazakh portait un ordinateur ayant un accès en temps réel aux informations fournies par le piratage du GLA par Elloy Martel. Cela incluait les plans de toute la structure, car les données du complexe d'Agastya comprenaient également certains documents liés à l'accélérateur, étant lui-même une structure annexée au centre de recherche de surface. Malheureusement, le réseau utilisé pour le fonctionnement opérationnel de l'accélérateur spatial était indépendant de celui du complexe de surface. Ce dernier contenait bien les plans de l'anneau, mais pas ses journaux d'activités quotidiennes et ses codes d'accès actualisés.

Les systèmes mémoriels d'Olben Bee contenaient aussi ces informations, rendant l'appareil du mercenaire superflu. Halhazakh préféra tout de même éviter de trop compter sur le robot s'il le pouvait.

– Le centre de contrôle de cette section est par là. Tu peux repérer le commando ?

– Non Halhazakh. Il y a plus de cinq personnes par là-bas. Je ne peux pas les distinguer des employés.

– Je pense qu'ils y sont. On accélère !

Le binôme se mit à courir pour atteindre le centre de contrôle. Il fallait parcourir un kilomètre dans les couloirs latéraux. Les locaux étaient toujours vides, mais ici, les lampes fonctionnaient. Le duo de Taroc Diarond arriva devant une porte déjà ouverte. Halhazakh pointa son fusil devant lui. Sans un ordre, Olben passa en premier car il était le moins vulnérable. Le swas le suivit et entra dans la centrale ; une large pièce, truffée de postes de travail et de panneaux de contrôles, une baie vitrée offrant une vue sur le vide spatiale d'un côté, et une autre montrant la zone de recherche expérimentale de l'autre, avec les laboratoires et les chambres des matières premières pour les tests d'étude particulaire. Devant l'un des écrans, Halhazakh découvrit enfin les cinq infiltrés de la ligue anti-fédération. Tous se mirent en position de tir et attendaient un ordre. Une des silhouettes qui était penchée sur l'écran, se redressa sur ses trois jambes. Halhazakh reconnut ses traits à travers sa visière de casque. À côté d'elle se tenait l'elt, qu'il reconnut aussi.

– Sowt ! Ça faisait longtemps mon amie !

Puis, d'un ton faussement enjoué :

– Content de te voir aussi Zoonooque.

*
* *

Orbite d'Agastya, le 9ème 5 614, à 5 ill-dôn.

L'approche plongeante de la trentaine de vaisseaux sur un bord éloigné de l'accélérateur spatial d'Agastya et leurs attaques soudaines contre ses maigres défenses, avait capté l'attention des responsables du MALANA. Le *Gaad* changea sa trajectoire pour s'approcher.

– La première ligue attaque l'accélérateur ! aboya Nerbia sur un ton placé à mi-chemin entre l'exclamation et la question.

– Qu'est-ce qu'ils veulent faire ? interrogea Ostrange.

– Ils manigancent autre chose. Tu crois qu'ils veulent aussi récupérer des particules Bionos ?

– C'est possible. Il ne faut pas les laisser faire. Ça sera peut-être pire pour les populations si c'est eux qui en ont le contrôle !

– Attend, attend. On ne va pas se frotter à des terroristes !

Ostrange releva le corps et posa son regard sur son compagnon.

– Tu sais Nerbia, maintenant on est nous-même des terroristes.

La nuée d'appareils s'était maintenant dispersée pour éviter d'être prise pour cible. Un plus gros vaisseau en forme de roue avait entrepris le perforage de l'enveloppe externe de l'anneau planétaire artificiel.

– Si la fédération a créé les particules dans ce laboratoire, ils doivent avoir des informations sur le moyen de les détruire ! s'exclama Nerbia avec espoir.

– Effectivement ! confirma Ostrange. Tu vois, ça vaut le coup d'agir. Khahakar, tu as amené des soldats. Il faut qu'on constitue un groupe.

– Qu'est-ce que tu veux faire exactement ?

– Il faut qu'on aille voir là-dedans. Déjà, il faut empêcher la ligue d'obtenir des échantillons Bionos. Ensuite, on va fouiller leurs données.

Maintenant, on voyait sur les écrans cinq silhouettes sortir d'une navette et traverser l'espace sur la courte distance qui la séparait de l'ouverture de l'accélérateur. Le véhicule s'éloigna instantanément.

– Ils sont que cinq ! On a une chance si on entre avec plus de monde.

– Ne me dis pas que tu comptes y aller en personne ?

– Si, Nerbia. Et j'aimerais que tu restes sur le *Gaad* avec Drahjat pour coordonner nos forces.

– Non non non. Absolument pas. On va laisser faire des professionnels.

– Nerbia. C'est notre initiative, à la base. Tout va bien se passer. Drahjat est un stratège militaire, habitué à seconder les officiers. Mais c'est *toi* le responsable.

Le regard de la galon voulait dire une multitude de choses. Il signifiait qu'elle irait jusqu'au bout pour atteindre le but fixé par le mouvement Laminis, qu'elle ne pouvait avoir confiance qu'en sa famille, qu'elle éprouvait le *besoin* de le faire elle-même, et que son fils lui manquait plus que tout au monde.

– D'accord. Mais Khahakar vient avec toi, et tu restes en contact permanent avec moi. Tu ne prends aucun risque.

– Bien sûr. Ne t'inquiète pas. Khahakar, tu es d'accord ?

– Carrément ! Elle sera en sécurité Nerbia. Vous êtes des swas, pour moi. Je vais faire un appel pour trouver des volontaires chez nos associés.

Des soldats de terrain étaient déjà présents parmis les premiers volontaires après le vol des dix navires par Khahakar, mais les renforts de Swipten avaient également amené d'autres soldats swas. De plus, parmi les membres du mouvement Laminis, certains étaient aptes au combat.

Le message fut envoyé à tous les vaisseaux du MALANA, aussi bien aux bâtiments militaires swas qu'aux véhicules particuliers.

– Salut les adhérents. Les fondateurs ont une requête pour vous. On prépare une opération dans l'accélérateur spatial. On a une occasion d'y entrer et espérer trouver des données qui nous permettront de détruire le nuage de particules. Mais un commando de la ligue anti-fédération est entré dedans. Ça va chauffer, mais ça sera aussi primordial pour accomplir notre premier objectif. Alors manifestez-vous si vous voulez participer. Faites gaffe à vous en tout cas. Khahakar, terminé.

Les minutes suivantes virent l'arrivée de plusieurs réponses. Une liste d'une trentaine de personnes fut formée. Ostrange et Nerbia les invitèrent dans une conversation groupée.

– Bonjour tout le monde, commença la galon. Merci de votre retour. On est plus nombreux que ce qu'on espérait. Mais il va falloir faire une sélection.

– Un trop gros groupe sera difficile à gérer sur le terrain, ajouta Khahakar. On doit rester furtif.

– *Prenez-moi, s'il vous plaît !* lança alors une galon musclée au teint grisâtre.

– Velnel Effrant, c'est ça ?

– *Oui. Je peux être très utile pour le groupe. Je suis championne de Guejei.*

– C'est quoi, ça ? questionna le swas.

– Un art martial dialonis, informa Nerbia.

– Du corps à corps ?

– *Je vous promets que c'est efficace,* reprit Velnel. *Les mouvements sont vifs, et on se sert de la trompe d'une façon vraiment originale. Je peux assommer plusieurs enossiens ou goxleks. Les terroristes ne me font pas peur. Mais s'il vous plaît, laissez-moi venir…*

Ostrange crut déceler quelque chose dans sa voix.

– Qui est-ce que vous avez perdu ?

Dans sa surprise, Velnel marqua un temps d'arrêt.

– *Ma fille Joness, dans le* Enel 012.

– Je suis vraiment désolée. Vous venez.

– *Oh, merci !*

– *Moi aussi, je veux venir.*

– *Moi aussi ! J'ai perdu ma femme dans le* Gonnemo 063 !

La discussion éclata alors en un brouhaha dans lequel plusieurs volontaires tentèrent de justifier leur intégration au groupe d'assaut. Ainsi, en à peine dix minutes, Ostrange et Nerbia avaient assemblé une troupe d'une vingtaine de personnes en sélectionnant ceux qui pouvaient offrir des compétences martiales suffisantes et une motivation solide : des soldats de l'armée swas, des humains, des olinoracéniens, et bien sûr, des dialons. On avait débattu sur la présence d'esteros dans la troupe, car il fallait qu'elle puisse rivaliser avec le commando de la ligue tout en étant la plus discrète possible. Il fut finalement décidé d'en intégrer trois au groupe :

Garyan, Kietsu et Olivo. Il y avait un professeur de tir nommé Gajass Fahrat et un agent de sécurité, l'olinoracénien Dern. Le reste était formé de militaires. Le *Gaad* accueillit les participants.

Dans le hangar principal du croiseur, devant l'ouverture du petit transporteur de troupes, Nerbia observait avec angoisse la préparation de l'embarquement du groupe. Il se décida à les interpeller.

– S'il vous plaît, un petit mot… Je voulais juste vous remercier. Vous prouvez vos convictions pour notre cause et ça me touche. Merci à toutes et tous. Et ne prenez pas de risque. Restez prudent, je ne veux pas que cette histoire entraîne encore plus de blessés. Voilà c'est tout. Bon courage.

Ostrange fut la dernière à monter, mais elle fut retenue par Nerbia.

– Comète. J'insiste. Reste bien à l'abri. Je ne pourrai pas supporter qu'il t'arrive quelque chose, à toi aussi.

– Je sais Nerbia. Mais tu es autant en danger que moi dans le vaisseau.

– Ah merci. Ça c'est un bon moyen de me rassurer.

Le couple se mit à rire, les faisant oublier pendant une seconde le sérieux de la situation.

Juste une seconde.

*

* *

Accélérateur de particules spatial d'Agastya, le 9ème 5 614, à 7 ill-dôn.

– Sowt ! Ça faisait longtemps mon amie ! Content de te voir aussi Zoonooque.

Sowt Elexon fut la première à baisser son arme. Mais ses quatre coéquipiers restèrent en position de combat. Zoonooque tenait un mellah, un bâton gravitique enossien, dont la base se constituait d'une poignée et l'extrémité s'élargissait en un pavillon qui pouvait projeter des vagues gravitationnelles focalisées sur une courte portée.

– Qu'est-ce que tu fais Elexon ? Garde-le en cible ! ordonna Zoonooque, méfiante.

– Qu'est-ce que tu fais là Halhazakh ? Demanda Sowt.

Zoonooque fut surprise que l'elt ait aussi vite reconnu le swas. D'ordinaire, il fallait attendre qu'ils se présentent car il était presque impossible de distinguer les individus de cette espèce. Il faut croire que le parcours particulier des deux anciens partenaires avait permis à Swot et Halhazakh de tisser des relations si fortes qu'elles ne s'encombraient pas d'un tel détail.

– Halhazakh Kwhalka… C'est vrai ? C'est toi ? voulut s'assurer Zoonooque.

– Oui, c'est moi. Et ça, c'est Olben Bee. Rassure-toi je ne viens pas reprendre ma place.

– Prendre *ma* place corrigea la cheffe de la ligue. Pourquoi tu ferais ça. J'imagine que tu te plais mieux dans ta situation de sous-fifre.

Elle perçut l'air d'étonnement du mercenaire et ne le laissa pas répondre.

– Oui, je sais que tu es à la botte de Taroc Diarond. Alors, ça paye bien ?

Halhazakh aurait pu être cynique, mais il préféra rester honnête.

– Eh bien tu apprendras que justement, non.

Zoonooque, elle, ne se gêna pas pour exprimer tout son sarcasme.

– Ça alors ! Impossible ! Toi qui étais persuadé de faire le bon choix en abandonnant ta soi-disant famille.

– Tu peux penser ce que tu veux, mais j'ai quitté la ligue pour une bonne raison. Et même si Diarond est une ordure, c'est tout ce que j'ai trouvé pour survivre après ma démission.

– Je te croyais plus idéaliste.

– Ce que tu penses m'est bien égal Zoonooque. Parce que je suis là justement pour aider un membre de cette famille.

Sowt fut soudainement prise d'un mauvais pressentiment. Halhazakh le remarqua, et annonça.

– Diln est en danger.

Zoonooque baissa son arme et intima ses équipiers d'en faire de même.

– Diln Itakis ? Raconte.

– Taroc veut absolument obtenir une quantité de particules du nuage depuis le début de cette histoire.

– Ça ne m'étonne pas.

– Forcément, il nous a confié cette mission, à Diln et moi. On est entré dans le GLA, mais on s'est fait doubler par Elloy Martel, un informaticien humain, qui est parti avec un contenant et qui a été détruit par la fédération.

– C'est l'humain qui a eu raison, rétorqua Zoonooque avec mépris. On ne peut pas laisser un type sans scrupule comme Diarond avoir le contrôle d'une substance comme ça.

– Peut-être bien, mais c'est pas la question. Il a capturé Diln et il va le tuer si je ne lui trouve pas un échantillon aujourd'hui.

Le choc de la nouvelle déstabilisa le commando de la première ligue. Sowt s'emporta.

– Quoi ? Comment t'as pu laisser ça arriver ?

– Tu ne vas pas croire que je ne me suis pas battu ! Tu peux lui demander !

Il désigna le robot, qui s'était tenu impeccablement droit et silencieux depuis le début de la discussion.

– Qu'est-ce qu'il veut dire ? Demanda Zoonooque au majordome artificiel.

– Je confirme qu'il a cherché à défendre sheev Itakis.

– Mais je ne pouvais rien faire de plus face à Olben.

Tous les fusils retrouvèrent leur position horizontale, pointés cette fois vers le robot.

– Arrêtez ! protesta Halhazakh en se jetant à contre-cœur devant Olben. Si vous l'attaquez, on ne reverra plus Diln, ça c'est garanti. En plus, il vous pulvériserait en deux secondes.

– Un simple majordome est si redoutable ? provoqua Zoonooque en tenant toujours son arme sans trembler.

– C'est bien plus qu'un simple majordome pour Taroc. Maintenant, Zoonooque, s'il te plaît. Réfléchis.

– Pour qui tu me prends ? Dit-elle en abaissant enfin son mellah. Baissez vos armes. On ne va pas risquer de perdre Diln. Même si lui aussi nous a lâché.

Elle continuait de regarder Olben d'un œil mauvais. Celui-ci n'eut aucunement l'air inquiété. Il donnait presque l'impression de s'ennuyer dans la faible lumière de la salle de contrôle.

– Merci Zoonooque. Maintenant qu'on a bien fêté nos retrouvailles dans la bonne humeur, dites-moi ce qui vous amène.

– Nous aussi on vient pour les particules Bionos. On ne veut pas les récupérer. On veut trouver un moyen de les détruire. Elles donnent trop de pouvoir à la fédération de Dialonis. On va aussi effacer toutes leurs données de recherche. Il ne faut plus que quiconque essaye de créer ce genre de chose. Quitte à détruire tout l'accélérateur.

Halhazakh eut alors une pensée pour les informations dont il avait eu l'accès grâce à Elloy Martel.

– Et alors, vous en êtes où pour l'instant ?

On essaye d'entrer dans leur réseau pour trouver la localisation de leurs stocks. J'ai amené Hochgal, qui est informaticienne, (une des deux goxleks se manifesta en levant une main avec bonhommie) mais on n'y arrive pas.

– Elloy Martel aurait sûrement réussi, déclara le swas. Mais heureusement on n'a plus besoin de lui. J'ai peut-être quelque chose pour aider.

– Déposez vos armes ! caqueta sèchement une nouvelle voix swas.

Zoonooque leva une troisième fois son mellah, comme le reste de sa troupe. En voyant un deuxième swas passer la porte du centre de commande, elle déclara :

– T'es venu avec un ami, Halhazakh ?

– Non, mais je sais qui c'est.

Le nouvel arrivant était flanqué d'une galon, mais on distinguait bien plus de personnes derrière eux, dans le couloir.

– Et donc ? s'impatienta Zoonooque.

– C'est les représentants du MALANA.

– Halhazakh Kwhalka, salua poliment Khakhahr.

Zoonooque s'émerveilla de la prononciation du nom d'un swas faite par un véritable swas. Cela n'avait rien à voir avec ce que les autres peuples parvenaient à produire. Elle fut tout de même fière d'avoir compris le mot. Pour la suite, les traducteurs de chacun devraient tourner au maximum de leurs capacités.

– On n'a pas le temps de s'occuper d'eux. On a du travail. En plus, mon personnel dans l'espace m'a averti que des transporteurs fédéraux s'approchent de notre position.

La galon, qui n'était autre qu'Ostrange Ketenis, était submergée par la peur. Elle avait la trompe dressée vers l'avant et les quatre membres écartés, solidement ancrés dans le sol. Elle réussit malgré tout à articuler :

– Non. On restera là. On a du travail nous aussi.

– Je n'ai pas envie de salir ma conscience en blessant des civils, souffla la cheffe de la ligue en retournant à sa première préoccupation sur les ordinateurs de la salle. Halhazakh, fait leur comprendre.

Elle considérait le nouveau groupe avec une légèreté insultante. Les trois quarts des membres de l'association Laminis étaient entrés et avaient pris une position de combat.

– Écartez-vous de la console. On est là pour vous empêcher de récupérer les particules.

Ostrange venait d'énoncer ses ordres avec une douceur ferme qui surprit la leader anti-Dialonis. Elle se releva et avança vers la galon. Kietsu, une des estero du groupe, s'interposa pour la protéger, mais Ostrange fit un geste pour l'écarter.

– Comment vous vous appelez, citoyenne ? questionna Zoonooque.

– Ostrange Ketenis. Je suis la co-fondatrice du mouvement Laminis.

– Oui, ça je l'avais déjà compris, renvoya l'enossienne avec condescendance. Vous voulez nous empêcher de récupérer des particules ? Et comment ?

Zoonooque continuait sa lente progression vers Ostrange. Il était difficile pour un dialon de ne pas perdre contenance devant un enossienn, qui mesurait plus du double de sa hauteur. Malgré cela, l'image de son fils Dooklang Laminis qui barrait perpétuellement sa vision permit à Ostrange de conserver sa détermination. Elle ne recula pas d'un pas.

– Vous êtes cinq et on est vingt. D'autres questions, sheev…

– Ollu. Oui. J'en ai une.

Elle se penchait désormais carrément sur elle. Les bouches d'une dizaine de canons pointaient sur son crâne en forme de dôme, mais Zoonooque les ignorait simplement.

– Qu'est-ce qui vous fait croire que je veux prendre des échantillons ?

Un silence s'installa. Si c'était vrai, Ostrange s'en voulait de s'être trompée.

– Non, je veux retirer leur pouvoir du contrôle de la fédération. Si possible, que personne n'y ait accès. D'ailleurs, d'après ce que j'ai pu comprendre, vous avez le même objectif. Alors c'est moi qui vais vous demander de baisser vos armes.

– Vous ne voulez pas les donner à l'alliance des mondes ?

– L'empire voudrait sans doute jouer avec cette substance, vu sa puissance potentielle. Mais moi je pense que c'est une menace trop grande pour lui. Notre cause n'est pas affiliée au gouvernement d'Enoss, vous savez. Malgré tout ce qu'on peut entendre. Je ne veux pas de guerre totale entre nos nations.

– C'est pourtant ce que tu as fait, non ? intervint Halhazakh.

– Qu'est-ce que tu racontes ?

– Arrête. Tout le monde sait que c'est un de tes agents infiltré qui a détruit l'*Unorma 26*. Même la flotte enossienne le sait. Elle fait juste mine de ne pas avoir compris. Si j'étais vous, continua-t-il en s'adressant au MALANA, je laisserais mes armes pointées sur eux.

– Tu crois ce que tu veux. Mais s'ils doivent pointer leurs armes, ce serait plutôt sur toi. Il n'y a que toi ici qui veut voler des particules.

Les regards se tournèrent alors vers le mercenaire de Taroc. Les armes également.

– Bien sûr, ça recommence, attaqua Khahakar. Tu veux donner les particules à Taroc Diarond. Tu nous l'as déjà dit à notre rencontre.

– Je vous avais aussi dit que je n'avais pas le choix, et que c'était pour la survie d'un camarade.

Halhazakh était seul face à trois factions concurrentes, voire ennemies. Premièrement, la ligue anti-Dialonis, dont il avait quitté la tête il y avait plusieurs années, avant de se mettre au service d'un représentant des grands capitaux galactiques, entraînant un profond ressentiment chez sa remplaçante, Zoonooque Ollu, qui le considéra alors comme le pire des traîtres. Il y avait évidement Olben Bee, l'androïde qui personnifiait Taroc Diarond, le ravisseur de Diln Itakis, tenant l'ilith en otage pour forcer Halhazakh à accomplir sa requête. Enfin, le mouvement Laminis qui s'opposerait forcément à toute action menant au contrôle des particules par n'importe quel groupe. La compassion qui animait le mouvement Laminis les rendait les plus aptes à l'aider. Halhazakh choisit donc l'honnêteté.

– Mon cher employeur, sheev Diarond, va tuer mon binôme si je ne lui apporte pas ces particules.

Sowt Elexon, la seule elt présente, soutint son ancien camarade.

– Il veut dire son ami. Un ami qui compte autant que n'importe quel autre swas pour lui.

Khahakar fut le premier à mesurer l'importance de cette relation. Cela permit de dissiper la tension qui régnait dans la salle.

– Pour le moment, reprit Sowt, on a tous le même objectif. On veut effacer tout ce qui concerne les particules Bionos de l'accélérateur orbital et emporter tous leurs échantillons. On a un transporteur prêt à nous récupérer, nous et les conteneurs de particules. On réfléchira plus tard au problème d'Halhazakh.

– Je ne t'ai pas demandé de tout dévoiler Elexon. Gronda Zoonooque en serrant les bulbes labiaux.

– Cheffe, c'est le seul moyen d'y arriver, sinon ils auraient continué à nous ralentir.

Après quelques secondes de réflexion, l'enossienne finit par en convenir.

– Bon d'accord. Déjà, il faut trouver ces échantillons. Halhazakh, tu disais que tu avais une solution pour accéder au réseau.

– Oui, j'ai des codes d'identifications des employés du GLA. Certaines sections de recherche ont accès à l'accélérateur. Je vais trouver quelqu'un qui convient et emprunter ses codes d'accès.

Le mercenaire prit son ordinateur de poche dans un tentacule et accéda aux banques de données du GLA via le système d'Elloy Martel. Il fouilla la liste des membres du personnel en espérant trouver un employé qui possédait l'autorisation de se connecter au réseau de l'accélérateur spatial. Mais du bruit le sortit de sa concentration.

– Sheev Trahkra ! beugla Varthraka Hagarkat, un des swas de l'équipe du MALANA, levant son fusil.

Toutes les personnes présentes dans la salle de contrôle furent alertées. Khahakar et l'autre swas échangèrent quelques phrases rapides impossibles à suivre.

– Qu'est-ce qui se passe Khahakar ? s'enquit Ostrange.

– L'armée Dialonis a débarqué, répondit-il en se déplaçant si vite que la galon eut du mal à le suivre. Ils nous prennent en tenaille. En position ! La moitié à gauche, l'autre moitié à droite.

Les soldats du MALANA se séparèrent en deux groupes et se dispersèrent derrière les consoles de commandes qui parsemaient l'endroit. Zoonooque ordonna à ses quatre soldats de les rejoindre pour défendre la salle.

– Alors, t'as bientôt fini ? pressa-t-elle.

– Oui, je suis dans le dossier des employés de la section nucléo-physique de…

– Ne me racontes pas ta vie, je veux juste que tu te connectes, trancha-t-elle, le bras tenant son arme levé, en attente du combat.

L'agacement d'Halhazakh fit s'agiter ses tentacules, mais il se contint. Il continua donc ses manipulations, et usa des codes de sécurité volés. L'accès lui fut ouvert, mais il se garda d'en avertir la cheffe de la ligue.

– Bon, dis-moi ce qui se passe !

– Il faudrait savoir, Zoonooque ! Laisse-moi travailler, et occupe-toi de me protéger.

Les premiers tirs se firent entendre. Des traits d'énergie éclairèrent le centre de commande scientifique et les impacts éclataient sur les appareils et les murs, faisant fondre les matériaux. Des ordres et des cris ajoutèrent du son à ce spectacle.

– Olben ! apostropha Halhazakh. Aide-les !

– Oui, sheev.

Zoonooque observa le robot s'éloigner vers l'une des deux zones de combat.

– Tu sais que je ne peux pas te laisser récupérer des particules pour ce salaud de bourgeois, fit-elle doucement à l'attention du swas. Mais j'aimerais essayer de t'aider pour Diln.

– Pour ça, il faudrait déjà se débarrasser du robot sans que Taroc sache que c'est nous. Avec un peu de chance, les dialons vont réussir à le détruire.

– Malin mon ami. Sinon, je pensais peut-être à donner à Taroc une capsule Bionos vide. On devrait en trouver, non ?

– Intéressant, mais je doute qu'il se laisse berner. Il ferait forcément vérifier avant de libérer Diln. Il a les données techniques pour le faire. Mais ça reste une option envisageable si on n'a rien d'autre. Merci.

Le swas penchait la tête pour regarder l'enossienne. Puis il se remit à chercher les informations souhaitées.

– Tu pourras dire à Diarond que tu as réussi à entrer dans l'accélérateur déjà. Ça te donnera du délai avant qu'il n'exécute Diln.

– C'est déjà fait.

– Bien. Ensuite, on montera une équipe pour aller le tirer de là. Il est où ?

– Sur Bernie, je pense. Le satellite de Taroc. À moins qu'il ne l'ait bougé pour justement m'empêcher de le sauver.

– Un satellite. Tu veux dire… Une station spatiale ?

– Je veux dire, un satellite naturel autour d'une géante gazeuse. Oui, il possède un astre.

– Ah oui effectivement. Un bon gros bourgeois. Bon, on trouvera bien sa position. Pour l'instant il faut que tu lui donnes une preuve que tu as trouvé ce qu'il veut.

Tout en continuant de pianoter sur les commandes de l'ordinateur, Halhazakh demanda sur le ton de la conversation :

– C'était Ikaku[77] dans votre navette ?

– Oui. Comment tu sais ?

– J'ai reconnu son pilotage brillant. J'espère qu'il va bien.

Une explosion ébranla la pièce, puis enfuma l'air devant une de ses entrées. Plusieurs combattants du mouvement Laminis furent projetés en arrière. Une grenade venait d'exploser. L'arrêt momentané du barrage de feu permit à dix soldats dialonis d'entrer. Eux aussi se mirent à couvert où ils purent. Les tirs reprirent.

– Alors ?

– Je crois qu'on a un gros problème, déclara le mercenaire.

– On aurait dû tout de suite chercher des employés pour les forcer à nous donner l'accès, reprit Zoonooque en abandonnant le ton amical de l'échange précédent. Tu nous as fait perdre notre temps.

– Non, t'as rien compris. Je suis connecté, j'ai toutes les infos que je veux. Je te dis qu'il n'y a pas d'échantillons ici. Il y en avait cinq-cent quatre-vingt-seize, éparpillés dans

---

[77] Voir l'intermède.

l'anneau, mais les derniers ont été évacués hier. C'est trop tard. Il n'y a plus rien ici.

Chapitre XXII

Les pionniers sont de retour

Orbite haute d'Agastya, le 9ème 5 614, à 3 ill-dôn.

Un éclair dont la brillance surpassait celle des tirs de vaisseaux illumina la bataille d'Agastya pendant quelques secondes. Emergeant du cœur de cet éclat, un navire ovale de taille modeste prit forme. Le *KesLa* venait de se rematérialiser. Plus de deux-cent jours après son départ d'Agastya, l'expédition scientifique était de retour. Ce ne fut que quelques minutes plus tard que les équipes de détections des dizaines de véhicules qui bataillaient purent identifier le nouvel arrivant.

Dru Ginovna avait des fourmillements devant l'œil, mais rapidement, sa vision s'éclaircit et elle retrouva une vue correcte de sa centrale de commandement. Elle constata qu'autour d'elle, son équipage paraissait aussi déstabilisé.

– Qu'est-ce qu'il s'est passé ? demanda-t-elle à personne en particulier. Une défaillance ?

– Les instruments se réinitialisent, lança Nioub Bolloc depuis sa console de détection. Calibrage automatique en cours.

– Une erreur ?

– Capitaine, l'ordinateur indique que nous sommes le 9ème 5 614, annonça Astiandre Tiffy, la première pilote du *KesLa*.

– Mais, on est parti le 8ème, s'étonna Axter Monial, son homologue.

– Écoute, c'est ce que je lis, fit-elle à mi-voix.

– Comment c'est possible ? insista Dru.

Personne n'osa prononcer la formule interdite « je ne sais pas ». Le silence le fit pour eux.

– Alanie ? Appela la capitaine sur son res-com personnel.

– *Oui Dru, fit la voix humaine.*

– Tout va bien ?

– Oui, oui. On a juste eu un petit vertige ici. Je crois que c'est arrivé à tout le monde.

– Je confirme. Nos instruments ont sauté un jour. Tu as une idée de pourquoi ?

Avant qu'Alanie ne puisse répondre, Nioub clama d'une voix tonitruante :

– On est à peu près à dix-mille kilofrasques[78] d'Agastya !

– Sérieusement ? Alors on est arrivé ?

– Ça devait être le fonctionnement normal des satellites epixis, proposa Astiandre.

– Bon, appelez le sergent Arithram. Il faut me reconfigurer correctement ces ordinateurs.

Alanie souhaita de nouveau répondre à la commandante, mais un appel dans la centrale l'interrompit encore.

Un elt apparut sur l'écran principal de la centrale.

– Capitaine Ginovna ! On ne vous attendait plus !

Il fallut que Torin Alternader vienne se placer à côté de lui pour que Dru reconnaisse l'administrateur d'Agastya, en présence dans le vaisseau amiral *Chalalamounkour*. Enfin, elle put le saluer.

– Sheev Hi. Ravie de vous revoir. Excusez ma confusion. On vient juste de partir du système Sepixus et nos ordinateurs sont mal calibrés.

– Comment ça, vous venez de partir ?

– C'est un peu long à expliquer. Il faudra attendre nos rapports pour les détails. Mais on a fait un voyage quasi-instantané.

– Instantané ? Mais comment ?

– Grâce aux epixis. On est parti il y a quelques eso-dôn[79] à peine, mais nos équipements nous affichent un jour de plus, le 9ème.

– Mais, on *est* le 9ème jour, répliqua Dek.

Alanie venait de débarquer à grands bruits dans la centrale et fonça droit vers Dru.

---

[78] Environ cinquante-trois mille kilomètres.
[79] Moins d'une minute terrienne.

– Voilà, dit-elle avec un léger agacement, c'est clairement ce que j'ai essayé de te dire. On a l'impression d'être parti à l'instant, mais le transport jusqu'ici a quand même nécessité plus d'une journée. On ne s'en est pas rendu compte parce que nos corps, et tout le vaisseau d'ailleurs, se sont sûrement totalement décomposés et reconstitués. Comme mis en pause.

– *Impressionnant ! gloussa l'administrateur. Alors vous avez de la technologie epixis !*

– Non pas vraiment… Écoutez, reprit Dru, on vous envoie tous nos fichiers d'expédition (elle avait dit cela en faisant un signe de la trompe à Sario Brom, responsable des communications). Je peux déjà vous dire que la mission est un succès.

– *J'ai hâte de lire tout ça. On a déjà pu apprendre que vous étiez arrivés à bon port le 19ème 5 613.*

Dru comprit tout de suite pourquoi. La première ligue devait être revenue depuis quelques jours, et Zoonooque aura mis ses dernières menaces à exécution.

« *– Je ne sais pas ce que vous manigancez avec les Epixis, mais vous pouvez être sûre que la galaxie va se dresser contre vous avec les preuves qu'on va rapporter dans le système Gocélian. À bientôt, capitaine.* »

– Ils ont annoncé qu'ils avaient des preuves que la fédération était responsable de la création des particules Bionos avec l'aide des epixis, c'est ça ?

– *Exactement. La situation a explosé ici depuis le vol-dôn 5 612. Notre flotte est dépassée.*

– Mon équipage est prêt à se remettre sous les ordres de la vice-amirale Fress-el.

L'elt hésita quelques secondes. Cela inquiéta Dru.

– *Oui. Je crois que je vais laisser le capitaine Alternader vous faire un point sur la situation.*

Le dialon prit la place de Dek.

– *Ua, capitaine.*

– Ua, capitaine.

– *Félicitation pour votre mission. On espère que vous allez pouvoir aider à calmer la situation ici. Bon alors, pour* commencer, pendant votre voyage, un groupe citoyen s'est formé. Le mouvement Laminis. Ils clament leur volonté de détruire le nuage Bionos à cause du danger qu'il représente. Ils ont presque totalement détruit la grille de confinement de la zone. Le nuage a recommencé à s'étendre, et eux et les détenteurs de la Vérité ont installé une surveillance autour de points clé de la surface pour nous empêcher de le reconstruire. Rien que ce siège monopolise déjà une grande partie de nos petits bâtiments. On en chasse un mais un autre prend sa place pour empêcher le transport du matériel.

« Ensuite, il y a cinq dôn, la ligue est revenue et même si leurs soi-disant preuves d'un lien entre la fédération et les epixis ont secoués un peu tout le monde, les enossiens sont restés sur leur position d'attente. Mais une de nos nefs a fait feu sur un vaisseau de mêlée enossien et l'a détruit. L'Unorma 26. On a appréhendé le responsable. Il était très certainement affilié à la ligue anti-Dialonis. Évidemment, leur cheffe nie complètement. En tout cas, ça a déclenché l'intervention de la flotte de l'alliance. Ça a suffi à les décider de passer à l'attaque. On a déjà perdu énormément de vaisseaux légers et quelques nefs et frégates. On est complètement dépassés.

– Je comprends. Je suis à vos ordres.

– Je ne vous ai pas tout dit. Le vol-dôn dernier, pendant une négociation avec les détenteurs de la Vérité, la vice-amirale Fress-el a été retenue captive dans le Humble Prophète.

– Parka Niebr !

– J'ai dû prendre le commandement à la défense du système. Toutes nos tentatives de sauvetage sont restées infructueuses. Le Humble Prophète reste à distance des combats. Il a esquivé toutes nos approches, et il est impensable d'user de violence et de sacrifier la vice-amirale. Maintenant, à cause des enossiens, on n'a plus aucun bâtiment à dispenser pour s'occuper de lui.

Dru Ginovna ressentit soudain une émotion exaltante. C'était le genre de sentiment qui l'avait poussé à se mettre au service de l'armée. Après plus de cent quarante jours – d'après son ressenti personnel – à être livrée à elle-même, isolée de sa hiérarchie, elle fut fière d'annoncer :

– *Capitaine. Je me porte volontaire pour mener une équipe de sauvetage.*

*

* *

– Major Tejio, vous êtes volontaire, déclara Dru.

– Comment ça ? Attendez, le principe du volontariat c'est…

– Oui, et le principe des ordres, c'est que tu les exécutes.

Ce n'était pas la première petite insubordination de Tejio, le chef artilleur du *KesLa*, et ça ne serait pas la dernière. Pourtant, Tejio, un olinoracénien, ne le voyait jamais de cette manière. Il n'avait simplement pas envie de participer à une opération commando à pied. Il était plus à l'aise enfermé dans l'habitacle de tir d'un vaisseau spatial. Pourtant, formé dans l'armée de terre sur Olinoraci, c'était l'un des meilleurs combattants de terrain de l'équipage, ce qui avait motivé le choix de la capitaine Dru Ginovna.

– Je suis volontaire capitaine, lança la caporale Oléga Rashimii, narguant involontairement Tejio.

– Je le sais déjà, trancha Dru. J'espère que vous vous êtes maintenus en forme pendant l'expédition, parce que ça fait presque deux vol-dôn[80] que vous n'avez pas vraiment été à l'action. Même si pour nous, ça fait moins.

– Musculation et exercices physiques tous les jours capitaine, confirma fièrement l'humaine.

– Non, déclara Tejio au même moment.

Dru ignora la remarque.

– Bien. Voilà le plan.

Ledit plan avait été établi par Ilmer et Dru en moins d'une heure, et impliquait les échantillons Bionos. La capitaine de

---

[80] Entre le départ du *KesLa* le 37ème 5 612 et son retour le 9ème 5 614. Cela représente deux-cent-deux jours terrestres.

vaisseau avait reçu l'aval du capitaine de croiseur Torin Alternader après discussion entre lui, l'administrateur agastyen Dek Hi ainsi que le gérant du GLA, Karlas Banneoff. Dans l'urgence de la situation, le *KesLa* s'était mobilisé immédiatement, sans s'être permis d'escale bien méritée. L'équipage devait continuer à s'impliquer malgré les deux-cent jours passés dans les confins de l'espace. Alak'anolap'onagat était sans doute l'un des membres d'équipage qui tenait le moins en place tant sa hâte de regagner sa planète était intense. Alanie le rassurait comme elle pouvait.

Le *Humble Prophète* avait été repéré à presque soixante mille kilomètres de la zone Bionos. Il donnait ses directives depuis un secteur isolé. Avec l'implication de la flotte enossienne, la fédération de Dialonis n'avait plus assez d'effectifs pour le prendre en chasse. L'arrivée du *KesLa* droit sur le vaisseau de croisade inquiéta donc fortement Nohiro Modekaï. Le servant principal de l'institution avait réagi dès que sa détection avait signalé l'approche de la frégate de Dru. Il avait ordonné son attaque.

– On essuie les premiers tirs capitaine, annonça Astiandre Tiffy dans la centrale.

– Comme prévu. Ouvrez une communication.

Nohiro mit un moment un peu trop long au goût de Dru avant d'accepter l'appel.

– *Je vous conseille de repartir tranquillement. Vous n'allez pas prendre le risque d'attaquer mon vaisseau. Je suis intouchable ! Vous allez tuer votre amirale.*

Dru regarda Ilmer en faisant tourner son œil en signe de satisfaction. Ils venaient d'obtenir la confirmation qu'ils espéraient. La vice-amirale Lilio Fress-el était toujours à bord du *Humble Prophète*.

– Grand Inspirateur. Enchantée. Je suis la capitaine de vaisseau Dru Ginovna. Nous ne souhaitons pas détruire votre bâtiment. S'il vous plaît, arrêtez les tirs et écoutez-moi.

– *Restez à cette distance !* roucoula l'allhzatz.

Cette requête était assez peu pertinente, se dit Dru. Les armes du *KesLa* pouvaient très bien atteindre leur cible d'ici, au besoin. Mais elle accepta la demande.

— *Alors, quoi ? continua-t-il avec méfiance.*

— Je pense que vous avez pu identifier notre vaisseau. Vous avez dû le reconnaître à partir des données apportées par Zoonoque Ollu.

— *Vous êtes le vaisseau parti en expédition vers Epixus,* déclara Nohiro comme un élève sûr de donner la bonne réponse.

— Effectivement.

— *Ça ne m'intéresse pas. Je sais très bien que vous voulez délivrer votre amirale.*

— Effectivement, répéta Dru. Mais pas par la force. Je vous propose un compromis. Nous avons à bord un échantillon de particules Bionos. Nous sommes prêts à vous l'offrir en échange de la liberté de la vice-amirale Fress-el et de la diplomate Violir. Je sais ce que représente la substance pour votre ordre.

Nohiro marqua un temps de pause encore particulièrement long. Pourtant, il réfléchissait à toute vitesse. Essayant d'accélérer la persuasion de son interlocuteur, Dru se permit d'exposer les intérêts qu'aurait le servant principal en acceptant.

— Si vous hésitez, sachez que j'ai avec moi les documents officiels de mes supérieurs qui attestent l'autorisation de céder une capsule Bionos. Je vous le transfère. Ensuite, je peux vous suggérer de faire de ce don une relique pour votre institution. Vous sauvegarderez ainsi le message de votre divinité. Je pense que vous souhaitez éviter des pertes citoyennes. Si vous pouvez vous satisfaire de cela, la fédération pourra répondre plus efficacement aux autres menaces qui pèsent sur le système. Je pense qu'il aurait de toute façon été impossible pour vous d'obtenir le contrôle total de la zone. Même avec votre prise d'otage. Depuis tout ce temps, elle n'a mené à rien, et je crois que vous admettrez volontiers que ça ne changera pas.

Elle laissa maintenant l'allhzatz le temps de formuler sa réponse. De ce qu'elle comprenait de la physionomie de cette espèce, elle pouvait interpréter sur celle de Nohiro un intérêt certain.

– *En effet cette proposition est très fraîche[81]. Vous n'avez pas offert la même chose aux enossiens pour les calmer.*

– Notre gouvernement a plus confiance dans un culte religieux indépendant que dans l'empire.

– *Et vous avez raison. J'autorise votre transporteur à entrer à mon bord avec l'objet. Mais je veux que vous soyez seule à l'intérieur.*

C'est ce qu'avait anticipé la capitaine, mais elle répondit en faignant un ton outré :

– Qu'est-ce qui me garantit votre bonne foi ?

– *Enfin, je suis une personne de foi ! Vous vous adressez au servant principal des détenteurs de la Vérité. Nous détestons le mensonge. Et puis, on ne peut pas faire un tel échange dans l'espace.*

Le ton outré de Nohiro, lui, n'était pas feint. Dru se garda de répondre que la réputation des allhzatz était d'être particulièrement manipulateurs.

– Entre croyants, on se comprend. C'est d'accord. J'arrive dans deux ill-dôn environ. À tout de suite Inspirateur.

Elle fit signe de couper la conversation. Elle secoua sa trompe pour faire rouler l'anneau de grade rouge qui l'entourait. Un tic omniprésent chez elle.

– Jolie interprétation théâtrale, félicita Ilmer.

Dru fût flattée. Elle avait toujours pris un immense plaisir à voir le réalisme du jeu de scène des acteurs de films. Dans sa jeunesse, elle avait développé le désir d'en faire son métier.

– J'ajoute ça dans ma liste de compétences. Allez, on se prépare.

---

[81] Expression signifiant « intéressant ». Les allhzatz préférant les environnements plus froids que la plupart des autres espèces, le mot froid a très vite été associé à l'idée de satisfaction.

Pour les besoins de la mission, le *KesLa* avait récupéré à son bord un vaisseau transporteur du plus petit gabarit existant. Il était fait pour être piloté par une personne, et avait la place pour quatre passagers ainsi qu'un petit local pour ranger du matériel. Son design était d'inspiration terrienne. Ainsi, il abandonnait l'allure arrondie des structures dialonis en optant pour une forme plus parallélépipédique afin d'optimiser l'espace. Le nez de l'appareil pointait vers le bas, sous la verrière du cockpit. Dru était elle-même aux commandes, sereine. Sa confiance dans la réussite de sa mission venait de deux choses : premièrement, elle ne craignait aucunement l'institution de la Vérité. Ses fidèles n'étaient pas des combattants et ne maîtrisaient pas l'art militaire. Deuxièmement, elle considérait que le plan établi avait été suffisamment bien pensé, malgré la précipitation.

La première étape fut facile : obtenir l'autorisation de se poser dans un hangar du *Humble Prophète*. Le transporteur approchait à vitesse réglementaire vers la soute désignée. La fente entrouverte laissa passer la petite navette, puis se referma dans un silence glacial. Une fois posée, Dru éteignit tous les systèmes, se leva et gagna le compartiment de rangement où était placé la capsule Bionos. Elle s'en empara avec délicatesse d'une main, puis actionna le panneau latéral de la navette avec la trompe. L'ouverture coulissa pour la laisser sortir. Nohiro Modekaï était déjà présent pour l'accueillir, encadré par quatre guerriers protecteurs en arme. Les yeux du servant principal brillaient d'une envie manifeste. Il se satisfit de la voir sans arme, vêtue d'un uniforme et non d'une combinaison de combat, et de constater qu'elle tenait dans l'un de ses entonnoirs préhensiles un cylindre transparent haut de soixante-huit centimètres et large de trente-cinq. Il reconnut les bocaux mis au point par les scientifiques d'Agastya pour enfermer les particules insaisissables nommées Bionos.

— Bienvenu sur le *Humble Prophète*, sheev.

— C'est *capitaine*. Nous avons un accord mais je ne suis pas votre amie.

— Pourquoi êtes-vous autant sur vos gardes ?

– Parce que je ne vois pas la vice-amirale Fress-el.

Nohiro abaissa son corps en signe de respect, et répondit d'un ton assuré :

– Bien sûr. Elle est encore dans sa cellule. Je vais vous conduire à elle.

– Vous n'auriez pas dû l'amener à moi plutôt ?

– Ah ! Je devais m'assurer que vous respecteriez votre engagement.

Il marqua un temps d'arrêt pour faire un signe de sa tête balançante à deux de ses gardes. Ceux-ci s'avancèrent vers Dru pendant que Nohiro compléta sa réponse :

– Et surtout, parce que vous allez rester avec nous. Inspectez son vaisseau.

Le premier garde fouilla puis entrava la galon. Il avait simplement trouvé un res-com simple qu'il remit à Nohiro. Le deuxième agrippa la capsule d'échantillon que Dru fut réticente à lâcher, et les deux derniers entrèrent par le panneau du transporteur pour l'examiner.

– Visiblement, votre réputation ne vous importe pas, fit Dru en réaction.

– Vous croyez que j'aurais accepté un récipient Bionos comme relique ? Alors qu'il représente une mise en cage de la figure de notre divinité ? Et comment puis-je être sûr qu'il ne s'agit pas d'un faux ?

– D'accord. Alors vous allez simplement continuer à accumuler les otages ? Brillant.

Les deux protecteurs revinrent de l'intérieur du vaisseau. L'un d'eux, un elt, informa son chef :

– Le vaisseau est vide grand Inspirateur.

– Vous avez tenu parole, réagit Nohiro. Vous m'étonnez. Maintenant je doute sérieusement que ce conteneur contienne la vraie substance du Grand Concepteur. Je ne peux pas croire que la fédération accepte de céder…

– C'est un vrai. Et vous avez l'autorisation certifiée. Il est encore temps de prendre la bonne décision, Inspirateur.

– Je sais ce que je fais.

– Étonnamment, j'en doute. Vous improvisez, et c'est ridicule.

– C'est pourtant moi qui gagne. Venez.

Dru se contrôla et s'empêcha de répliquer. Les protecteurs l'encerclèrent et les cinq religieux accompagnèrent leur otage vers les cellules de fortune. Le vaisseau était grand mais vide. Dru reconnaissait que l'architecture intérieure chaleureuse du bâtiment lui apportait une atmosphère très singulière, qui contrastait avec les installations impersonnelles des engins militaires qu'elle avait connue toute sa vie. On n'avait pas l'impression d'arpenter les coursives d'un véhicule spatial, mais plutôt les corridors d'un temple d'une culture riche, bien ancré à la surface d'une planète. Rien que le sol était original. Les carrelages irréguliers donnaient l'impression de marcher sur un sol naturel. Alors que dans la flotte dialonis, chaque dispositif était pensé pour son aspect fonctionnel, ici, tout était prétexte à la décoration. La moindre porte, lampe ou interrupteur avait une esthétique propre à la culture de l'institution. La militaire n'en oubliait pas moins sa mission, et elle mémorisait parfaitement le trajet qui l'avait menée jusqu'ici.

– Voilà. Vous resterez ici. J'espère que vous n'allez pas vous plaindre, c'est une cabine standard de nos fidèles.

– Je veux voir la vice-amirale et la diplomate !

– Pour quoi faire ? Vous pourrez leur parler en cognant contre le mur. Elles sont juste à côté de votre cellule.

Cela suffisait à Dru. Elle bondit sur le protecteur qui tenait le cylindre, et abattit sa trompe sur un des nombreux commutateurs dispersés sur l'objet. Un mini res-com avait été installé spécifiquement pour cette opération de sauvetage. Dans le *KesLa*, qui stationnait toujours à plus de cinq mille kilomètres du *Humble Prophète*, un signal retentit. Golmatu Ishgarn, l'un des opérateurs d'artillerie, réagit en une demi-seconde. Il exécuta les ordres prédéfinis par le plan et fit feu avec le canon à accélération magnétique ventral sur la coque du vaisseau de croisade. Le tir avait déjà été préparé. Il suffisait juste d'enclencher la commande finale. Le projectile fusa dans l'espace et atteignit presque instantanément le champ répulsif du navire. Bien que l'assaut fût neutralisé par les défenses avant de percuter la coque, la puissance fut assez grande pour que l'onde de choc cinétique se répercute à travers l'ensemble de la structure. À l'intérieur, la surprise déstabilisa Nohiro et ses quatre protecteurs. Tous les cinq tombèrent à la renverse. Dru arracha l'arme du garde le plus proche, un allhzatz comme Nohiro. C'était une lance terminée par un compartiment cristallin. Elle l'abattit sur le crâne du garde. L'elt du groupe s'enferma dans sa carapace et s'enfuit en roulant, tandis que Nohiro reprit son équilibre sur ses six longues jambes frêles. Il activa un signal d'alarme non loin. Il était prêt à se défendre. Et Dru était prête à attaquer.

*
* *

Ilmer, Tejio et Oléga se laissèrent tomber du compartiment de maintenance qui s'étirait sur tout le long du plafond du transporteur. Ils se réceptionnèrent sur leurs jambes avec lourdeur, et dégainèrent leurs armes. Ilmer commanda :

– Oléga, avec moi. Tejio, tu gardes le vaisseau. On y va.

L'humaine et l'estero jaillirent du véhicule en ignorant les râles de l'olinoracénien. Pour l'instant, le hangar était vide, mais l'alarme qui s'était mise à résonner annonçait des ennuis à venir. Des fidèles du cultes viendraient peut-être saboter la fuite des infiltrés. Sur son bras, Ilmer portait un localiseur qui indiquait la position de la capitaine Ginovna. La sortie du hangar était fermée. Cela aurait fini par contrarier les deux militaires, mais la porte s'ouvrit assez vite pour laisser entrer deux allhzatz armés. Ilmer abattit la paume de son immense main sur la mâchoire de l'un d'eux. Il fut envoyé en arrière et s'écrasa contre le mur du couloir.

– J'ai les dents qui fuient ! se plaignit-il.

En effet, la bouche laissait s'écouler un liquide jaunâtre. Son camarade leva son bâton de combat mais Oléga fut plus rapide. Elle tira un rayon paralysant sur lui. Aussi nombreuses

225

fussent-elles, ses jambes ne purent le porter davantage. Les soldats fédéraux enjambèrent les religieux et progressèrent dans les couloirs. Ils furent interrompus par quelques groupes de défenseurs usant d'armes à distance.

– À couvert ! ordonna Ilmer avec force.

Mais Oléga était déjà à l'abri derrière le recoin d'une intersection. Ilmer portait un fusil désintégrateur que seul un estero, un goxlek ou un enossien pouvait manipuler avec suffisamment d'aisance. Le feu de l'arme était heureusement réglable, ce qui permettait d'éviter de creuser systématiquement des trous béants dans le corps de chacune des victimes. La résistance ne fut pas un très grand défi pour les militaires entraînés. Ilmer et Oléga avancèrent facilement pour rejoindre leur capitaine.

Tejio trouvait déjà le temps long après trois minutes d'attente à surveiller la navette. Il avait installé sa batterie à thermo-impulsions portative en deux minutes seulement, juste à côté d'une des nombreuses colonnes qui habillaient la grande salle. L'arme lourde posée sur le sol pouvait envoyer des décharges destructrices à répétition sur un angle de trois-cents degrés latéralement et quatre-vingt-dix degrés verticalement. Fort heureusement pour l'olinoracénien d'action qu'il était, les « ennuis » arrivèrent vite. Une dizaine de guerriers de la Vérité surgirent dans le hangar, canons levés. Leur but n'était pas clair. Ils se répartirent dans l'espace en courant dans tous les sens sans réelle organisation. Peut-être, se dit Tejio, voulaient-ils simplement sécuriser le vaisseau adverse pour empêcher la retraite des militaires. Lorsqu'ils virent l'artilleur, accoudé à sa tourelle de défense, ils déchargèrent leur feu. Tejio put se mettre à l'abri derrière la colonne et manipuler l'arme fixe grâce à ses contrôles à distance. Les membres de l'institution des détenteurs de la Vérité n'avaient pour arme que des bâtons de cérémonie, plus efficaces au corps-à-corps qu'à distance. Mais pour cette situation, les guerriers n'avaient d'autres choix que d'utiliser la deuxième fonction de leur lance. Elles tiraient de modestes décharges énergétiques qui peinaient à provoquer d'importants dégâts matériels. Bien sûr, les salves étaient mortelles si elles atteignaient un être vivant non protégé, mais la visée était si difficile – voire impossible – que cela avait peu de risque d'arriver. Le canon de Tejio, lui, enchaînait des rafales courtes dévastatrices, causant des explosions et creusant des cratères impressionnants sur les colonnes et les caisses de matériel derrières lesquelles se cachaient les dix combattants religieux. La fusillade dura au moins vingt minutes. Tejio commençait à trouver la situation ennuyeuse. Mais il ne pouvait toujours pas se permettre de contacter le lieutenant Avinogester pour obtenir des nouvelles du sauvetage. Il devait continuer à contrôler son canon et protéger le transporteur. Tandis qu'il tirait vers sa gauche, un protecteur de la Vérité caché sur sa droite osa se montrer pour lancer trois décharges consécutives. C'était sans compter sur la rapidité et la fluidité avec laquelle la tourelle de l'artilleur pouvait changer d'angle. Le canon parcourut cent quarante degrés en zéro virgule quatre-vingt-trois secondes et fit feu dans le même temps. Le soldat de la Vérité, un allhzatz, fut touché à la tête. Son corps déjà sans vie fut envoyé cinq mètres en arrière.

– Rends-toi ! Tenta l'un d'eux.

– Où ça[82] ? répliqua Tejio par réflexe humoristique.

Il reçut pour seule réponse une déferlante de tirs blancs qui se perdirent sur le sol près de lui ou sur son abri. L'air autour de l'artilleur commença à chauffer dangereusement. Une des attaques toucha la recharge énergétique du canon. Celle-ci se mit à fondre. Tejio, qui connaissait bien chaque spécificité technique de son arsenal, savait que ce tir chanceux sonnait le départ en retraite de sa batterie à thermo-impulsions. Elle se mettrait bientôt à émettre des vapeurs de métaux qui pouvaient causer des dommages irréversibles à l'organisme du soldat. Il n'eut d'autre choix que de fuir son abri. Il s'élança hors de sa cachette en espérant continuer à esquiver les assauts de ses adversaires.

– Feu ! Feu ! criait un elis.

---

[82] Le jeu de mot fonctionne dans la langue standard olinoracénienne.

Tejio tenait fermement son fusil de remplacement, et se laissa tomber dans un renfoncement du sol, le long d'un mur. En un coup d'œil, il vit sa tourelle réagir comme prévu. Des étincelles jaillissaient de ses fentes de refroidissement, et des volutes grises s'en échappaient. Il se concentra sur sa défense. Son fusil tirait des coups précis et puissants, mais à une cadence bien moins élevée. Puis, une nouvelle action apporta la preuve de son piètre second choix d'abri : un des guerriers avait lancé une grenade incapacitante sphérique qui roulait simplement vers la tranchée occupée par l'olinoracénien. Elle avait beau avoir été lancée trop fort, l'objet tomberait quand même dans la fosse. Son premier réflexe avait été de la prendre pour cible pour la repousser d'un tir précis, mais en se levant, il aurait été trop exposé aux attaques des protecteurs. Les lances cristallines de ses opposants lui intimèrent d'abandonner son projet de sortir de son abri. Il se terra donc au fond de sa cache. Il ne put qu'accepter son sort, en s'écriant :

– UUUUUUH[83] !

*

* *

Une contre quatre. Une galon contre deux allhzatz, un olinoracénien et un dialon. Mais Dru était une galon d'action, formée aux arts de combat réglementaire. Ce n'était pas le cas de ses opposants, de ce qu'elle savait. Elle avait pour seule arme un bâton de cérémonie cassé. C'était dommage, mais avec ce simple bâton, elle pouvait faire des miracles. Un premier guerrier, l'olinoracénien, visiblement le plus pieux d'entre eux, se rua sur Dru en poussant un cri d'alarme caractéristique de son espèce.

« Olinoracénien : six membres fragiles, cou épais, tête avec enveloppe solide mais lourde. Fragilité : flans. »

---

[83] Injure.

Dru esquiva l'attaquant en s'abaissant, et balaya d'un bras les deux jambes qui portaient le côté gauche du protecteur de la Vérité, ce qui le fit tomber d'une façon ridicule. Dru lui asséna un violent coup de lance sur le flan. Un par un, elle avait l'avantage, mais les trois autres avaient rapidement réagi. Des décharges énergétiques furent envoyées sur elle par les lances des deux gardes encore d'attaque. Elle dut reculer et trouver une protection. La seule qu'elle avait à sa disposition était le corps souffrant de l'olinoracénien. Elle se cacha comme elle put derrière lui mais les tirs pouvaient l'atteindre. Pour les besoins du plan, elle avait dû se vêtir d'un simple uniforme, qui ne la protègerait pas des salves reçues, malgré la résistance honorable des écailles dorsales des dialons. Elle tendit sa trompe pour agripper la lance de sa première victime. Lorsqu'elle put s'en saisir, elle l'activa en visant aussi bien que l'arme le lui permettait. Ses trois ennemis étaient parfaitement exposés. Il était facile de les toucher. Sa première décharge toucha l'avant du corps du dialon.

« En effet, on est sensible à cette arme » constata-t-elle.

Nohiro Modekaï se cachait tant bien que mal derrière son congénère, le seul guerrier encore debout, en lui criant des ordres confus.

– Feu ! Feu ! Attention ! Avance ! Attention, elle tire ! Baisse-toi ! Mais protège-moi !

« Allhzatz : six jambes fragiles, bon équilibre, carapace sur la partie supérieure, tête sur la partie inférieur, yeux latéraux peu accessibles. Bouche exposée. »

L'allhzatz perdu se prit un coup de feu dans la fente buccale. Une telle blessure finirait par être fatale. Il ne restait plus que le chef de l'institution, dont les mouvements nerveux saccadés reflétaient une peur caractérisée.

C'était du moins ce que pensait Dru. Elle n'avait pas senti l'olinoracénien reprendre conscience et s'emparer de la lance cassée que Dru avait abandonné plus tôt. Il planta l'extrémité cristalline brisée sous son ventre, puis se releva rapidement pour s'éloigner afin de rejoindre ses camarades. La capitaine de vaisseau s'écroula au sol, lâchant son arme que l'allhzatz s'empressa de ramasser. Nohiro reprit contenance et se permit de narguer son adversaire.

– Bon, commença-t-il en faisant glisser deux tentacules-doigts sur la capsule Bionos qui gisait au sol. J'espère que vous avez fini de jouer. Bravo pour l'élan de courage dont vous venez de faire preuve. Maintenant il est temps d'être raisonnable.

Dru laissait échapper un râle de douleur continu ainsi qu'un flot impressionnant de sang bleu grisé. Elle parvint à articuler :

– Parka… Niebr.

Puis elle s'évanouit dans la douceur de l'inconscience.

*
*   *

La résistance était inexistante. Quelques guerriers protecteurs et de simples membres d'équipage du *Humble Prophète* proposaient un simulacre de défense, mais Ilmer et Oléga les balayaient comme ils essuyaient de simples taches de graisse sur une table.

– Derrière cette porte, avertit le colosse.

Il usa de son désintégrateur pour perforer le système d'ouverture de la cloison, et les deux militaires se retrouvèrent dans une nouvelle coursive. Sur leur droite, ce qu'ils virent les figea. Leur capitaine baignait dans son sang.

– Dru !

Ilmer perdit son calme, mais pas sa maîtrise de soi. Il produisit un grondement tonitruant en se plaçant dans une position d'assaut estero : les quatre membres au sol, écartés au maximum, et le corps le plus bas possible. Il s'élança droit sur les trois religieux qu'il avait également aperçu. Son fusil était accroché dans son dos. Nohiro recula, poussé par la terreur, en lâchant involontairement le récipient de particules, tandis que ses deux gardes entreprirent de retenir la furie dans sa course en lui lançant des slaves énergétiques. Mais Ilmer, lui, portait son uniforme de combat, et la technologie permettait au tissu de dissiper une grande quantité d'énergie. Il encaissa deux décharges avant de se retrouver à un bond des protecteurs olonoracénien et allhzatz. L'élan de l'immense masse de chair et de muscle de l'estero les heurta violemment tous les deux. Ils roulèrent au sol sur six mètres. Nohiro leva ses nombreuses jambes pour les esquiver. Puis, Ilmer envoya sa main puissante claquer la tête imposante de l'olinoracénien. Celle-ci percuta le mur et il tomba par terre. Ce deuxième choc lui causerait un étourdissement bien plus durable que celui que lui avait porté Dru plus tôt.

Nohiro, voyant la situation lui échapper à cause de ces renforts imprévus, décida de battre en retraite, mais non sans tenter de récupérer l'objet de valeur apporté par Dru. Il tendit un membre vers le cylindre de confinement des particules Bionos, mais un coup de feu tiré par Oléga depuis le fond du couloir atteignit sa carapace. L'attaque lui fit reconsidérer sa décision. Il recula de plus en plus vite, maudissant ses adversaires, les yeux fixés sur eux.

— Vous désobéissez à vos supérieurs. Votre document officiel… Vous deviez me remettre l'échantillon !

— Les documents nous donnent l'*autorisation* de céder la capsule, pour les besoins du plan, contredit Ilmer, ils ne donnent pas l'ordre de le faire !

— D'accord. Très bien. Récupérez vos concitoyens. Mais les détenteurs de la Vérité n'en ont pas fini avec la fédération de Dialonis.

L'allhzatz disparut derrière une porte lointaine. Ilmer se précipita à sa poursuite mais Oléga, accroupie près de sa supérieure, l'arrêta.

— Lieutenant, la capitaine Ginovna a besoin de soin. Vous ne feriez pas grand-chose seul face à tout l'équipage du vaisseau. Sans vouloir vous offenser.

— Comment elle va ? articula Ilmer en une plainte aux basses puissantes.

— Je crois que la blessure n'est pas trop profonde.

Dru exprima son amusement en faisant rouler son œil. Elle n'avait pas l'impression que sa plaie soit si minime.

– Je vais contenir l'hémorragie, poursuivit l'humaine, mais il faut vite repartir sinon on pourra plus rien faire.

– Bien.

Ilmer attrapa son désintégrateur et entreprit d'ouvrir toutes les portes des cabines de ce couloir. Il entendit quelqu'un cogner sur l'une d'entre-elles depuis l'intérieur.

C'était Unas Violnir.

– Ici ! Ici !

– Reculez, demanda Ilmer.

Il fit usage de son fusil. Les commandes d'ouverture disparurent entièrement dans une fumée noire et de matière en fusion. La diplomate était au fond de l'espace étroit. Les deux esteros, Unas et Ilmer, se touchèrent le poing pour se saluer dans la tradition de leur culture.

– Où est la vice-amirale Fress-el ?

Les yeux pédonculés d'Unas pointèrent vers la cabine voisine. Ilmer réitéra l'opération. Lilio était elle aussi calée dans un coin de la pièce, prête à bondir. Cela faisait plusieurs minutes qu'elle entendait des bruits de combat, sans savoir de quoi il en retournait.

– Vice-amirale ! tonna Ilmer.

– Ua, vice-amirale, parvint à articuler Dru.

– Oh, capitaine Ginovna ! Vous êtes revenue !

– Oui, répondit Ilmer, et on est venu pour vous sortir de là. Vice-amirale, s'il vous plaît.

L'estero invita sa supérieure à les suivre. Les quatre militaires fédéraux et la diplomate arpentèrent les couloirs du *Humble Prophète* en sens inverse pour retrouver leur transport. Ilmer aidait Dru à se déplacer et Oléga avait la charge de porter le conteneur de particules. Elle tendait les bras loin devant elle, craignant les effets de la substance métaphysique. Une poignée de minutes plus tard, ils gagnèrent le hangar.

*

* *

La grenade incapacitante continuait sa rapide course vers le renfoncement du sol dans lequel Tejio s'était recroquevillé. Les assauts des guerriers de la Vérité éclataient continuellement au-dessus de sa tête. Il était préparé à la décharge électrique de sa vie. Il connaissait déjà ce genre d'effet. Il savait que ce n'était qu'un moment désagréable à passer. Un moment qui ne durerait que peu de temps. Un moment très désagréable. Une douleur Atroce. Terrible.

Mais un son percutant puissant le fit sursauter. La décharge n'eut pas lieu. À la place, l'artilleur put constater qu'un tir venait de dégager la sphère loin de lui depuis sa droite. La grenade se déclencha à bonne distance de l'olinoracénien. Ses deux yeux de droite aperçurent Ilmer, le fusil levé vers lui, accompagné par Oléga, Dru visiblement blessée, et les deux otages libérés.

– Ilmer ex-machina ! entonna Oléga lorsqu'elle vit Tejio en mauvaise posture, déclenchant l'hilarité chez l'artilleur.

Les salves des guerriers de la Vérité changèrent toutes de cible. Oléga, Ilmer, Dru, Lilio et Unas étaient déjà derrière un abri. La vice-amirale et la diplomate avaient récupéré une arme sur le chemin, et en usèrent comme elles purent.

« Clairement pas des soldats » constata Tejio. Il était de nouveau libre de ses actes car les religieux tiraient tous vers les nouveaux arrivants. Il se releva en se retournant vers ses ennemis, et initia un mitraillage soigneux de tous ceux qui étaient exposés. Il en dégomma trois sans difficulté, avant que les guerriers ne réalisent qu'ils étaient la cible d'assaut venant de plusieurs côtés. Les efforts combinés des six fédéraux leur permirent de prendre le dessus. Petit à petit, tous les membres des détenteurs de la Vérité furent tués ou neutralisés. Lorsque le silence retomba, Ilmer formula des ordres inutiles :

– On ne traîne pas. Caporale, vous pilotez.

– Ua lieutenant.

Oléga se précipita dans le vaisseau, se débarrassa du cylindre dès qu'elle put, et rejoignit le poste de pilotage. Ilmer installa Dru le plus confortablement que l'autorisaient les sièges passagers du transporteur. Tout le monde était entré. Le ventail se ferma et les moteurs démarrèrent dans un hurlement inaudible depuis l'intérieur de l'habitacle.

– Lieutenant Avinogester pour le *KesLa*. Vous pouvez y aller.

– *Ua*, répondit la voix de Sario Brom dans le res-com.

Le responsable des communications relaya l'ordre à Golmatu Ishgarn, l'opérateur responsable de la section d'artillerie du *KesLa* en l'absence de Tejio. Il appliqua ce que le plan avait défini : il tira sur le panneau d'ouverture du hangar du *Humble Prophète* pour le faire céder. Dès les premiers coups de feu, le vaisseau de croisade répliqua en entamant sa fuite, mais la frégate était plus manœuvrable que le lourd vaisseau religieux. Le champ de protection absorbait une quantité astronomique d'énergie. Mais après quelques minutes d'insistance sur le même point, les premières décharges purent passer. À ce moment-là, il ne fallut pas plus d'un tir de batterie à impulsions pour percer un trou assez large pour que le transporteur puisse s'échapper.

La navette prit son envol et s'extirpa du vaisseau de commandement de la flotte de la Vérité, laissant un Nohiro Modekaï hargneux et vindicatif.

Chapitre XXIII

Reprise de fonction

Orbite haute d'Agastya, le 9ème 5 614, à 15 ill-dôn.

La vice-amirale Lilio Fress-el avait été directement transportée selon ses ordres sur le *Chalalamounkour*, le vaisseau de commandement de la flotte Dialonis en présence dans le système Gocélian. Le capitaine de croiseur Torin Alternader avait isolé le vaisseau amiral de la bataille pour pouvoir accueillir en toute sécurité sa supérieure. Elle sortit du même transporteur qui l'avait arrachée de sa captivité dans le *Humble Prophète*, accompagnée de la diplomate Unas Violir qui reconsidérerait sûrement sa carrière après ces évènements.

— Vice-amirale. Ua ! Lança Torin avec une énergie empreinte d'émotion. Sheev Violir.

Le retour de la vice-amirale était le regain d'espoir dont avait tant besoin la flotte.

— Ua.

— Je me permets de dire que je suis ravi de vous revoir, vice-amirale. Je suis terriblement désolé de l'affront qu'on vous a fait.

— C'est pas la première fois que je suis mise aux arrêts capitaine. Mais je vous remercie. Tout ça, c'est grâce aux troupes de la capitaine Ginovna.

Torin releva son regard sur Ilmer et Oléga qui s'occupaient de Dru, toujours faible.

— Sheevi, vous avez ma gratitude éternelle, déclara-t-il.

— Et celle de la fédération, compléta Lilio. Mais je crois que le temps presse. Je ne suis pas à jour sur les évènements et j'aimerais que le *KesLa* puisse rejoindre la surface au plus vite. Sheevi, merci encore. Je veillerai à votre récompense. Vous avez bien mérité une permission.

À la surprise générale, Dru répondit.

– Merci vice-amirale. Mais vous venez de le dire, on est loin d'en avoir terminé.

– Comme vous souhaitez. Bon retour.

Lilio et Torin sortirent du hangar avant que la navette de transport ne reparte. Ils profitèrent du trajet jusqu'à la centrale de commandement pour débuter leur conversation.

– Vice-amirale, je comprendrais que vous vouliez prendre des jours de repos, mais je dois vous demander…

– Capitaine, j'espère que vous rigolez. J'ai passé presque un vol-dôn à me reposer. À me rappeler de ce que c'est que s'ennuyer. Chaque jour j'imaginais le pire pour la situation dans le système. Je suis enfin de retour, et laissez-moi vous dire que je ne vais pas en rester là. On a du travail, alors faites-moi un récapitulatif.

C'était le moment qu'il redoutait. Mais il fallait bien passer par là. Il n'était pas question d'esquiver ses responsabilités. Torin se jeta dans le brasier :

– Depuis votre capture, une association civile a pris part à la situation ici. Le mouvement Laminis, ou MALANA.

– Oui, on m'en a parlé. Ils agressent la grille de défense.

– Oui, sauf qu'il y a une quarantaine de dôn, ils ont réussi à détruire complètement le champ de confinement et ont percé nos systèmes de protection.

Lilio ralenti légèrement son allure mais laissa Torin continuer son exposé. Son inquiétude grandissait.

– Depuis, le nuage n'est plus contenu, parce que ce MALANA a installé un blocus autour des usines de la planète. On ne parvient pas à remplacer toutes les pièces manquantes. On parle de cent quatre-vingt vaisseaux de divers types. Des véhicules familiaux ou des engins bien plus gros. Un groupe de trente-deux vaisseaux militaires swas constitue le plus gros problème. Les détenteurs de la Vérité ont aussi grossi leurs rangs. Ils ont vingt-quatre bâtiments armés. Ils participent également au blocus, même s'ils n'ont pas les mêmes objectifs finaux que le mouvement Laminis. Ils s'accordent simplement sur ce point : laisser les particules accessibles. Le MALANA cherche un moyen de détruire le nuage, et les détenteurs veulent…

Il hésita sur la fin de sa phrase.

– Qu'on laisse libre la *substance divine*, termina Lilio. Ça aussi, j'avais bien compris. Maintenant parlez-moi d'Enoss.

– Jusque-là, on essayait de chasser les vaisseaux de l'institution et du MALANA sans réussir à maintenir une défense fixe des usines. Mais au moins, on arrivait à tenir. Il y a quelques dôn, une flotte de vingt-sept vaisseaux de la ligue anti-Dialonis est revenue du système Epixis. Ils ont apporté des soi-disant preuves d'une association entre la fédération et le peuple epixis, pour essayer de convaincre la population de notre responsabilité concernant la création des particules Bionos. La flotte de l'alliance des mondes n'a pas réagi à ce moment-là. Mais la ligue a utilisé un de ses agents, infiltré dans notre nef *Giddeoff*, pour détruire un vaisseau de mêlée enossien, l'*Unorma 26*. Enoss a répondu à l'agression et depuis, c'est une vraie bataille. J'ai décidé de concentrer nos forces sur la menace enossienne, mais comme on a abandonné la chasse des détenteurs de la Vérité, ils se sont engagés plus activement dans les combats.

Torin marqua une pause. Il était très difficile pour lui d'annoncer la suite. Il rassembla tout son courage. Il avait déjà accepté de dévoiler ses échecs. C'était le pire moment de la conversation. L'annonce des pertes.

– Vice-amirale. À ce jour, nous avons perdu trois corvettes, une frégate, trois nefs…

Il fit une nouvelle pause, puis lâcha, honteux :

– Et un croiseur. Le *Kandestel*.

Lilio était préparée à ce genre de nouvelle. Pour tout dire, elle s'attendait à pire, connaissant le potentiel du capitaine Alternader, et après avoir imaginé tous les possibles évènements qui avaient pu survenir en son absence. Torin n'osa pas regarder Lilio. Les deux officiers s'engagèrent dans un conduit à antigravité pour monter à l'étage de la centrale. À sa sortie, le capitaine de croiseur reprit :

– La situation est de plus en plus difficile à tenir. Les détenteurs de la Vérité ont des mouvements trop imprévisibles, et trop indépendants. Je ne parviens pas à les contrer efficacement parce que je n'arrive pas à prévoir leurs actions. Et avec l'intervention des vaisseaux de l'empire, ça devient encore plus difficile de prendre des décisions. Ils ont commencé à faire des raids pour poser des troupes à la surface, dans la région d'Ulmah. Ils veulent évidemment investir le GLA. On a déployé toutes les défenses terrestres possibles, et pour l'instant on arrive à repousser leurs tentatives d'atterrissage.

– D'accord. Autre chose ?

– Ah, oui. On a rapporté l'incursion de plusieurs groupes dans l'accélérateur spatial. Apparemment, un commando de la ligue et une troupe du mouvement Laminis. J'ai envoyé des soldats pour les faire arrêter. Je pense que c'est pour ça que les trente-deux vaisseaux swas du MALANA se sont rassemblés près de la zone d'entrée de leur commando, à côté de l'accélérateur.

– Ça fait beaucoup de choses.

– Je sais que la situation est alarmante. J'ai vraiment fait mon possible pour assumer vos fonctions. J'ai fait des choix tactiques, et j'admets mes erreurs de jugement.

Il s'arrêta sur le chemin, forçant Lilio à faire de même.

– Vice-amirale, j'assume l'entière responsabilité de mes actes, et je suis prêt à accepter vos sanctions.

– Je vous arrête, capitaine. Vous avez fait comme vous avez pu dans une situation exceptionnelle. Je regarderai les rapports tactiques, mais je suis sûre que vous avez limité les dégâts. Maintenant on va se concentrer sur la suite. Que fait le gouvernement ?

Torin regagna un peu de confiance après la réaction positive de sa supérieure.

– Des renforts de Dialonis, d'Ester et de la Terre sont arrivés le 80ème. Dix canons orbitaux supplémentaires ont été acheminés, et un destroyer, deux cuirassés, quatre super-croiseurs…

– D'accord, d'accord. Je verrai le détail plus tard. Donc pour résumer, on a combien de bâtiments ?

– Quatre-vingt-une unités, plus la frégate *KesLa* qui vient de revenir.

– Bon, c'était un peu tard, mais au moins ils ont réagi avant d'avoir l'annonce de l'implication d'Enoss. On va s'en sortir. Et j'ai besoin de vous pour ça.

Les deux officiers atteignirent enfin la centrale de commandement. Lorsque la double porte s'ouvrit devant eux, Lilio eut le plaisir de découvrir les membres d'équipage parfaitement alignés sur deux rangées, formant une allée menant à la table de projection holographique tactique. Torin s'adressa à tous :

– Soldats.

– Ua ! Répondirent-ils en parfaite synchronisation.

La lieutenante-capitaine galon Omnelli Ission, la première pilote du *Chalalamounkour*, et amie chère de Lilio, s'avança hors du rang pour s'approcher d'elle. Elle enroula sa trompe autour de celle de Lilio pour exprimer son affection.

– On est vraiment heureux de te revoir, Lilio. Comment tu vas ?

– Merci Omnelli. Merci à tous. Et bravo pour votre travail en mon absence. Je vais bien. Je suis plus qu'heureuse de me retrouver parmi vous.

– On est à tes ordres.

– Alors à vos postes. On retourne dans la bataille.

Les militaires s'éparpillèrent et regagnèrent leur siège partout dans la salle.

– Alors quel est le plan ? Reprit Torin.

– La priorité est de protéger la population d'Agastya. Je pars du principe qu'on a demandé aux habitants de prendre les mesures de protection nécessaires contre les retombées radioactives des combats spatiaux.

– Oui, des annonces continuent de circuler dans les médias.

– Très bien. Mais si le conflit arrive jusqu'au sol, ça sera plus compliqué. Je veux voir tout le plan de défense du GLA et les installations anti-aériennes mises en place. C'est toujours le général de division Bhernam qui organise les forces terrestres ?

– Oui.

– D'accord. J'ai peut-être trouvé comment mettre un coup à la flotte enossienne.

*

* *

Planète Agastya, le 9ème 5 614, à 5 ill-dôn.

Le transporteur militaire dialonis se posa dans un grondement victorieux sur un terrain militaire improvisé non loin du GLA. Plusieurs véhicules terrestres attendaient pour transférer certains membres d'équipage dans la caserne d'Ulmah. Les scientifiques de l'expédition, notamment Alanie Nevlin, Nexos Adun et Alak'anolap'onagat, furent eux conduits dans le grand complexe de recherche.

Gaemed était enveloppé dans la nuit d'Agastya. Alanie constatait avec frayeur les changements dans l'atmosphère d'habitude paisible de sa planète. Des escadrilles de chasseurs ou de bombardiers traversaient régulièrement le ciel qui était secoué par les tirs et les explosions. Elle qui avait toujours connu la sécurité et le confort sur Agastya, elle ressentait maintenant une pression dans la poitrine. La guerre n'était plus seulement un mot lu dans des articles médiatiques. La guerre déchirait son monde natal.

– Tu as l'air contrarié Alak'anolap'onagat, s'enquit Alanie.

– Je suis en colère. Mon an'lar[84] Kasep a cassé mon idole de t'ald'ar[85] en farfouillant partout. Il arrête pas de tout casser chez moi. Combien de fois j'ai dû remplacer mes tentures à cause de lui. Et même ici il trouve le moyen de faire des dégâts alors

---

[84] « Animal » de compagnie même s'il ne s'agit pas d'un animal.

[85] Statuette sacrée que tous les rylotts du pays d'Alak'anolap'onagat sont tenus de posséder sous la contrainte de la société. Il fait office de protecteur de la maison.

240

que je n'ai presque rien amené dans le *KesLa*. Je tenais à cette idole. C'est la première chose qu'on doit amener dans notre premier foyer. Elle représente la force de vie et protège les habitants de la maison. C'est mon mentor de l'école de cosmologie qui me l'a confiée. Fasat'afonak'nap. Ça montre à quel point il tenait à moi, non ? Enfin, ce qui me met en colère, c'est surtout parce que je sais qu'il est inutile d'en vouloir à Kasep. Il ne connait pas la notion du bien et du mal. C'est inutile de le punir. Il ne comprendrait pas. Mais... Ça m'énerve encore plus. Je suis frustré de ressentir ça. Donc voilà, maintenant je me sens pas très bien. C'est stupide je sais.

Alanie avait tout écouté les yeux grands ouverts. Elle ne s'attendait pas à une analyse aussi poussée d'un phénomène aussi banal. Pour tout dire, elle ne s'attendait même pas à une telle honnêteté du rylott. Les humains avaient d'ordinaire tendance à éviter de devoir exposer leurs contrariétés par un simple « non, ça va ». Pour justement éviter de s'engager dans ce genre de longue dissertation.

– Je suis désolée pour toi. Comment on peut faire ? Il n'y a pas un moyen de se procurer une nouvelle idole t'ald'ar ? Ça se fait chez toi ? Ou c'est mal vu peut-être, si c'est pas celle d'origine ?

– Non, il n'y a aucun problème. Tout le monde les remplace tout le temps.

– Ah, mais alors il n'y a pas vraiment de problème. Ou alors, c'est un objet très cher ?

– C'est tellement courant que ça ne vaut que cent-dix velons en moyenne.

– Ah carrément. Bon, ça va. Je veux bien te l'offrir alors ! Maintenant je comprends mieux que ce qui te dérange, c'est surtout ne rien pouvoir faire pour éviter que ça recommence.

– Oui, c'est ce que j'ai dit.

– D'accord.

Alanie replongea dans ses réflexions en laissant le paysage défiler devant ses yeux, mais Alak'anolap'onagat ne tarda pas à l'interrompre :

– À quoi tu penses ? questionna-t-il.

– À ma famille. J'espère qu'ils sont en sécurité.

– Ils vivent ici ?

– Pas très loin d'Ulmah.

– J'espère que tu pourras les revoir vite. Moi je ne peux pas rentrer. Mes connaissances du phénomène Bionos sont trop importantes pour la fédération.

– Je sais. Courage. Tu n'as jamais parlé de ta vie privée. Tu as de la famille ?

– Oui, mes parents sont sur Effray. Et mon compagnon aussi, Onep'akana'tonal. Je n'aime pas être ici. Je préfère être avec eux. Heureusement que j'ai Kasep. Agastya était une mutation provisoire. Je me serais habitué à l'ambiance mais si je dois encore rester loin de ma planète et de ma famille, je vais développer un mal-être.

– Je comprends, c'est normal, rassura Alanie, toujours surprise de la transparence dans les propos du rylott. Ils te manquent clairement. Pour l'instant on a vraiment besoin de toi. On va faire tout ce qu'on peut pour régler au plus vite cette situation. Parle-moi de… Onep'anaka… (elle hésita sur le nom).

– Onep'akana'tonal. C'est un kaddel[86].

Alanie réagit après une pause durant laquelle elle attendait, confiante, une suite qui ne venait pas :

– Et c'est tout ? C'est juste un kaddel ?

– Eh bien, il est grand. Il peut facilement se reproduire. J'ai de la chance.

– Je suis ravie pour toi, trouva simplement à dire l'humaine décontenancée.

La suite du trajet fut accompagnée d'une conversation entre tous les scientifiques de l'expédition d'Epixis, et avait pour objet les différentes possibilités que pourraient offrir les connaissances rapportées depuis le monde inconnu. Le transporteur s'arrêta avant d'entrer dans l'enceinte du GLA pour être contrôlé méticuleusement. Alanie n'aurait pas pu

---

[86] Un des trois types sexuels des rylotts. Alak'anolap'onagat est un danel. Le dernier type est fol.

reconnaître son lieu de travail. De nombreux postes de sécurité tenus par des militaires fédéraux avaient germé pour compléter les originaux. Des armes fixes anti-personnelles ou anti-véhicules hérissaient la muraille blindée qui avait été érigée sur tout le tour du centre. Des patrouilles de soldats et d'engins de combats surveillaient toute la zone. Elle entrait dans un véritable bunker militaire. Une fois les contrôles réalisés, le transporteur se gara directement au pied du bâtiment administratif du complexe. Devant l'entrée, le gérant du laboratoire d'Agastya Karlas Banneoff attendait les scientifiques. À côté de lui se tenait Enex Arthinniam, la chargée gouvernementale de la sécurité du territoire, et un officier elis à la peau brune et au corps fin mais musculeux, en uniforme de combat. Il portait un anneau de grade orange, mais sa tenue indiquait son affiliation à l'armée de terre, et non spatiale. Karlas s'avança pour accueillir Alanie, la responsable des équipes scientifiques.

— Docteure Nevlin ! Excellent retour à vous. Bienvenu, bienvenu.

— Bonjour sheev.

— Vous vous rappelez de sheev Arthinniam qui était présente lors de la réunion juste avant votre départ.

— Bien sûr.

— Et voici le général de division Arkanther Bhernam. Il séjourne avec ses troupes dans notre complexe pour assurer la protection des particules.

— Et des citoyens, s'empressa d'ajouter le militaire.

— Évidement, fit Karlas sans conviction.

— Docteure, j'aimerais que vous et vos équipes veniez présenter votre rapport aujourd'hui, demanda Arkanther avec toute la diplomatie dont il pouvait faire preuve.

Il avait plus l'habitude de formuler des ordres directs que des demandes à des civils.

— Bien sûr, assura Alanie. On est là pour ça.

— Mais d'abord, s'empressa d'ajouter Karlas, si vous pouviez m'accompagner à l'intérieur, j'ai une surprise pour tout le monde. Je crois qu'on doit vous permettre de profiter de votre retour pendant un moment.

Les dix physiciens et biologistes entrèrent dans le grand bâtiment administratif cubique du centre scientifique d'Agastya. Alanie eut un vertige délicat à se retrouver dans un espace si familier et qui pourtant n'existait plus que sous forme de souvenir lointain dans son esprit, après deux-cent jours dans l'espace. Elle revoyait le sol de carrelage rouge et les colonnes prismatiques grises qui étaient placées aléatoirement dans l'immense pièce d'accueil. Même si, là encore, l'environnement avait sérieusement changé. Le nombre de personnes circulant avait au moins quadruplé, et il régnait une agitation inédite en ces lieux.

— Venez par-là, invita Karlas.

Le groupe fut conduit dans une grande salle annexe, au premier étage. La pièce était remplie de tables recouvertes de mets divers, tous plus alléchants les uns que les autres, et adaptés aux différentes physiologies des scientifiques. Mais surtout, une cinquantaine de personnes patientaient à l'intérieur. Tout le monde comprit très vite de qui il s'agissait. Des éclats de voix aux intonations de surprise pleines d'émotions fusèrent dès les premières secondes. La fédération avait proposé aux familles des expéditionnaires agastyens de venir les retrouver, et malgré la situation risquée, beaucoup de proches étaient venus sans réfléchir.

Alanie trouva rapidement son frère Anélique et ses deux parents.

— Oh vous êtes là ! Si tard ! Enfin, si tôt.

Les quatre humains se prirent dans leurs bras.

— Bien sûr qu'on est là, fit Esther, la mère, des larmes pleins les yeux.

— Vous avez su qu'on revenait ! Je n'ai même pas pu appeler !

— C'est la fédération qui nous a contacté dès que votre vaisseau est revenu, expliqua Genard, le père.

— Je suis trop contente de vous voir ! Même toi t'es là ! dit-elle en s'adressant directement à son frère.

– Bah quand même ! Tu te rends compte qu'on n'avait pas de nouvelle pendant deux vol-dôn ! On ne pouvait pas savoir s'il y avait un problème, si tout allait bien… Il faut que tu nous raconte.

– Oui ! Clairement, tout s'est passé comme on l'espérait. Franchement, rien à dire sur le voyage lui-même. Finalement c'était pas si ennuyeux parce qu'on avait pas mal de travail pour préparer la rencontre. On a vraiment beaucoup sympathisé avec tous les membres d'équipage. Il faudra que je vous présente Dru…

En disant ces derniers mots, elle faisait courir son regard sur les personnes présentes, oubliant que la capitaine de vaisseau avait été blessée et amenée dans un centre de soin. Mais ce faisant, la physicienne remarqua Alak'anolap'onagat esseulé près d'un mur.

– Ah ! s'exclama-t-elle en amenant ses proches vers le rylott. Je vous présente mon collaborateur, Alak'anolap'onagat.

Tous se saluèrent, puis Alanie chercha ensuite du regard Nexos Adun. Elle le trouva en compagnie d'autres dialons. Elle tira sa famille vers lui, sans oublier le rylott. Elle avait du mal à le laisser subir sa solitude.

– Et là, c'est Nexos, le responsable du pôle de biotechnologie.

– Tu nous en avait parlé plusieurs fois. Bonjour sheev.

– Bonjour, enchanté, répondit Nexos, s'écartant difficilement de ses quelques connaissances.

Le biologiste s'apprêtait à les présenter, mais le général Arkanther, qui s'était approché doucement, demanda avec raideur :

– J'aimerais pouvoir vous laisser plus de temps, mais on a vraiment besoin de vos retours. Est-ce que seize ill-dôn vous conviendra, pour la réunion ?

Alanie acquiesça dans une puissante inspiration, sans lâcher sa famille de ses yeux humides. Mais Nexos exprima librement son énervement.

– Si peu de temps en remerciement de deux vol-dôn en isolement total ? La fédération a vraiment de la gratitude à revendre !

– Professeur Adun, vous pouvez profiter plus longtemps. Les rapports de l'équipe de biologie ne nous sont pas utiles pour régler l'urgence.

Nexos reçu cette réponse comme un coup de poing. Il troqua son agacement contre de la vexation, mais finalement, c'était à son avantage. Aussi il choisit de profiter du cadeau.

– Eh bien j'en suis comblé, lâcha-t-il, sarcastique. Merci.

– Et, sheevi, n'oubliez pas de respecter la confidentialité, avertit l'officier avant de s'éloigner pour communiquer aux autres scientifiques l'heure de la réunion.

Pour le moment, Alanie et ses associés pourraient profiter d'une longue soirée de bonheur bien mérité.

*
* *

Orbite haute d'Agastya, le 9ème 5 614, à 16 ill-dôn.

– J'ai peut-être trouvé comment mettre un coup à la flotte enossienne.

Torin fut d'abord surpris que sa supérieure ait érigé aussi vite une stratégie grâce à la compilation des informations générales qu'elle venait de recevoir. Puis, après une courte réflexion, cela ne l'étonnait plus car il connaissait le talent de la vice-amirale Fress-el. C'était bien pour ça qu'il espérait la retrouver au plus tôt. Pour qu'elle sauve la situation.

Premièrement, l'attitude des bâtiments enossiens l'avait convaincue que l'empire s'intéressait fortement au trésor du GLA, à savoir les particules Bionos. Ne sachant pas encore comment les récupérer depuis l'espace, son armée allait assurément essayer d'obtenir directement des échantillons du laboratoire. Le doute planait encore manifestement dans l'esprit des officiers quant à la responsabilité de la fédération de Dialonis dans l'apparition de ce nuage cosmique. De ce fait,

Lilio jugea probable que les vaisseaux d'Enoss n'attaqueraient pas l'accélérateur spatial. En effet, si la fédération avait bel et bien créé ces particules, cela avait des chances de s'être déroulé dans l'anneau orbital, et ils éviteraient le risque de libérer encore plus de substance dévastatrice. Enfin, Torin avait évoqué la présence d'une trentaine de bâtiments de guerre swas. Des vaisseaux possédant une technologie de défense bien différente de celle de la majorité des autres armées spatiales.

– Vu l'objectif de la flotte du MALANA, il est possible qu'ils s'en prennent à l'accélérateur spatial. Mais pas tant qu'ils auront des troupes dedans. Pour l'instant, leurs gros navires restent stationnaires. Et de toute façon, l'accélérateur résistera bien plus longtemps face au MALANA que face à l'empire enossien s'il se décidait à l'attaquer. Ça veut dire qu'on a le temps de mettre en place mon idée.

– Je ne comprends pas, avoua Torin.

– Je pense que la flotte enossienne ne veut pas détruire l'accélérateur spatial. Ils peuvent penser que c'est là que la fédération a créé les particules Bionos. Vu qu'ils essayent d'atterrir, je crois qu'ils cherchent à en prendre dans le GLA. Ils ne vont pas risquer de perdre l'accélérateur. Ça nous donne un avantage. On va pouvoir protéger une grande partie de nos vaisseaux entre l'anneau et la surface de la planète. Ils auront bien plus de mal à nous attaquer.

– Oui, c'est une bonne idée. Mais on immobilisera nos forces et eux seront libres de leurs mouvements.

– Pas forcément. On va pouvoir les confronter. Vous avez étudié la technologie des écrans protecteurs swas, capitaine ?

– Pas dans le détail, non.

– Moi non plus. Mais j'ai bien retenu une chose de mes formations. Les nations enossienne et dialonis ont un système comparable. Les appareils projettent un champ sphérique qui englobe nos vaisseaux. Ça disperse la matière et l'énergie des attaques à mesures qu'elles avancent vers la coque.

– Oui, oui, confirma Torin.

– Mais chez les swas, c'est différent. Leurs coques sont parcourues de flux de particules déficitaires en énergie – ou un truc comme ça – qui forment plutôt une couche fine qui épouse les parois de leurs bâtiments. Plus l'angle de tir est perpendiculaire à la surface, …

– Plus l'énergie est absorbée par ce flux, compléta Torin qui retrouvait sa mémoire.

– Mais plus l'angle incident est fort, plus l'énergie sera réfléchie par la surface.

– C'est ça, si un tir frôle la coque, il est presque entièrement dévié et rebondit dessus.

– Voilà. On va tenter d'utiliser ça à notre avantage.

Le lieutenant de croiseur avait enfin compris l'idée de la vice-amirale.

– Mais le mouvement Laminis va croire qu'on les agresse directement alors que c'est pas eux, notre cible. Ça va faire scandale dans les médias. On va noircir l'image de la fédération.

– Non, si les angles sont les plus rasants possibles, les flux protecteurs swas ne perdront quasiment pas d'énergie. Leurs vaisseaux ne seront absolument pas en danger. Tout le monde verra bien le but de la manœuvre. Si on est bien coordonné, ce sont seulement les vaisseaux de l'alliance des mondes qui seront touchés.

– C'est brillant vice-amirale.

– Transmettez les ordres. Que toutes nos forces se placent à l'abri derrière l'accélérateur, et que les artilleurs calculent des angles de tirs en s'adaptant aux positions des vaisseaux swas. On cible les plus gros vaisseaux en priorité. Les vaisseaux de bataille, de campagne, de guerre…

– Et leur vaisseau-mère ? Le *Gel-Tak* ?

Lilio hésita.

– Si on peut l'endommager, oui. Mais je rappelle qu'on veut éviter les massacres. Ça, pour le coup, ça noircirait notre image. J'ai encore l'espoir que l'expédition d'Epixis va permettre de convaincre les enossiens d'arrêter les combats.

– Ça va être dur, à cause de la fourberie de la première ligue.

– Je sais. On va faire ce qu'on peut pour résister.

Elle porta sa voix plus loin pour être entendue dans toute la centrale :

– Vous avez vos ordres. C'est parti !

*
* *

Planète Agastya, le 9ème 5 614, à 15 ill-dôn.

Tous les scientifiques de l'expédition d'Epixus avaient profité d'un moment avec leurs proches, ce qui avait grandement amélioré leur moral. Une retraite d'une telle durée n'était pas une chose courante, même dans une société galactique, et un isolement aussi long dans l'espace était une situation éprouvante. De plus, l'évolution dramatique du contexte militaire qui pesait sur le système Gocélian contribuait à cela. Les retrouvailles avec les familles ou les amis avaient eu le bénéfice de faire oublier la dureté de ce long voyage. Après le petit évènement riche en émotions organisé dans le GLA, chaque personne eut le loisir de rejoindre sa demeure pour profiter des quelques heures offertes à sa convenance. Mais rapidement, les chercheurs et les techniciens furent convoqués pour la réunion de bilan de l'expédition. À quinze ill-dôn, le temps était particulièrement nuageux et Gocélian était à peine visible au-dessus de l'horizon. Alanie, Alak'anolap'onagat et les quatre techniciens de l'équipe de physique, Emhan Garett, Ju Laonhein, Valinar Etrusk et Varat'enak'An, prenaient ensemble le premier repas de leur journée dans l'un des réfectoires du personnel du GLA, transformé en mess militaire depuis l'intrusion de l'armée pour gérer la défense du complexe. Malgré les protestations de Nexos Adun, la veille, au sujet d'une convocation à une réunion qui ne le concernait finalement pas, et son autorisation à vaquer à ses occupations cette nuit-là, le biologiste était aussi présent. Son professionnalisme et sa passion l'avaient poussé à participer malgré tout à ce bilan. Il n'imaginait pas être exclu d'un évènement aussi important.

— Bon, vous avez bientôt fini ? lança un soldat estero agacé.

Son agressivité était née du manque de places sur les tables et d'une notable difficulté à sortir du lit ce matin-là.

— On a une réunion à seize ill-dôn, répondit poliment Alanie. On sera partis avant.

— On attend debout depuis quarante eso-dôn[87] déjà… brama-t-il en évoquant ses collègues, debout eux aussi. Alors si vous pouviez vous dépêcher.

— Lâche-nous un peu, intervint Nexos avec sang-froid. On vient à peine de s'assoir.

L'estero se détourna de l'humaine pour s'approcher de l'elis. Il posa son plateau avec force sur celui d'Alak'anolap'onagat. Le rylott, sans se poser de question, se mit à trifouiller les aliments pour chercher ce qui pourrait lui convenir. Bien entendu, les besoins des esteros étaient trop différents de ceux des rylotts.

— Toi tu veux un réveil mouvementé on dirait.

Le soldat leva son énorme main, les quatre doigts épais resserrés en un poing massif.

— Ah vous voulez carrément me frapper ? Non mais je ne suis pas primitif, moi. Allez jouer avec vos copains.

Avec cette réplique, le soldat eut encore plus de mal à retenir son envie de violence. Il faut dire que ce genre de situation, due à la surpopulation des bâtiments du complexe, durait depuis un très long moment, et les conditions de vie étaient difficiles pour tout le monde. Les militaires avaient improvisé des quartiers privés déplorables pour les troupes afin qu'elles soient prêtes à réagir le plus vite possible en restant sur place. Les soldats étaient entassés à plusieurs dans des espaces de fortune, faits de tentes isolant du froid mais pas du bruit. Personne ne pouvait profiter d'un moment de tranquillité. Et les effectifs de l'armée étant constitués de

---

[87] Environ neuf minutes terriennes.

personnalités particulièrement bouillonnantes, la moindre étincelle pouvait déclencher des conflits sévères.

– On est des employés du GLA, continua Nexos, pas le moins du monde inquiété par la stature et l'état de l'estero en face de lui, et surtout, on revient d'Epixus. Alors on va continuer de manger tranquillement, pendant que vous, vous allez dégager. Et avec un peu de chance j'aurais oublié que vous existez.

Le poing partit droit sur l'œil de Nexos.

Heureusement, le scientifique échappa à la commotion promise car le coup fulgurant fut intercepté par l'entonnoir préhensible d'un officier dialon. Alanie reconnut immédiatement le général de division Arkanther Bhernam à la finesse de ses membres, sa peau marron, et surtout, son anneau de trompe orange. Ce dernier était parvenu à maîtriser la force de l'estero en lui faisant une clé de bras adaptée à sa morphologie. Deux secondes plus tard, il était étalé par terre.

– T'as de la chance que je n'ai pas le temps de m'occuper de ce genre de comportement, soldat. Fous-moi le camp et emmène tes amis les déchets avant de me dégouter définitivement de mon armée.

– Je m'occupe d'eux, lança un adjudant qui avait assisté à la scène de loin.

Le soldat, honteux, se releva en bondissant et tout son groupe fut conduit hors de la cantine.

– Merci général, dit Alanie en avalant un morceau de pain noir.

Alak'anolap'onagat et Varat'enak'An furent les seuls à s'être levés en guise de salut, alors que Nexos, sauvé par l'intervention du général, avait simplement fait un signe de la trompe, en continuant à manger en toute insouciance.

– Docteure Nevlin, je viens chercher votre équipe pour la réunion.

– Déjà, mais il est pas encore seize ill-dôn et on n'a pas fini…

– S'il vous plaît, tout le monde vous attend.

« Alors ça franchement… Maintenant on va passer pour les retardataires alors qu'on était dans les temps », pensa-t-elle.

— Bon, souffla-t-elle avec retenue, en prenant le reste de son morceau de pain pour le terminer en chemin.

Nexos et les techniciens de physique se levèrent également en grommelant. Alak'anolap'onagat et Varat'enak'An restèrent assis ; ils n'envisageaient pas de partir avant d'avoir fini leur repas.

— Docteur Alak'anolap'onagat ? interrogea le général.

— Oui sheev ?

— Vous pouvez venir ? On vous attend.

— Non j'ai encore des œufs à manger, répondit sagement le rylott sans imaginer un seul instant que cette réponse ne pouvait convenir à l'officier. Celui-ci chercha du regard l'aide d'Alanie, qui représentait l'autorité pour Alak'anolap'onagat.

— En fait, on est obligé d'y aller. Viens. C'est comme ça.

Pendant sa requête, la responsable de l'équipe tirait son collègue par le corlêt[88]. Il finit par se relever avec réticence sans comprendre. Le groupe de huit personnes traversèrent les différentes cours entre le réfectoire et le centre administratif, et les étages et les couloirs qui menaient à la salle de réunion décidée.

— Vous avez des nouvelles de la capitaine de vaisseau Ginovna ? demanda Alanie au général Bhernam.

— Oui ! Ils viennent de revenir sur Agastya. Dru est internée à l'hôpital d'Ulmah.

— Et les autres ?

— Je crois qu'ils sont ici, au GLA. Ils prennent un peu de repos mais ont voulu participer à la défense.

— D'accord, merci.

Dans la pièce attendaient le gérant du laboratoire d'Agastya Karlas Banneoff, l'administrateur planétaire Dek Hi et la chargée gouvernementale de la sécurité du territoire Dialonis Enex Arthinniam. Une table ronde sans fantaisie se dressait au

---

[88] Rappel : le corlêt est la partie supérieure du corps des rylotts, portant les antennes et les fentes sensitives, l'appareil vocal et le centre nerveux.

centre, et les sièges adaptables repliés disposés autour. Les murs de bois ganéen rouge étaient éclairés par un grand nombre de lampes au sol dont le faisceau fuyait vers le plafond. On dénombra au moins trente-trois « bonjours » prononcés par les participants à la réunion. Après quoi, Dek Hi les invita à prendre place. Chacun activa la touche correspondant à sa morphologie, et les sièges se déplièrent pour adopter la configuration souhaitée.

— Bienvenue chez vous ! déclara Dek en guise d'introduction. On est vraiment heureux de vous revoir. J'espère que vous avez bien profité de votre retour. Je suis désolé de vous avoir convoqués aussi tôt. Je vous épargne le détail des négociations qu'il a fallu faire pour vous obtenir un répit en famille. Mais vous avez dû apprendre comment la situation a évolué ici.

— Vous voulez dire qu'on a sûrement dû voir les combats spatiaux dans le ciel d'Agastya, les éclairs et les bruits de destruction ? répliqua Nexos en réponse à l'attitude interrogatrice de l'elt. En effet, on a une petite idée.

— Et, vous êtes ? Demanda Enex Arthinniam, les yeux dans ses dossiers.

— Professeur Nexos Adun.

— Je ne vois pas de professeur Adun dans mon ordre du jour.

— Oui, c'est une auto-convocation de dernière minute, souffla le biologiste d'un ton assuré.

— Bref, trancha Dek sans tenir compte de l'inquiétude de la représentante de la défense. Je vous remercie de votre présence. On est là pour discuter de vos découvertes. Apparemment vous avez noué un contact avec le peuple epixis, ce qui était inespéré. Si vous pouviez nous raconter ça.

Alanie se lança dans une présentation d'abord très succincte du séjour sur Epixus, qui fut étoffée par les réponses aux nombreuses questions qui émergeaient autour de la table. Ainsi, les scientifiques exposèrent le conflit avec la flottille de la ligue anti-Dialonis autour du canon orbital epixis, sa réparation par Nexos, déclenchant ainsi une invitation de la part de la société epixis sur leur monde. Ils continuèrent sur les premières expériences de communication télépathique puis les premiers accords formulés entre les deux parties : les epixis aideraient les membres de l'expédition à comprendre la nature de la substance Bionos s'ils leur permettaient d'étudier un échantillon. La discussion dérivait sur les descriptions de la planète elle-même et des informations sur la vie et la société des epixis.

Karlas Beneoff, le responsable du grand laboratoire d'Agastya et scientifique de formation, était captivé par la révélation des découvertes. Dek Hi marquait également son intérêt par l'immobilité presque totale de ses tentacules faciaux, d'habitude constamment agités. Enex et Arkanther quant à eux, montraient les premiers signes de déconcentration. Une question leur brûlait les lèvres.

– Magnifique. Excellent travail à toutes et tous. Est-ce que vous pourriez maintenant nous résumer ce que vous appris sur le phénomène ?

– Oui, bien sûr. Les epixis ont étudié notre échantillon et leurs conclusions s'intègrent parfaitement à leur théorie dimensionnelle. Ils nous ont fourni les détails de ce modèle : pour faire simple, l'univers est en fait une multitude de grilles d'espace-temps connectées par une zone inter dimensionnelle. Il existe des entités qui induisent une communication entre ces différents espace-temps, plus forte dans les zones de forte densité stellaires comme les trous noirs par exemple. D'après les epixis, il s'est produit une rupture du tissu de notre espace-temps. Et cela a entraîné une fuite de ces entités de communication directement dans notre univers. En fait, ces entités n'ont pas de réalité dans nos dimensions standards. Elles ont donc pris une forme tangible qu'on a pu détecter et même capturer. Ce sont ces fameuses particules Bionos.

Il était difficile pour les politiciens et les militaires de bien saisir les implications d'une telle révélation. Mais en toute bonne volonté, Dek tenta de mieux la comprendre :

– Donc ce sont des particules d'un autre univers ?

– D'une autre dimension en fait. Ou plutôt un espace théorique dans lequel baignent tous les univers. On n'avait jamais soupçonné son existence.

– Et, alors… (il cherchait ses mots) pourquoi sont-elles aussi dangereuses ?

– Elles ne sont pas dangereuses en soi, répondit Alak'anolap'onagat qui prit de cours Alanie. C'est simplement leurs interactions avec notre matière et nos énergies qui déclenchent des réactions imprévisibles. On sait qu'à l'échelle des particules, de nombreux évènement peuvent survenir. Les particules peuvent disparaître et réapparaître à des milliards d'années-lumière par exemple. Ou alors changer de nature d'un seul coup suite à une modification de propriété. On commence maintenant à mieux comprendre comment une telle chose est possible. C'est grâce à la communication inter univers que vient de décrire la docteure Nevlin. Mais au final, ces évènements n'ont que de faibles probabilités d'arriver, et à l'échelle macroscopique, ça n'est pas remarquable.

« Dans notre situation actuelle, des entités inconnues converties en nouvelles particules et émettant des ondes sur l'espace-temps, sont déversées dans notre univers. De par leur nature de transmettrices d'informations, la présence de ces particules modifie ces probabilités, de manière potentiellement infinie. Autrement dit, des évènements qui ne pourraient *jamais* survenir à notre échelle macroscopique peuvent maintenant arriver à grande échelle malgré tout, si de la matière ou de l'énergie interagit avec la substance Bionos.

Alanie n'ajouta rien. Elle était pleinement satisfaite du résumé de son collègue. Les techniciens du pôle de physique auraient aimé ajouter une multitude de détails plus intéressants les uns que les autres, mais ils comprenaient que ce n'était que peu pertinent ici. Nexos quant à lui, était occupé à vérifier l'hygiène de ses tentacules buccaux. Les autres participants essayaient encore de dénouer le rapport entre les informations des cosmologistes et les phénomènes destructeurs qu'avait connu le système Gocélian depuis quelques vol-dôn. Ce lien trouble s'éclaircissait de plus en plus.

– Donc, si j'ai bien compris, dans le nuage, tout peut arriver, questionna l'administrateur d'Agastya.

– Uniquement si de la matière ou de l'énergie entre en contact avec le rayonnement, oui, confirma Alanie. Ça explique absolument tout : les cellules de corps de l'amiral Athopol qui ont montré une activité métabolique, les phénomènes qu'ont subis les vaisseaux enossiens…

– Même la transformation d'un navire en bulle d'eau ?

Il faisait bien sûr référence au drame ayant touché le bâtiment enossien *Enel 212* le 25ème 5 612.

– C'est impressionnant, je sais. Mais oui, théoriquement, c'est possible. Chaque atome se serait décomposé en protons, neutrons et électrons, et se seraient réassemblés pour retrouver une certaine stabilité.

– Je n'y connais rien hein, avança Arkanther pour paraître le plus humble possible, mais l'eau est composée d'oxygène, et pourtant, ce n'est pas l'élément chimique le plus simple.

Alanie ne put cacher l'étonnement impressionné qui sculptait son visage.

– Vous avez totalement raison. Mais comme l'a dit le docteur Alak'anolap'onagat, les particules Bionos augmentent considérablement les probabilités d'évènements quantiques. Par nature, ces évènements sont imprévisibles. On ne peut pas savoir comment les particules vont réagir à telle ou telle espèce chimique. Visiblement, à cet instant donné les matières constituant le *Enel 212* se sont aussi réorganisées en atomes d'oxygène, pour former des molécules d'eau. C'est la forme moléculaire la plus stable qui pouvait en résulter.

– De plus, ajouta Alak'anolap'onagat, vous avez bien remarqué que cette eau était liquide. Dans l'espace, la pression et la température ne permettent pas cet état. Ça montre que les particules ont également une influence énergétique et modifient les conditions environnementales. Il fallait une modification de la température pour garder de l'eau à l'état liquide. On l'a bien vu aussi avec les catastrophes décrites par l'équipage des autres vaisseaux. Les murs fondus, les objets et les personnes qui prennent feu. Les modifications de la gravité…

Enex Arthinniam saisit ici une opportunité pour avancer le sujet de sa première préoccupation.

– C'est vraiment passionnant, docteurs. Alors selon vous, ces éléments pourraient-ils permettre de mettre en place une stratégie utile pour apaiser les tensions avec l'alliance des mondes ?

Tout le monde réfléchit un instant. Les deux chercheurs s'envoyèrent un regard. C'était sur ce genre de sujets qu'ils avaient longuement discuté avant de repartir vers le territoire Dialonis. Et pourtant, quelque chose leur suggérait que ça ne serait pas si facile.

– On pensait laisser nos conclusions publiques. On estime que les scientifiques enossiens reconnaitront la solidité de la théorie dimensionnelle des epixis.

– Vous êtes un peu naïve docteure, fit Enex, abandonnant toute diplomatie. Leurs dirigeants sont comme les nôtres. Ils ne vont pas lâcher l'occasion de nous accuser de conspirationnisme. En plus, je ne pense pas que ça soit une bonne idée de confirmer les accusations de collaboration avec les epixis faites par la première ligue. Avec ces révélations qu'elle a annoncées, et leur attentat déguisé pour nous faire détruire l'*Unorma 26*, ils ne vont pas se contenter de ça.

– Je suis navré de devoir me ranger du côté de sheev Arthinniam, déclara Dek avec plus de délicatesse. La nature des particules Bionos semble être enfin bien décrite, mais vos données n'infirment pas la possibilité d'une création artificielle de cette substance. Le trio impérial d'Enoss aura toujours de quoi nous contredire.

Sans laisser les scientifiques capituler sur ce point, la représentante de la défense dialonis poursuivit sa première idée :

– On ne vous accuse bien sûr de rien. Et heureusement, nous avons une autre option. Vous parliez d'énergie juste avant. Vous pensez que ces particules ou ces rayonnements Bionos peuvent être contrôlés pour exploiter cette énergie ?

Alanie et Alak'anolap'onagat furent déstabilisés. Le rylott fut le premier à réagir.

— Visiblement vous n'écoutiez pas lorsqu'on a détaillé l'aspect probabiliste des phénomènes Bionos. Les réactions entre la substance et les conditions extérieurs sont absolument imprévisibles.

— Laissez-moi vous présenter ce qu'ont fait les équipes du GLA pendant votre absence, rétorqua Enex, haussant le ton face au petit rylott impertinent.

Pour accentuer son effet, elle se leva et commença à déambuler autour des participants à la réunion.

— En début du vol-dôn dernier, la sphère encadrant le nuage a subi des assauts. Ça a poussé notre gouvernement à prendre des décisions. Avec l'accord de sheev Banneoff, ici présent, le Grand Laboratoire d'Agastya a commencé à développer des projets de militarisation des particules Bionos. Je vous demande si vos nouvelles données pourraient nous permettre de parfaire le développement afin de concevoir un produit stable.

« Projet de militarisation ».

« Militarisation… ».

Le mot résonnait dans le cerveau d'Alanie.

— Pardon ? dit Nexos en sortant d'une longue inactivité.

Visiblement, elle n'était pas la seule personne interloquée par l'annonce. Enex s'efforça de rester la plus solide possible sur sa position.

— Oui. Le département d'ingénierie et de physique particulaire a développé un moyen d'encapsuler les particules Bionos pour en faire des projectiles. Nous sommes en phase d'application. Pour l'instant, on a réussi à concevoir des tourelles fixes qui tirent des micro-capsules contenant des particules Bionos, pour l'armée de terre. Malheureusement, concernant l'armement spatial, les obus Bionos ne résistent pas à la technologie de propulsion par accélération magnétique.

— Heureusement, vous voulez dire ! s'emporta Alanie qui se leva à son tour. Je rêve ! Karlas, t'as accepté ça ? C'est pas possible.

– Alanie, calme-toi, minimisa l'estero.

– Il faudra clairement un bon argument pour ça !

Alak'anolap'onagat se tassa encore plus sur son fauteuil. Il avait peur. Il n'avait jamais connu une telle colère chez sa collègue. De même, les quatre techniciens qui n'avaient jusque-là proposé que peu de valeur ajoutée à la discussion, furent encore plus gênés de leur présence.

– Calme-toi ! répéta Karlas avec plus d'insistance. Déjà, il dit que j'ai donné mon accord, mais il faudrait plutôt dire qu'ils m'ont *imposé* de valider le projet.

– Et surtout, avança le général Bhernam, la situation qui s'est aggravée, et votre expédition toujours en cours, il a fallu utiliser toutes nos ressources pour protéger le système.

– Vraiment, déclara Nexos, je me demande comment vous avez pu survivre dans cet univers avec aussi peu d'intelligence.

– Vous vous rendez compte que c'est exactement ce dont on accuse notre fédération ? interrogea Alanie en soutien de Nexos. C'est justement ce qui déclenche ce conflit ! Tout le monde nous accuse d'avoir créé une arme contre l'empire enossien !

– Pas les détenteurs de la Vérité, ajouta Alak'anolap'onagat dont les ronronnements furent si faibles que personne ne les remarqua.

– Nous n'avons pas les moyens de repousser Enoss et tous les autres, continua Enex, passant sur le mépris du biologiste. Il nous faut un avantage.

À la surprise générale, Nexos, se leva et grimpa sur la table pour s'approcher légèrement de la hauteur de l'estero.

– On ne doit pas militariser quelque chose qu'on ne comprend pas, et même qu'on ne maîtrise pas. Les conséquences pourraient être pire pour nous.

Les yeux d'Enex s'étirèrent encore plus et visèrent le dialon.

– Il y a bien une époque où on ne comprenait pas la structure de la matière comme maintenant, et ça n'a pas empêché les humains de créer la bombe atomique.

C'était vrai, elle n'avait pas tort sur ce point. Alanie ne se découragea pas pour autant.

– Et donc ça vaut le coup de refaire les mêmes erreurs ? Vous pourriez impacter vos propres vaisseaux ! Ou alors exploser vous-même en lançant un tir !

– Ou encore créer une supernova en plein dans le système Gocélian, ajouta Nexos toujours perché sur la table.

– Exactement. Vous comprenez que ça mettrait en danger des millions de personnes.

Karlas continua, toujours dans l'optique de calmer les esprits :

– Pour l'instant de toute façon, les armes Bionos sont uniquement utilisées pour la défense du GLA puisqu'elles ne sont pas encore au point pour les combats spatiaux.

– Quoi ? s'étrangla la physicienne. Mais c'est encore pire !

– Vous voulez dire que des armes Bionos terrestres sont déjà installées ? s'inquiéta Nexos.

– En sécurité du GLA, oui.

– Non mais attendez, sheev Arthinniam, vous n'avez clairement pas l'air de comprendre. La dangerosité de ces particules vient de l'aléatoire. On ne sait pas comment elles vont réagir à un instant donné sur une matière donnée. On ne peut pas le prévoir ! Selon les lois de notre univers, dans la plupart des cas, cela entraîne des situations dangereuses, on l'a déjà vu en plein dans l'espace, avec peu de matière dans l'environnement. Imaginez en surface ! Entouré d'atmosphère ! Des situations dévastatrices peuvent clairement arriver.

– Le fédérateur Wuxi accepte de prendre le risque.

Alanie se laissa tomber dans son fauteuil, dépitée.

– Alors tout va bien… murmura-t-elle. Si le patron accepte les risques…

– Alanie… commença Karlas, essaye de comprendre le point de vue de…

– On devrait se concentrer sur un moyen d'arrêter la guerre, souffla-t-elle sans conviction.

– Si vous m'apportez une solution pour ça, je suis preneur, tonna Enex. En attendant, j'ai une armada enossienne qui cherche à attaquer notre population à chaque seconde qui passe.

– Donc pour résumer, notre expédition n'a servi à rien ? Vous allez faire des armes à partir des particules Bionos et vous nous empêchez de partager les connaissances scientifiques faites sur Epixus ?

– Je suis désolée docteure, la situation a évolué trop drastiquement avant votre retour. Trouver une solution pacifique ne me semble plus envisageable, et je ne préfère pas que l'on dévoile le peu d'avantages que vous nous avez apportés. Exploitez vos découvertes autant que possible, mais si vous ne pouvez pas apporter la preuve du caractère naturel de ce phénomène, je vais vous demander de laisser l'armée s'occuper de tout ça.

Alanie se fit violence pour s'empêcher de renverser la table de fureur. Elle se leva et fondit sur la porte.

– Où est-ce que vous allez ?

– Trouver un moyen de refermer cette maudite brèche ! explosa-t-elle.

La physicienne sortit de la pièce après avoir écrasé son poing sur la commande d'ouverture de la porte.

Dek Hi se tourna vers Nexos.

– C'est bon, vous pouvez descendre de la table maintenant, professeur Adun ?

*
* *

Orbite d'Agastya, le 9ème 5 614, à 17 ill-dôn.

– Navires en position vice-amirale !

– Engagez !

Lilio ne le réalisait pas, mais elle se sentait enfin revivre. Elle éprouvait une vraie satisfaction à reprendre les activités qui définissaient sa vie. Son rôle, ses fonctions et sa

261

responsabilité. Revenir au commandement de la flotte dialonis lui avait fait retrouver toute son énergie. Même si, au cœur de l'action, elle n'avait pas le temps de s'en rendre compte.

Cinquante des quatre-vingt navires de guerre dialonis restants étaient positionnés entre la planète Agastya et l'accélérateur spatial qui formait un anneau artificiel autour d'elle. L'immense anneau de matériaux composites avait une épaisseur de trois mille sept-cents mètres et protégeait donc aisément même les plus grands bâtiments de la flotte dialonis. Les autres bâtiments poursuivaient leurs assauts contre les plus petits engins du MALANA et des détenteurs de la Vérité. La petite flotte de la première ligue n'entrait pas directement dans le conflit. Comme prévu, l'armada enossienne semblait réticente à attaquer la structure pour toucher ses ennemis. Il en allait de même pour les trente-deux bâtiments swas qui avaient trouvé position entre l'accélérateur et les navires discoïdaux d'Enoss. Ils craignaient également de mettre en danger le groupe du MALANA encore en mission à l'intérieur. La différence avec les vaisseaux enossiens, placés à des centaines de kilomètres de là, était que les engins swas étaient très proches et à découvert pour les dialonis.

Les engins fédéraux avaient soigneusement calculé leur visée. Il fallait ajuster la position et l'angle des canons, mais aussi prendre en compte le déplacement des cibles, pas toujours recligne ni uniforme. Les opérateurs devaient démontrer tout leur talent sur les consoles de calcul.

Puis, le tonnerre insonore éclata de manière parfaitement coordonnée. Les bouches meurtrières laissèrent sortir leur projectile explosif propulsé à une vitesse folle sur leur objectif. Tout se passa en une fraction de seconde. Les swas n'étaient pas préparés. Leurs vaisseaux de forme gracieuse aux courbes asymétriques et au revêtement nacré qui renvoyait la lumière en un spectre coloré qui formait des lignes irisées glissant sur les coques, subirent de plein fouet l'agression sèche des bâtiments dialonis. Mais comme l'avait prévu Lilio, les tirs arrivèrent avec un angle tellement rasant qu'ils furent réfléchis sans difficulté vers l'espace par les couches énergétiques de défense swas. Les techniciens avaient calculé qu'en moyenne, chaque vaisseau perdrait sur l'instant seulement dix pourcents d'énergie alimentant les écrans réflecteurs. Pour détruire un vaisseau swas, il fallait l'attaquer avec un tir possédant l'angle le plus perpendiculaire possible à la coque. Les courbes de leur structure rendaient l'action encore plus difficile.

La manœuvre de la vice-amirale Fress-el permettait d'atteindre les navires enossiens masqués par l'accélérateur spatial. Attaquer sans être attaqué. L'opération fut un succès. Les trente-huit bâtiments de l'alliance des mondes furent frappés par surprise et avec force par les tirs réfléchis sur les véhicules blancs. L'intention était de les incapaciter au maximum et ainsi donner du répit à l'armée fédérale.

Chacun avait défini une cible adaptée à son tonnage. Les corvettes visaient des vaisseaux de mêlée, les frégates visaient des vaisseaux de combat, les nefs, des porteurs à drone et les croiseurs ciblaient les vaisseaux de bataille... Les deux vaisseaux amiraux ainsi que le vaisseau de commandement *Chalalamounkour*, malgré sa classe inférieure, avaient attaqué le vaisseau-mère géant *Gel-Tak*.

– les petits malins ! beugla silencieusement[89] le seigneur de guerre Glek Helldenton, dans le *Gel-Tak*.

Son second, le commandeur enossien Osgal Leton, était sur le qui-vive.

– Rapport d'avaries ? hurla-t-il.

– Liaison avec la section de maintenance, répondit l'elt Liyuri Frotel de la communication, après avoir appelé les concernés. Trois brèches aux niveau cinq, sept et douze. Elles sont contenues. Le champ de protection fonctionne toujours.

– Propulsion ?

– En ordre.

Glek ordonna la mise en relation de tous ses commandants, dans chaque vaisseau de l'armada. Il en tira un bilan plutôt fâcheux. Deux vaisseaux de mêlée et un vaisseaux de bataille léger détruits, neuf autres bâtiments n'étaient plus en état de se

---

[89] Il est ilith, et ne formule donc pas de mots audibles.

déplacer, et les plus petits avaient perdu la quasi-totalité de la puissance qui alimentait leur champ défensif.

– Manœuvre d'évitement pour tous les effectifs en état. On ne va pas les laisser reproduire ce désastre ! ordonna Glek. Que les porteurs envoient les drones derrière l'accélérateur.

– Et pour les vaisseaux lourds Seigneur ?

– Il est temps de presser notre objectif.

Lilio décortiquait attentivement toutes les informations données par l'hologramme tactique de la centrale de commandement. On y voyait la ligne formée par les cinquante vaisseaux dialonis, derrière l'anneau du centre d'étude particulaire spatial. À côté, on pouvait dénombrer les trente-deux bâtiments militaires de la flotte swas, pris au dépourvu par l'attaque coordonnée de Lilio. Plus loin, au large de l'anneau, s'agitaient les trente-huit vaisseaux enossiens. Et, partout autour de la planète, y compris autour de la zone Bionos, la vingtaine de vaisseaux de croisade de l'institution des détenteurs de la Vérité ainsi que les nombreux engins civils associés au MALANA voletaient pour maintenir le blocus des usines et harceler les vaisseaux des deux grandes puissances galactiques.

– Là ! cria Lilio en étendant un membre sur un point particulier de l'hologramme.

Parmi ces nuées, la vice-amirale Fress-el venait d'identifier le *Humble Prophète*, représenté par une bille lumineuse pourpre. Les vaisseaux sur lequel elle était restée captive plus de cent-vingt jours.

– Vice-amirale ? s'inquiéta Torin en accourant vers elle.

– Visez ce tas d'excréments ! ordonna-t-elle en touchant le point pourpre.

Cela permettait d'indiquer aux artilleurs l'objectif à abattre.

– Vice-amirale, la principale menace reste la flotte de l'alliance.

La galon daigna accorder un regard à son second.

– Torin, j'ai perdu un vol-dôn de ma vie à cause de cette crevette[90], et son culte à la noix[91] ne fait qu'empirer la situation. On a une belle opportunité, alors si tu me fais la louper…

– D'accord, bien sûr, se précipita Torin, empêchant ainsi sa supérieure d'énoncer sa menace.

– Calcul de tir effectué, annonça une voix estero qui devait être celle de Khuja Heung, le responsable de l'artillerie du *Chalalamounkour*.

– Enclenchez le tir !

Les batteries à accélération magnétique mettaient un certain temps à charger leurs condensateurs. Cette charge était détectable par des senseurs spécialisés. La flotte enossienne n'avait pas manqué de remarquer la préparation de l'attaque dialonis, mais n'avait pas jugé nécessaire de s'inquiéter, étant donné que les canons visaient les bâtiments swas. La stratégie de la vice-amirale Fress-el avait surpris tout le monde. Mais la deuxième salve pourrait maintenant être anticipée. Ainsi, dans le *Humble Prophète*, la détection avait déjà enregistré la préparation d'un second tir du *Chalalamounkour*. Et les résultats des calculs ne faisaient aucun doute : le *Prophète* était ciblé.

– Sortez-nous de là ! aboya Nohiro à ses servants.

– Grand Inspirateur, le temps de changer de direction, leur canon aura tiré !

– Alors freinez simplement ! Leur tir nous passera devant la coque.

---

[90] Adaptation en langue terrienne. Lilio fait référence à Nohiro Modekaï. En réalité, Lilio Fress-el ne connaissait pas l'animal terrestre nommé crevette. Elle a utilisé le mot « Geîdre », une espèce de Dialonis. Il a été décidé d'adapter ainsi le mot énoncé, pour refléter l'idée que le personnage a cherché à transmettre ici un qualificatif méprisant, utilisant le nom d'un animal jugé insignifiant, et possédant plus de pattes qu'un dialon, pour servir de comparaison aux allhzatz, la race de Nohiro.
[91] Même idée. Elle ne connaît pas les noix terriennes.

Molool Steniff, la pilote goxlek du vaisseau, se gratta la tête. Elle essaya de compiler toutes les données visibles sur son écran tactique. Mais même l'option de freinage serait dangereuse. Le *Humble Prophète* était un véhicule particulièrement lourd. Toute modification de son mouvement nécessiterait un temps trop long, ce que pourrait mettre à profit le *Chalalamounkour* pour ajuster sa visée pendant le chargement de la batterie.

– Inspirateur, (elle avait laissé tomber le « grand » dans la panique) ils ne vont pas nous lâcher…

– Mais c'est pas vrai ! Dites-lui de changer de cible ! hurla-t-il en pressant lui-même les touches pour entrer en contact avec le vaisseau amiral dialonis.

Mais avant de pouvoir joindre Lilio, le servant principal de la Vérité reçu un appel de son second et ami Janoll, depuis le *Prêcheur numéro trois*.

– *Grand Inspirateur, vous êtes la cible des dialons !*

– Je le sais déjà, tu penses bien ! Ça valait le coup de m'appeler !

– *Pardon. Mais d'après leur premier tir, il ne reste que deux eso-dôn*[92] !

– JE SAIS DÉBILE !

– *Tu ne mourras pas Grand Inspirateur. Tu continueras à diriger l'institution.*

Il y eut une pause que Nohiro ne prit pas la peine de décrypter. De même que le changement d'adresse plus familier. Puis Janoll reprit la communication.

– *Yolldun à tout l'équipage du* Humble Prophète.

Sa phrase fut suivie d'une exclamation générale faite par le personnel de la centrale du *Prêcheur numéro trois*.

– C'est pas le moment de faire la fête chez vous, Janoll. Attaquez le *Chalalamounkour*, je sais pas ! Combien de temps ?

– Quarante ka-dôn [93].

---

[92] Trente secondes terriennes environs.
[93] Moins de sept secondes terriennes.

– Janoll! Tous les bâtiments ! Faites quelque chose !

– « *Et j'appris alors le sens du devoir et du sacrifice. Je me plaçai devant le danggo furieux, protégeant l'epinyal innocent. Je me joue bien du mal et de la douleur, car il apporte le salut d'autrui*[94]. » *Inul Onegar, Nohiro.* Termina Janoll.

D'un coup, la communication fut coupée. Nohiro s'en étonna, et questionna du regard une des opératrices des communications. Il lut sur sa physionomie un total désarroi.

– Eh bien, Jefriss ?

Celle-ci resta parfaitement immobile. Seule sa bouche s'anima.

– Ce n'est pas un problème de radio, Grand Inspirateur.

Nohiro eut alors un mauvais présentiment. Il orienta ses grands yeux vers l'affichage tri-dimensionnel des combats, et chercha la représentation du *Prêcheur numéro trois* de Janoll. Sans lâcher l'hologramme du regard, il interrogea son équipage.

– Où est Janoll ?

Mais au fond de lui, il avait déjà la réponse.

---

[94] Versets cinquante-cinq des écrits sacrés de Kheïel Dermeng, fondatrice du culte de la Vérité.

Chapitre XXIV

Accélération spatiale

Accélérateur spatial d'Agastya, le 9ème 5 614, plus tôt, à 10 ill-dôn (plus de trois heures plus tôt).

– Comment ça, « il n'y a plus rien » ? Tu n'es pas en train de dire qu'on est là depuis trois ill-dôn, attaqué par la fédération, pour *rien* !

– Tu veux vraiment que je te répète tout ce que je viens de dire ? D'accord, alors : « il n'y a pas d'échantillons ici. Il y en avait cinq-cent quatre-vingt-seize, éparpillés dans l'anneau, …

– Ça va, on n'a pas le temps pour ton humour.

– Je savais qu'ils déménageaient le personnel et les échantillons de la station vers la planète. J'espérais qu'ils n'aient pas encore fini. On arrive trop tard.

Zoonooque releva son mellah, prête à l'action. La fusillade n'avait pas perdu sa vigueur. Les étincelles inondaient la vaste salle de contrôle et des fumées toxiques étouffaient l'atmosphère. Velnel Effrant, la galon du MALANA qui pratiquait le guejei[95], s'en donnait à cœur joie. Elle mettait en action tous ses membres, ses quatre jambes et sa trompe dorsale, tournoyant sur elle-même avec une maîtrise agile et une violence grâcieuse. Elle faisait pleuvoir les coups sur ses congénères de la fédération de Dialonis qui peinaient à faire avancer leurs positions. Velnel était couverte par les autres adhérents du mouvement ainsi que deux combattants de la ligue anti-Dialonis. Pour finir, il y avait de son côté Olben Bee, le robot majordome de Taroc Diarond. Son attitude au combat contrastait si bien avec sa version passive qu'on aurait pu le confondre avec un autre modèle. Ses gestes d'ordinaire fluides et doux étaient maintenant vifs et précis. Il orientait ses index, d'où partaient des tirs meurtriers, à la vitesse du son,

---

[95] Art martial dialonis.

mitraillant les positions des soldats dialonis avec une précision nanométrique. Chaque tir était calculé et avait un but défini, pas un simple hasard.

Avec les ravages qu'il faisait dans les rangs militaires, le robot avait vite été identifié comme une cible prioritaire. Plusieurs tirs se dirigèrent en continu sur la machine.

– Olben, à couvert ! pria Halhazakh depuis son abri.

La destruction du majordome mécanique ne lui posait aucun problème, bien au contraire, mais il craignait la réaction de Taroc si cela arrivait.

Pourtant, les rayons n'atteignirent jamais le corps d'Olben. Leur énergie vacillait et perdait leur intensité en approchant de leur cible. Ils semblaient s'évanouir dans l'air autour de lui avant de toucher son enveloppe. Cela rappela au mercenaire la technologie qu'il voyait d'ordinaire sur des vaisseaux spatiaux de combat.

– N'ayez crainte, Halhazakh.

– Enfoiré, tu as un émetteur de champ protecteur personnel !

– On me l'a installé avant de revenir à Gocélian. L'appareil est enfin opérationnel après plusieurs vol-dôn de développement.

Le robot conversait toujours posément malgré le raffut de la fusillade.

Un tel équipement était dangereux pour toute forme de vie organique, mais Olben était de nature synthétique. Il forçait ainsi la fédération à maintenir sa position. L'androïde parvenait à abattre quelques soldats, faisant ainsi reculer le reste de l'escouade. De l'autre côté de la pièce, la situation était différente. L'incursion de l'autre groupe militaire était plus efficace. Les dialons se répandaient dans la salle à coup de salves de plasma et de grenades à fragmentation. Deux membres de l'association Laminis étaient tombés, blessés, et l'un était presque mort.

– Esra ! s'écria Ostrange en accourant.

– Reviens là Ostrange, avertit Khahakar en tirant la galon vers lui pour la mettre à l'abri.

En revenant sur ses pas, Ostrange remarqua de l'agitation du côté de la console où Zoonooque et Halhazakh se tenaient depuis leur arrivée. Elle décida de les rejoindre en rampant.

– Qu'est-ce qu'il y a ? demanda-t-elle en essayant de dominer les sons des combats.

– On doit partir, on n'a plus rien à faire là, avoua la cheffe de la ligue militante.

– Vous avez trouvé les stocks d'échantillons ?

– Non, enfin oui. Il n'y en a qu'en surface. Ils ont entièrement vidé l'accélérateur.

– Vraiment ? Mais comment on va repartir ? Ils nous coupent la route !

Halhazakh réfléchit rapidement et trouva une option qu'il présenta :

– On peut sortir de la salle par la zone de test en longeant le collisionneur. Vous pourrez contacter les vôtres sur le chemin.

Le swas se rappelait évidement de sa fuite du GLA lors de son opération avec Diln et Elloy, où ils avaient longé l'accélérateur sous-terrain du complexe terrestre.

Zoonooque et Ostrange hésitèrent en s'observant.

– Je crois que c'est la seule possibilité. Ce n'est pas dangereux ? s'inquiéta la fondatrice du MALANA.

– Non, tout est éteint, rassura Zoonooque. Mais on y va à l'aveugle, et ça, c'est dangereux.

– J'ai de quoi nous repérer, même si le plan est immense, assura Halhazakh qui avait toutes les informations nécessaires grâce au travail d'Elloy.

– Alors c'est parfait. On y va !

– Qu'est-ce que c'est poétique, galon et enossienne s'alliant par nécessité, claironna le swas.

– Ferme-là, cracha Zoonooque sans saisir la notion de poésie[96].

Les trois camps contactèrent leurs troupes de vive voix ou par res-com pour leur intimer de se rapprocher de l'immense

---

[96] Les cultures enossiennes n'ont jamais développé le concept d'art, à l'instar des rylotts.

vitre qui s'étendait entre les deux portes de la salle où se déroulaient les fusillades. Ce mur transparent séparait la salle de contrôle de la zone de tests expérimentaux. C'était derrière lui que courait la structure du collisionneur de particules géant, faisant le tour de la planète Agastya. Tout en continuant de tirer, les groupes du MALANA et de la ligue se retrouvèrent au milieu de la salle, devant la baie d'observation. Pour rejoindre les coursives de maintenance, il fallait normalement utiliser des accès présents hors du centre de contrôle, mais ceux-ci étaient bloqués par les escouades fédérales. Il fallait donc prendre des mesures plus directes.

Zoonooque activa son mellah dans un grand geste dirigé vers la fenêtre. La boule gravitique la fit entièrement exploser.

– Allez-y ! cria Ostrange.

Beaucoup de combattants du mouvement Laminis n'avaient pas encore remarqué les intentions de leur meneuse, trop concentrés à rester en vie dans le déluge de feu. Mais voyant Ostrange, bientôt rejointe par Khahakar, se précipiter vers la baie brisée, ils délaissèrent peu à peu leur position et battirent en retraite. Seuls quinze membres du MALANA étaient encore en vie. Derrière l'ouverture nouvellement formée, un vide séparait la salle de contrôle de la plus proche des passerelles de service suspendues, longeant l'énorme anneau du collisionneur de particules. Il faudrait sauter pour la rejoindre. Cela avait freiné l'élan de beaucoup de simples citoyens du MALANA. Sous la pression des tirs déchirant l'air derrière eux, ils finirent par se lancer dans le vide, les uns après les autres, pour se réceptionner tant bien que mal sur la grille. Devant eux se dressait le cœur expérimental de l'infrastructure orbitale d'Agastya : le collisionneur de particules. Son épaisseur mesurait plus de trois-cents mètres de diamètre, et il faisait bien évidement le tour de la planète. Cela représentait un périmètre de près de vingt mille kilomètres. Sa hauteur était telle que, de là où ils étaient, les trois groupes infiltrés ne parvenaient pas à bien apercevoir sa courbure. Personne ne pouvait distinguer le sommet ou le bas de l'anneau au revêtement noir, seulement les nombreuses passerelles grillagées suspendues à différents niveaux et les escaliers qui encadraient la structure. Il était difficile d'imaginer qu'à l'intérieur de ce conduit de test, on faisait passer des particules des milliards de fois plus petites et que l'on pouvait précisément suivre leurs trajectoires.

Les trois équipes fonçaient sur les grilles qui suivaient le collisionneur sur un étage intermédiaire.

– Plus vite ! pria Khahakar à ses soldats. Ils nous suivent.

Les troupes fédérales s'engageaient à leur tour sur les passerelles avec plus de vivacité que les membres de l'association Laminis. Leur position était plus intenable qu'à l'intérieur de la salle de contrôle car il n'y avait ici aucun obstacle pouvant les protéger des salves meurtrières.

– Olben, héla Halhazakh, mets-toi derrière tout le monde et protège le groupe !

Le robot suivit à la lettre les injonctions programmées dans son cerveau synthétique qui lui intimaient d'exécuter les commandes du swas si elles n'allaient pas à l'encontre de la volonté de son vrai maître, Taroc. Le majordome laissa donc passer les derniers infiltrés et plaça son corps sur la trajectoire des attaques les plus à même de les atteindre. Les traits d'énergie s'évaporaient toujours avant de toucher les vêtements d'Olben sous l'action de son champ dispersif individuel. La vingtaine d'infiltrés courait à l'aveugle dans le dédale de passerelles suspendues et d'escaliers qui traversaient l'immense espace vide qui contenait le collisionneur. À leurs trousses, les soldats dialonis, toujours plus nombreux, menaient l'assaut sans relâche. Olben faisait un travail formidable pour protéger le groupe. Mais cela finit par inquiéter Ostrange :

– Combien de temps il va pouvoir tenir comme ça ? demanda-t-elle à Halhazakh, essoufflée.

– Je ne sais pas. Mais s'il crève, ça m'arrange, rétorqua le swas en envoyant une salve sévère de son I-Tau 32 sur les militaires derrière, touchant deux d'entre eux au passage.

– Mais sans lui on est à leur merci !

– Ce qui m'inquiète, moi, c'est qu'on ne sait toujours pas
où on va ! s'énerva Zoonooque.

– C'est à moi de tout faire ? Je n'ai qu'un petit jet dirigeable
à distance à l'extérieur. C'est vous qui avez des flottes
entières !

Honteuse d'avoir négligé son compagnon, Ostrange
contacta Nerbia dans le *Gaad*.

– Nerbia ? Tu es là ?

– *Ah j'attendais des nouvelles ! On a vu des troupes
fédérales entrer dans l'accélérateur !*

– Oui, et justement, on essaye de s'échapper. Tu pourrais
nous récupérer ?

– *Vous ne pouvez pas revenir par l'entrée ?*

– Ils nous ont coupé la route.

Nerbia, nerveux, agita ses tentacules buccaux. Il goba une
dizaine de cailloux pour contrer son angoisse. Les bruits de
mastication n'échappèrent pas à Ostrange.

– Je t'entends manger, Nerbia. Arrête un peu, ça va faire
grossir tes écailles[97] et tu vas encore te plaindre qu'elles
accrochent tes vêtements !

– *Oh ça va !*

Il observait les quelques images de la station orbitale qu'il
possédait.

– *Je crois qu'il y a des plateformes d'amarrage toutes les
trois mille frasques[98] ! Vous êtes où ?*

– Trois mille ! On n'y arrivera jamais !

– *Vous êtes où, comète ?*

– Attends… Je sais pas, on est… On est dans le cœur de
l'accélérateur. On est parti par…

– Vers l'est, lui indiqua Khahakar.

– Vers l'est, répéta Ostrange.

---

[97] Rappel : les dialons assimilent du silicium dans des composés minéraux
pour leur métabolisme. Une partie permet la croissance et la consolidation
des écailles dorsales.

[98] Seize kilomètres.

– D'accord, je vais essayer d'amener un transporteur sur la plateforme suivante.

– Merci ! Je te tiens informé.

– Tout va bien se passer, dit l'elis pour se rassurer lui-même plus que sa compagne.

– Je t'aime, dit-elle avant de ranger son res-com.

– Alors ? C'est quoi ces trois mille ? s'inquiéta Khahakar.

– C'est la distance entre nous et la porte de sortie. Un transporteur sera là-bas.

– Je confirme, grogna Zoonooque qui venait elle aussi de contacter son pilote, Ikaku.

Un trait d'énergie frôla le haut du corps d'un estero juste derrière eux.

– Garyan ! s'écria Ostrange.

– Ça va, fit le colosse. Ça a juste creusé ma carapace.

– On va pas tenir, commenta Swot. Il nous faudrait une plus grande puissance de feu pour réduire leur nombre.

Halhazakh réfléchit à ce que venait de dire son amie. Il ne voyait rien autour de lui qui pourrait faire l'affaire, mais il eut rapidement une idée. Elle fut si simple qu'il se maudit de ne pas y avoir pensé plus tôt. Il s'arrêta et décrocha une grenade de son paquetage. Il l'activa et la lança à l'arrière de la troupe. L'engin explosa, faisant fondre le métal des passerelles derrière le groupe qui avait déjà atteint l'étage supérieur. Les poursuivants étaient bloqués.

– Le service de Taroc ne t'a pas tant ramolli, finalement, se moqua Zoonooque de loin.

– Ferme ton trou[99], Zoonooque.

Elle ouvrit la bouche par défi pour boire une rasade de vinone avant de s'élancer de nouveau dans la course en rigolant.

Les tirs se firent plus intenses. Maintenant bloqués, les soldats de la fédération consacraient leurs forces à attaquer, à défaut de pouvoir courir. Mais rapidement, une option leur permit de continuer la poursuite. Une quarantaine de grapins

---

[99] La bouche enossienne, au sommet de leur crâne.

furent envoyés sur la rambarde de la passerelle supérieure, hissant les soldats au niveau des fugitifs.

– Parka Niebr ! grommelèrent plusieurs dialons.

La course-poursuite dura ainsi deux heures et demi. Après un temps à arpenter les grilles de maintenance suspendues dans l'espace autour du grand collisionneur de particules, les groupes avaient rejoint les couloirs plus étroits de la station, guidés par Halhazakh. L'armée dialonis continuait son harcèlement à l'arrière de la file d'infiltrés. Olben faisait toujours office de bouclier en absorbant les rayons des soldats et répliquant lui-même avec ses propres armes. Il était épaulé par les meilleurs combattants du MALANA et de la ligue anti-fédération. Le salut espéré n'était plus très loin, mais Ostrange, à bout de forces à cause de son manque d'habitude des efforts physiques, s'inquiétait de plus en plus de la tournure des évènements :

– Khahakar, écoute-moi ! Franchement, depuis le temps, tu penses pas qu'ils ont compris où on va ? Ils vont nous attendre à la plateforme, et ils vont empêcher Nerbia de nous récupérer !

– Je sais, j'y ai pensé aussi. Mais on n'a pas d'autre option.

Zoonooque, qui les entendait malgré les bruits de tirs et les impacts puissants tout autour, se permit d'intervenir :

– Je compte sur mes troupes. Ils feront tout pour tenir la plateforme dégagée. Tu devrais demander à ta flotte d'en faire autant.

C'était la chose à faire. Elle leva son res-com, mais celui-ci se déclencha avant qu'elle ne le fasse.

– *Ostrange !*

– Oui, oui ! Je suis toujours là. On arrive bientôt. Tu n'as pas vu de mouvements de la fédération vers notre porte de sortie ? La voie est dégagée ? Pas de nouvelles troupes entrées ?

– Si, justement. Mais c'est pas le pire.

Une violente secousse fit trembler les murs, mettant à terre plusieurs personnes. Les tirs s'arrêtèrent momentanément. « Ça doit être ça, le pire dont il parle », se dit Ostrange.

– Qu'est-ce que c'est ? Demanda-t-elle à la fois à Nerbia mais aussi à tous ses alliés présents sur place.

– Ça, déclara calmement Zoonooque, c'est un souci de niveau supérieur. Ikaku !

Le pilote allhzatz, toujours en attente dans le transporteur de la ligue, répondit présent.

– *Oui cheffe.*

– Qui vient encore nous tomber dessus ?

De nouvelles secousses ébranlèrent plus violemment la structure, entrecoupées de chocs de puissance variables, masquant les réponses d'Ikaku et Nerbia via les res-com.

– Répète ? tonna Ostrange.

– *La flotte des détenteurs de la Vérité se sont mis en ligne le long de l'accélérateur, et ils tirent sur l'anneau ! Ses boucliers ont déjà lâché !*

– Viôôôôœ ! rugit Zoonooque en étirant son injure.

Elle se retourna et, dans sa colère, lança six décharges gravitiques sur les soldats dialonis avec son mellah. Les impacts tordirent les parois du couloir, comme si elles avaient subi les coups d'un poing monumental. Des fuites de vapeur embrumaient l'intérieur de la coursive.

De nouveaux tremblements décidèrent les intrus à réactiver leur course.

– Qu'est-ce qu'ils veulent encore, ceux-là, cracha l'enossienne.

– C'est les seuls à ne pas vouloir préserver l'accélérateur, répondit patiemment Khahakar. J'imagine qu'ils le considèrent comme une provocation envers leur dieu.

– Mais la fédération ne va pas les laisser faire ! s'indigna Ostrange.

– Ils n'arrivent à rien depuis le début de cette crise. Ils sont dépassés.

Zoonooque venait de mettre tout son mépris dans cette phrase, prononcée pourtant sans la moindre prosodie, conformément à la langue enossienne.

– Elle a raison, confirma Halhazakh. On ne peut pas compter sur eux. Même s'ils aimeraient sûrement protéger leurs troupes, coincées comme nous ici. La plateforme de sortie ne va pas tenir sous le feu des détenteurs. On doit réfléchir à une autre option.

— Il doit bien y avoir aussi des sas du côté de la planète, non ?

Ostrange, qui se sentait toujours illégitime face aux gens d'actions autour d'elle, pensait avoir proposé une idée naïvement idiote.

Halhazakh s'arrêta, bloquant tout le groupe dans l'allée. Désormais, les secousses étaient continues. Tout le monde lutait pour tenir debout. Les dialons et les esteros, se déplaçant sur quatre membres, étaient avantagés.

— Mais oui ! Les navettes du GLA s'amarrent de l'autre côté. Ce côté est à l'abri des attaques. On va devoir demander de l'aide à vos flottes pour être protégé des vaisseaux fédéraux, mais on peut s'échapper avec une de ces navettes. Il en reste peut-être.

— Et comme ça, continua Khahakar, on va pouvoir continuer notre plan. On veut trouver les échantillons. On sait qu'il n'y en a plus ici. Mais en surface, c'est là qu'ils sont.

Ostrange remarqua son moral remonter légèrement. Les exclamations et la reprise des tirs des soldats dialonis les poussèrent à reprendre la course.

— Nerbia, fit-elle dans son res-com. Ça ressemble à quoi dehors ?

— *Ils s'acharnent. Il y a des trous dans la station. Comète, j'ai peur. C'est l'enfer ici. On peut pas rejoindre la plateforme, on serait en plein dans leur axe. Et de toute façon, elle est en train de partir en pièces.*

— Je sais, je sais. On va essayer de trouver une navette de l'autre côté de l'accélérateur, du côté de la planète. Si vous pouviez occuper la flotte Dialonis, ça nous aiderait.

— *Oui ! Oui bien sûr ! De toute façon ils sont en pleine débâcle là. Ils ont mis un gros coup aux vaisseaux enossiens mais maintenant ils prennent leur riposte, et celle des détenteurs. Foncez, foncez !*

– Merci mon étoile[100]. Je te rappelle quand on est en sécurité.

Lorsqu'elle replaça son appareil dans une poche, elle vit Halhazakh entrer dans une salle annexe, et le commando de la ligue se mettre en position de défense devant la porte.

– Il se connecte pour vérifier s'il y a un transporteur amarré, informa Khahakar en anticipation de la question d'Ostrange.

– C'est bon ! fit la voix de l'autre swas depuis l'intérieur. Suivez-moi !

Tout le monde se remit en marche, se tenant aux murs pour rester le plus stable possible.

– Vraiment pratiques, ces données volées, Halhazakh, avoua Zoonooque.

– Je n'ai pas de mérite là-dessus. Allez, encore presque sept-cents frasques[101] à faire.

Ils étaient sur le bord externe de l'accélérateur. Il leur fallait à présent traverser toute la section pour rallier le bord interne. Alors qu'ils s'apprêtaient à s'engager dans les couloirs qui les mèneraient au cœur du complexe, une nouvelle troupe de soldats dialonis apparut. Elle était arrivée par le premier objectif des intrus, la plateforme d'amarrage, et comptait leur couper la retraite, comme Nerbia l'avait signalé. Heureusement, cet objectif venait de changer. Le problème était qu'il fallait passer devant eux, et Olben ne pouvait pas protéger la file sur toute sa longueur. Les trois esteros du commando Laminis avaient agi immédiatement, cherchant à protéger les leurs en arrachant des panneaux muraux pour les transformer en boucliers à l'efficacité mesurée. En deux tirs dialonis, ils étaient inutilisables car les matériaux ne pouvaient résister à une telle énergie. Cela les obligeait à trouver de nouveaux moyens de défense. L'un d'eux s'esquiva dans une pièce annexe et revint en poussant un meuble imposant qu'il mit entre eux et les nouveaux soldats dialonis. Le champ protecteur d'Olben montrait les premiers signes de fatigue.

---

[100] Autre surnom affectueux.
[101] Trois virgule sept kilomètres.

– Allez, vite vite vite ! répétait inutilement Ostrange.

Lorsque tout le monde fut passé, exception faite d'Olben, elle s'adressa aux trois esteros, toujours occupés à concentrer les attaques des deux groupes fédéraux. Ils allaient bientôt être à court d'objets.

– Vous aussi !

– On va rester là et vous donner une avance, déclara Garyan dans un grondement sourd.

– Tu plaisantes ! Ils tirent pour tuer ! Venez, je vous dis.

Elle tentait en même temps de tirer un des bras lourds à elle, sans succès. Elle entendit Khahakar l'appeler de loin.

– Ostrange, reste pas là !

– Mais ils ne veulent pas partir !

– Ne t'inquiète pas pour nous, assura Kietsu. On va suivre ! Allez !

Cette fois, ce fut Khahakar qui était retourné sur ses pas, pour tirer le bras d'Ostrange. Elle le suivit avec réticence. Olben prit sa suite. Les trois esteros faisaient leur possible pour boucler l'entrée du couloir.

– Sheev Ketenis, appela le robot de sa voix qui demeurait douce malgré les soubresauts de sa course.

– Oui ? lâcha-t-elle par automatisme sans laisser filer ses nombreuses pensées.

– Je dois avertir sheev Kwhalka que je ne vais plus pouvoir tenir les assauts des troupes dialonis sans menacer l'intégrité de mon fonctionnement. J'ai le devoir de rester en bon état.

Encore une mauvaise nouvelle. Mais elle n'avait aucune autorité sur l'androïde de toute manière.

– Je comprends.

– Merci sheev, énonça-t-il en passant devant la galon.

Arrivé à l'avant de la file, il informa son coéquipier de sa situation. Halhazakh imagina tout de suite éliminer l'être synthétique en profitant de son état de faiblesse, mais cela demeurait impossible : même sans protection, le robot serait trop coriace, et il faudrait se mettre à plusieurs sur lui pour en venir à bout. La priorité était évidemment de fuir.

Le groupe fermait les portes au fur et à mesure de sa progression. Peu de temps après leur séparation avec le trio d'esteros, un tremblement plus violent que les autres résonna dans toutes les parois. Presque tout le monde tomba à terre. On pouvait ressentir des défaillances dans le ressenti de la gravité.

– Ça, c'est pas très rassurant, avança Zoonooque. Il faut s'activer.

La course était de plus en plus dure. La plupart des volontaires du MALANA avaient dépassé leur limite physique. Surtout que rejoindre la courbe interne de l'anneau spatial signifiait monter un nombre interminable d'étages, puisque c'était sa rotation qui permettait d'instaurer une gravité artificielle. Ils se dirigeaient donc en hauteur, de leur point de vue : vers le centre du cercle formé par l'accélérateur spatial. Et bien sûr, les ascenseurs n'étaient plus en état de fonctionnement. Les attaques de l'institution de la Vérité avaient eu raison des générateurs d'énergie de la section. La traversée de la station avait duré encore une heure, dans les secousses qui devenaient de plus en plus présentes, malgré l'éloignement des zones de tir. Au terme du trajet, le groupe tomba enfin sur la baie de décollage. Comme prévu par Halhazakh, une navette scientifique était posée, prête à servir les fuyards. Ostrange reprit son souffle, comme tous ses camarades. Les militants de la première ligue et Halhazakh, toujours vifs, entreprirent de les conduire à l'intérieur du véhicule.

– Allez, on y est presque. Où ça en est, dehors ? demanda le swas.

Son congénère contacta Nerbia pour laisser Ostrange se reposer.

– Nerbia, on est à la navette. Le champ est libre ?

– *Oui*, indiqua le commandant remplaçant du *Gaad*. *Vous allez vous retrouver face à tous les vaisseaux dialonis, mais nos petits appareils les occupent pas mal. En plus ils sont en déroute à cause des enossiens et des détenteurs qui avancent sur eux. Faites vite ! L'accélérateur va bientôt être découpé !*

Ostrange se joignit à la conversation.

– On doit attendre trois camarades. Ils sont restés derrière pour retarder les militaires.

– *Où est-ce que vous les avez lâchés ?* se renseigna Nerbia.

– Sur le bord nord, juste à côté de la plateforme où on se dirigeait.

Il y eut un blanc dans la discussion. Le compagnon d'Ostrange n'osait pas lui annoncer la nouvelle.

– Nerbia ? Tu m'entends ?

– *Oui, oui. Je suis désolé. Mais cette plateforme est complètement détruite. Je ne pense pas qu'ils aient pu survivre.*

Ostrange fut parcourue d'un frisson qui n'avait rien d'agréable. Le choc l'empêcha de bouger.

– Grimpe là-dedans ! caqueta Khahakar dans la précipitation.

Les jambes de la galon se mirent en mouvement mais son esprit resta sur la plateforme. Tout le monde était entré dans l'engin. Olben s'était placé sur le siège de pilote, et il était secondé par Sowt. Zoonooque tint informée Ikaku de leur objectif. Ils allaient chercher un moyen de se poser sur Agastya. Il était 20 ill-dôn.

*
* *

Orbite haute d'Agastya, le 9ème 5 614, à 20 ill-dôn.

Tous les équipages en présence dans le système Gocélian étaient en effervescence. La flotte dialonis venait d'attaquer celle de l'alliance des mondes en faisant rebondir leurs tirs sur les écrans défensifs des vaisseaux swas du MALANA. Une manœuvre désespérée mais diablement intelligente. Alors que le *Humble Prophète* était la cible du *Chalalamounkour*, un autre vaisseau des détenteurs de la Vérité s'était interposé pour protéger le vaisseau de commandement de l'institution. En réponse, celle-ci avait entrepris de briser entièrement l'accélérateur d'Agastya qui protégeait les vaisseaux dialonis.

– Ah non mais je commence à en avoir assez de ces saletés de fanatiques ! lança la voix synthétique du traducteur de Glek Helldenton dans la langue enossienne et dans un volume maximal. De quoi je me mêle !

Le seigneur de guerre ilith contrôlant la flotte de l'empire enossien était véritablement à bout de nerfs. Osgal, son second, chercha simplement ses ordres.

– Seigneur, que fait-on ?

– Ça me fait mal, mais il faut protéger l'accélérateur. On ne peut pas se permettre de le perdre si c'est bien là l'origine des particules Bionos.

– On a pris un sacré revers. Il nous reste moins de dix vaisseaux en état de se déplacer.

– Ils peuvent quand même tirer, rétorqua Glek. Feu à volonté sur les détenteurs.

Les bâtiments de la fédération tentaient continuellement de reproduire leur manœuvre mais sans succès. Les navires enossiens et swas avaient adapté leurs mouvements pour rendre plus difficile leur ciblage. De plus, l'attaque de l'accélérateur présentait une nouvelle priorité. L'attraction qu'exerçait Agastya sur les débris de la station orbitale géante menaçait la sécurité des vaisseaux fédéraux. Des morceaux parfois gigantesques commençaient à se détacher et tomber sur la planète, alors que les enossiens avaient changé de cible principale.

– Trois vaisseaux détenteurs entièrement hors de combat seigneur ! cria victorieusement Osgal. Le *Humble Prophète* est toujours caché derrière d'autres unités…

– Je vois ça, répliqua Glek devant les schémas tactiques de la centrale. Ce qui m'intéresse, c'est l'accélérateur spatial.

Sur la baie, narguant le commandant ilith, on put voir un pan entier de l'anneau flotter dans l'espace, uniquement relié au reste par un nombre insignifiant de barres structurelles, de câbles et un morceau de revêtement. Il mesurait facilement vingt kilomètres de long. Rendu presque indépendant, il subissait la gravité planétaire et menaçait de tomber vers l'astre brun. La peau d'ordinaire verdâtre de Glek vira au noir et emplit l'air d'électricité statique.

– Continuez la chasse des détenteurs ! Embrasez l'espace si nécessaire !

Il reporta alors son attention sur l'autre front : les tentatives de débarquement en surface. Aucun de ses vaisseaux légers n'avait réussi à passer la défense terrestre qui protégeait le GLA et ses alentours. De nombreux ravitailleurs gorgés de troupes et d'engins de combat terrestres tournoyaient cent-soixante kilomètres au-dessus de la surface, en attendant une ouverture faite par la myriade d'engageurs, de destructeurs et d'astronavigateurs tactiques, d'assaut et d'artillerie[102].

– Détection, demanda le seigneur de guerre sur un ton plus calme, vous pouvez me prédire la localisation de l'impact du débris ?

Danbi Ultt, responsable de la section sollicitée, passa rapidement sur la soudaine douceur de l'ilith, et entreprit les calculs.

– Verticale 53.5 – horizontale 25.5.

– Oui d'accord, génial. Et donc ?

Le ton fut d'un coup moins apaisé.

– C'est à l'est du mont Shayen. À cinq-cent frasques[103] du GLA.

– D'accord, dit Glek à la fois rassuré et déçu. Et est-ce qu'on peut envisager que certains morceaux s'écrasent sur le complexe ?

– C'est plus que probable. Qu'est-ce que vous avez à l'esprit ?

– Il faut qu'on puisse entrer dedans, et si des débris tombent dessus, ça nous facilitera la tâche. Mais en même temps, ça risque de réduire toutes nos chances de récupérer des échantillons de particules ou même les données de recherche sur elles.

---

[102] Différentes classes de vaisseaux de la flotte enossienne, équivalents aux navettes, bombardiers et canonniers.
[103] Deux virgule soixante-cinq kilomètres.

« Mais déjà, il faut qu'on arrive à poser nos troupes. Envoyez toutes nos phalanges de ravitailleurs piquer sur Fagnet[104]. Faites-les escorter par les phalanges d'astronavigateurs. On aura plus de chance par là-bas. »

L'ordre fut instantanément relayé. La nuée de transporteurs enossiens se rassembla et forma un cortège spatial qui se dirigea derrière la planète Agastya, à l'opposé de la zone des combats.

Dans le *Chalalamounkour*, le sang-froid fut difficile à maintenir à cause des dangers multiples qui menaçaient l'équipage.

– Vice-amirale, s'exclama Lologhar, l'officier de détection, tous les vaisseaux légers de l'alliance filent sur Fagnet !

– Ils ont enfin compris qu'ils auront plus de chances de se poser par-là, constata Lilio. Il était temps.

– On dirait que ça vous fait plaisir, répondit Torin

– C'est de constater leur bêtise qui me fait plaisir. Mais non, leur manœuvre me fait pas plaisir. Qu'est-ce qu'on peut envoyer pour les stopper ?

– Pas grand-chose. Une centaine d'intercepteurs et chasseurs. Et ça augmentera le risque sur notre flotte.

– Tant pis, la priorité est la population agastyenne. Allez-y. Il faudra compter sur les défenses terrestres.

*
* *

Orbite haute d'Agastya, le 9ème 5 614, à 27 ill-dôn.

Le général de division dialonis Arkanther Bhernam, le responsable de la défense terrestre d'Agastya, et plus particulièrement du Grand Laboratoire de recherche de la planète, estimait avoir optimisé au mieux sa stratégie avec les maigres moyens dont il disposait. Toutes les attaques

---

[104] Continent opposé à Gaemed, donc à l'opposé du GLA.

enossiennes venaient principalement de l'axe « GLA – zone Bionos », toujours en orbite pratiquement géostationnaire au-dessus de Gaemed. Il était donc légitime de concentrer ses forces dans ce secteur. Il avait déployé une trentaine de batteries fixes anti-aériennes autour du GLA et une centaine sur le continent, principalement autour de la mégalopole Ulmah non loin de là. Ces canons étaient de véritables bâtiments dont les cheminées, larges de plus de deux mètres, scrutaient le ciel à la recherche de vaisseaux à abattre. Chaque tir était destiné à éliminer des engins de TEC[105] et pouvaient même endommager sérieusement les TEF[106]. Pour ce genre de cible, il fallait opérer des visées soigneusement programmées, anticipant la position des vaisseaux avant de faire feu. Leur puissance était impressionnante, mais ils étaient de fait peu maniables, et ne pouvaient attaquer des ennemis proches du sol ou en surface. Pour les vaisseaux plus petits que les canonniers, la lenteur du système de visée n'était plus adaptée. Afin de pouvoir opposer une résistance à ces véhicules plus agiles, un régiment de pièces d'artilleries plus légères était dispersé en complément. Les tirs de ce second type d'arme pouvaient tirer des rafales continues et suivre les mouvements des cibles.

S'ajoutaient à ces défenses fixes des véhicules terrestres plus ou moins rapides, allant de grands blindés lourds et destructeurs maniés par une dizaine d'opérateurs, aux engins monoplaces montés sur une roue unique. Ces appareils patrouillaient sans interruption depuis la militarisation de la zone.

Jusqu'à maintenant, les équipements militaires mis en place tenaient en respect la moindre tentative d'invasion des troupes de l'alliance des mondes. De nombreux transporteurs ainsi que leurs escortes d'engageurs et d'astronavigateurs furent détruits avant de pouvoir atterrir. L'armée enossienne était tout de même parvenue à réduire le nombre de postes de défense au

---

[105] Tonnage Équivalent Corvette.
[106] Tonnage Équivalent Frégate.

sol, en abattant avec force toute la puissance de leur artillerie volante. L'opération demeurait compliquée car les défenses dialonis en surface et leurs escadrilles spatiales s'opposaient au débarquement avec acharnement.

Seulement, le manque de moyen de la fédération était à l'avantage de l'armée enossienne. Glek Helldenton venait de changer de tactique. Il n'y aurait que peu de désagrément à faire un détour vers l'autre face de la planète pour traverser son atmosphère, si ce n'est un léger contretemps. Tous les ravitailleurs et les vaisseaux de combats légers se rapprochèrent pour former une cohorte de véhicules contournant l'astre protégé. Les équivalents des forces dialonis leur emboitèrent le pas.

— Vice-amirale… commença le général Arkanther qui voulut se coordonner avec Lilio.

— *Oui, je sais. J'ai envoyé ce que j'ai pu pour les empêcher d'établir une tête de pont. Mais je crois que ça sera difficile. Faite ce que vous pouvez.*

— Génial, termina ironiquement l'officier.

Lilio ne releva pas, trop occupée à gérer ses propres combats.

Au sol, les habitants de Fagniet, vivant trop loin de Gaemed pour se sentir concernés par l'agitation qui animait les médias depuis plusieurs années, commençaient à sérieusement s'inquiéter de voir passer des engins militaires dans leurs cieux. Les gens s'enfermaient chez eux ou sur leur lieu de travail, écoutant inlassablement les annonces réconfortantes données par les autorités.

Une fois suffisamment éloignés des derniers canons de défense statiques dialonis, la file de vaisseaux d'invasion commença à plonger dans l'atmosphère.

— Cette plaine est parfaite pour atterrir, annonça la pilote du ravitailleur 086 Bubal Vam à ses supérieurs, plus honorée qu'inquiétée d'occuper la position de tête de cortège.

Mais, autour d'elle, deux explosions vinrent secouer la carlingue. Deux astronavigateurs venaient de disparaître sous le feu d'un groupe de chasseur dialonis. Les défenseurs volants avaient rapidement pu les rejoindre car ils pouvaient couper en rasant la surface, tandis que les vaisseaux enossiens devait rester le plus haut possible pour rester à l'abri des tirs venant du sol.

— Manœuvre d'évitement, cria la pilote à toutes les unités.

La chaîne formée de centaines de véhicules se brisa et tous s'éparpillèrent dans le ciel. Le combat aérien se fixa donc sur une des côtes sud du continent de Fagniet, à plus de trois milles kilomètres du GLA. Encerclés par les vaisseaux combattants, chaque ravitailleur essayait d'approcher la surface pour pouvoir ensuite foncer droit sur le complexe scientifique en restant sous l'angle de visée des batteries anti-aériennes. Il fallait à tout prix réussir à poser les troupes terrestres au plus près de la zone d'intérêt. Mais les dialons s'acharnaient à détruire les uns après les autres tous les ravitailleurs qui s'éloignait un peu trop de la zone de combat.

— *Ils sont trop nombreux !* cria un pilote dialonis.

— *T'as pas plus original comme réplique ?* répondit un autre.

— *Percée à 10-38 !* avertit le sous-caporal Darn Breckmoun, un des officiers d'escadrille, mettant fin à ce début de joute verbale prometteur.

Un flux concentré d'engins impériaux tombait droit vers la terre, un peu à l'écart des combats.

— *Arrêtez-les !* ordonnèrent plusieurs voix, appartenant pourtant parfois à de simples soldats sans autorité.

Une cinquantaine de chasseurs se regroupèrent pour les canarder. Une multitude d'explosions ébranlèrent l'atmosphère lorsque les appareils étrangers furent détruits. Le sol commençait à être jonché de débris de vaisseaux fumants, carbonisant les étendues organiques du paysage.

La percée enossienne fut contenue, mais cela avait donné au reste de leurs unités l'opportunité d'avancer.

Petit à petit, le combat se déplaçait fatalement vers Gaemed. Les vaisseaux enossiens fonçaient à travers les vallées et les champs d'Agastya, et survolaient à pleine vitesse les étendues océaniques qui séparaient les deux continents, pour s'approcher au plus près du grand laboratoire scientifique. Les chasseurs et intercepteurs étaient à leurs trousses, mais même les meilleurs pilotes ne pouvaient pas faire de miracles. Le manque d'effectifs attribués à cette bataille-là se faisait sentir. La course-poursuite atteignit les côtes du second continent. Celles-ci étaient protégées par des petites batteries fixes qui pouvaient aider les vaisseaux dialonis à éclaircir les rangs des escadres de l'empire. Les destructeurs enossiens purent faire démonstration de toute leur puissance. Cette classe de vaisseau, eux-aussi en forme de soucoupe épaisse[107], était spécialisée dans le bombardement au sol. Usant de toute l'ingéniosité de la technologie enossienne, ils pouvaient déclencher des chocs gravitiques qui faisaient imploser tout ce qui se trouvait dans des bulles de cinq mètres de diamètre, causant ainsi des ravages parmi les troupes ennemies. Jusque-là, les destructeurs avaient été la dernière priorité des forces dialonis, justement à cause de leur inutilité face à des cibles mouvantes. Des dizaines de canons anti-aérien furent balayés en une demi-heure, alors que seuls quinze attaquants avaient été neutralisés, ce qui représentait un ratio à l'avantage de l'armée d'Enoss. Mais les engins fédéraux ne lâchaient pas l'affaire et continuaient leur chasse avec hargne. Au final, il y eut plus de vaisseaux enossiens détruits que de vaisseaux dialonis.

« Heureusement que le MALANA ou les détenteurs de la vérité ne se mêlent pas de cette bataille », pensèrent plusieurs soldats dans leur cockpit. Mais, après des heures à s'être évertués à retarder l'inéluctable, ils constatèrent avec dépit les premiers atterrissages de ravitailleurs un peu plus loin dans les terres.

---

[107] L'allure générale de tous les vaisseaux enossiens était toujours identique, à peu de chose près. Seule la taille des engins variait selon la catégorie.

Le corps d'Arkanther dépassait de l'écoutille d'un blindé volant, l'air libre faisant virevolter sa trompe dorsale. Il fonçait vers le lieu des combats aériens, à la tête d'un bataillon d'autres véhicules militaires. Avec le res-com qu'il tenait dans l'un de ses entonnoirs préhensibles, il appela la responsable de la défense spatiale Lilio Fress-el :

– Vice-amirale, ils ont réussi à poser quelques transports à deux mille frasques[108] du GLA.

– *Ça va, vous allez pouvoir gérer quelques transports de troupe, non ?* répliqua la galon énervée, lutant pour rester debout dans le chaos mouvementé de la centrale du *Chalalamounkour. Le vaisseau amiral commence à être dans un sale état. J'ai d'autres priorités ! Ici on se prend des morceaux d'accélérateur spatial dans l'œil. Rien que ça.*

– Je suis désolé, mais s'ils établissent une tête de pont, on ne pourra pas les tenir éloignés du laboratoire. Vous n'avez pas une petite corvette qui peut nous fournir un soutien aérien ?

– *Une corvette ? Je vous ai déjà donné tous nos monoplaces ! On a encore perdu cinq navires lourds ! Non, général. Si on place une seule unité en position de fuite, il sera la prochaine cible.*

Un nouvel impact sur le vaisseau amiral marqua la fin de la conversation, qui s'arrêta sans un mot de conclusion.

– Parka Niebr, lança Arkanther sur un ton d'injure.

Le ciel s'assombrit par les nuées d'engins volants qui masquaient Gocélian maintenant sorti au-dessus de l'horizon, mais cela était contrebalancé par les éclairs des combats qui illuminaient le sol. Les premiers ravitailleurs parvenus à se poser avaient été détruits depuis longtemps. Malheureusement pour la fédération, d'autres les avaient remplacés aussitôt. Et ces cycles se reproduisaient encore et encore. Des ravitailleurs touchaient la surface, puis étaient ciblés par les défenseurs, avant que de nouveaux transports n'atterrissent un peu plus loin. Plus les enossiens posaient de vaisseaux, plus leur flottille s'approchait du GLA. Et avec le temps, de plus en plus

---

[108] Un peu plus de dix kilomètres.

d'unités dialonis étaient neutralisées. Au bout d'une vingtaine de répétitions de ce manège, leur nombre ne fut plus suffisant pour empêcher l'invasion terrestre. C'est là qu'intervinrent une autre classe de vaisseaux enossiens : les astronavigateurs tactiques, qui permettaient de larguer des engins terrestres et des soldats à pied sur les zones de combat. C'est ainsi que l'astronavigateur *175* éjecta les vingt-quatre premiers acolytes[109] sur Agastya, à l'entrée de la ville d'Ignodrill, elle-même à moins de quatre kilomètres de l'enceinte est du GLA. Le vaisseau de largage fut immédiatement réduit en pièce, mais le mal était fait.

— On arrive général, avertit le colonel Holmar Ien, l'aide de camp d'Arkanther Bhernam, un estero brun à la face marquée par des arrêtes sèches et à la carapace hérissée de minuscules pointes.

— Feu à volonté !

Mais, armés de lances anti-char manipulables à deux[110], les acolytes commencèrent à arroser leurs adversaires d'un feu nourrit, retardant l'avancée des blindés terrestres de la fédération.

— Parka Niebr ! répéta Arkanther en rentrant précipitamment dans son véhicule.

Celui-ci fut touché. Il se retourna complètement, projeté en arrière. Le répit permit à trois astronavigateurs tactiques de faire leur propre livraison : des véhicules mobiles aux tourelles anti-aériennes qui, dès leur réception au sol, s'étaient déployés et entamaient leur travail.

— Général, par-là.

Holmar agrippait le bras d'Arkanther qui était enseveli sous les équipements, dans l'habitacle du blindé détruit. L'estero le tira hors de l'engin par l'ouverture creusée par l'attaque enossienne. Une fois au sol, le chef de la défense d'Agastya découvrit l'ampleur de la situation.

---

[109] Appellation des soldats standards de l'armée d'Enoss.

[110] Deux enossiens ou goxleks. Cela constitue donc une arme de très gros calibre, vous en conviendrez.

Les derniers aéronefs de la fédération de dialonis furent perdus. Il ne restait officiellement plus que les forces au sol pour s'opposer à l'alliance des mondes sur la surface. Les troupes d'Arkanther s'étaient positionnées pour encercler la tête de pont qui commençait à gagner du terrain. De plus en plus de combattants et d'engins furent largués, assez pour que les fameux ravitailleurs puissent à leur tour se poser et vomir leur cargaison de quarante-six acolytes chacun. Résigné, Arkanther contacta sur le même signal Lilio Fress-el, Dek Hi, l'administrateur de la planète, et Enex Arthinniam, la chargée gouvernementale de la sécurité du territoire, restés dans le centre scientifique :

— Sheevi, général de division Bhernam au rapport. L'ennemi est posé sur Agastya.

Voici les représentations de la majorité des espèces intelligentes que vous rencontrerez dans ce récit. La race humaine ne sera pas décrite, de même que le peuple epixis, pour préserver le mystère. Par souci d'objectivité anatomique, les individus seront représentés nus. En réalité, seule l'espèce ilith évolue quotidiennement sans vêtements. Je vous prie donc de nous excuser pour la gêne que peut susciter de telles illustrations.

I – Peuples de la fédération de Dialonis

    a. Dialon
    b. Estero
    c. Rylott
    d. Olinoracénien

II – Peuples de l'alliance des mondes

    a. Enossien
    b. Goxlek
    c. Ilith
    d. Allhzatz

III – Nations indépendantes

    a. Swas
    b. Elt
    c. Eressor
    d. Epixis

I – Peuples de la fédération de Dialonis

    a.   Dialon

Figure 1 - dialon

b.   Estero

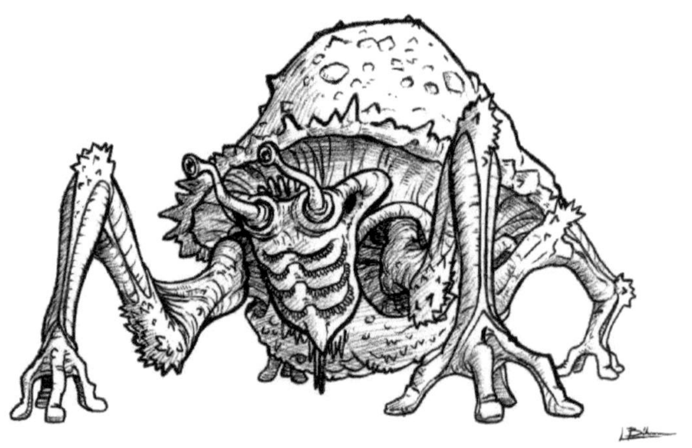

Figure 2 - estero

c.   Rylott

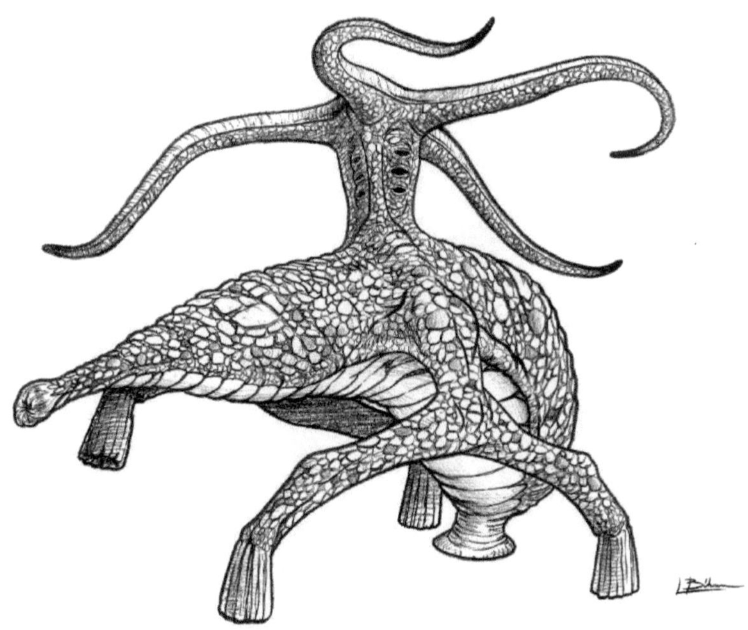

Figure 3 - rylott

d. Olinoracénien

Figure 4 - olinoracénien

II – Peuples de l'alliance des mondes

a. Enossien

Figure 5 - enossien

b. Goxlek

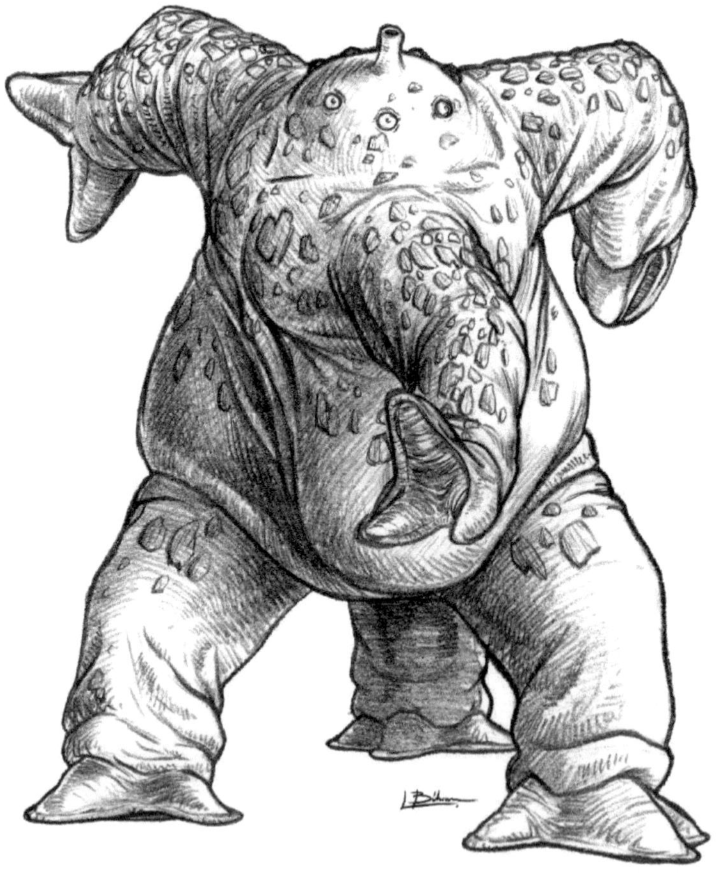

Figure 6 - goxlek

c.   Ilith

Figure 7 - ilith

d.   Allhzatz

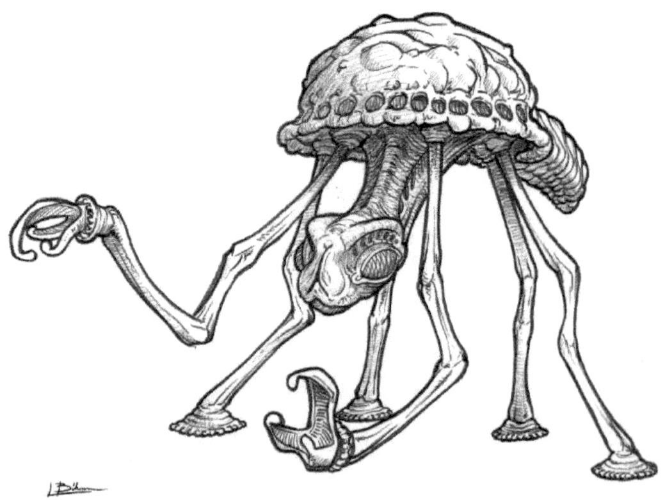

Figure 8 - allhzatz

III – Nations indépendantes

a. Swas

Figure 9 - swas

b.	Elt

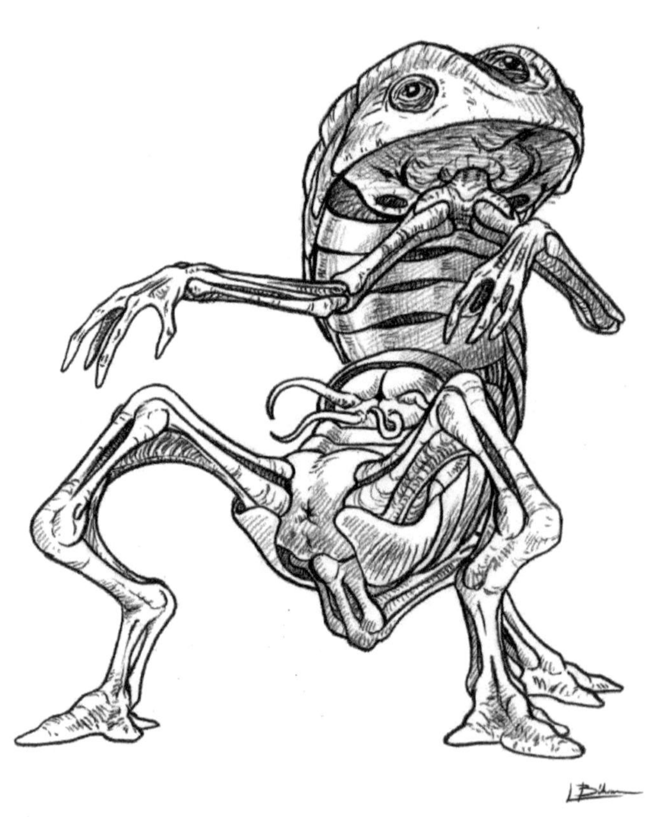

Figure 10 - elt

c.   Eressor

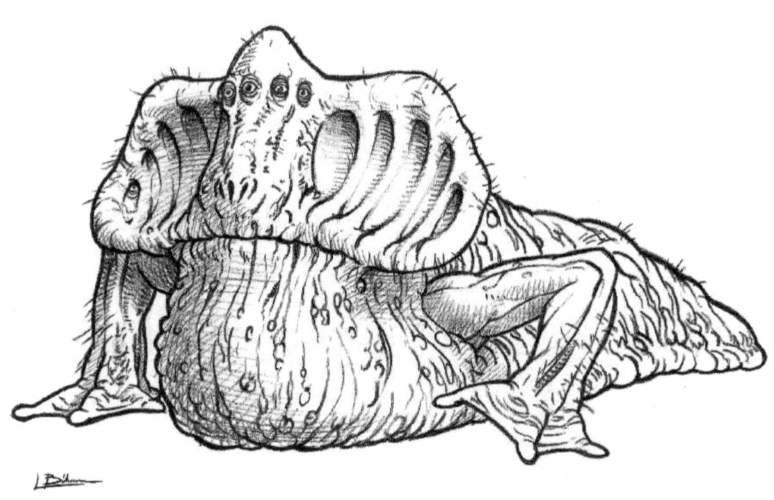

Figure 11 - eressor

d. Epixis

Figure 12 - epixis

Dessins : Loïk Bihan

Remerciements

Je remercie du fond du cœur Florian Bethbeder pour sa relecture du premier jet (en dix jours). Il est la première personne avec qui j'ai pu échanger sur l'histoire et les personnages. Ses retours ont mené au troisième jet.

Un immense merci à Nicolas Mandroux, qui a relu avec un grand sérieux le troisième jet. Ses remarques pertinentes m'ont permis d'améliorer la narration.

À ma mère et ma sœur ayant eu le courage de se lancer dans cette lecture tout en annotant quelques erreurs.

Loïk Bihan qui a fait un travail d'artiste fabuleux, en donnant vie aux espèces peuplant « Enban ». J'espère que vous apprécierez son talent.

Le créateur de la couverture, le graphiste Carlos de Monstermind Studios qui a produit un résultat fidèle à ma vision.

Mr Discrait qui a également fait un retour sur le début du roman.

Christelle Lebailly dont les conseils accessibles sur sa chaîne Youtube m'ont parfois été utiles.

Merci à mes proches qui ont souvent entendu parler de ce projet pourtant très personnel et obscur.

Merci aux lectrices et aux lecteurs qui me feront l'honneur de découvrir cette histoire.

Inul Onegar.

Sommaire